L O C U S

LOCUS

LOCUS

LOCUS

# RECREATION

R39

**誘愛（夜之屋6）**

***Tempted (the house of night, book 6)***

作者：菲莉絲・卡司特＋克麗絲婷・卡司特（P. C. Cast & Kristin Cast）

譯者：郭寶蓮

責任編輯：廖立文 美術編輯：蔡怡欣

校對：呂佳真

法律顧問：全理法律事務所董安丹律師

出版者：大塊文化出版股份有限公司

台北市10550南京東路四段25號11樓

www.locuspublishing.com

**讀者服務專線：0800-006689**

TEL：(02) 87123898 FAX：(02) 87123897

郵撥帳號：18955675 戶名：大塊文化出版股份有限公司



總經銷：大和書報圖書股份有限公司 地址：新北市新莊區五工五路2號

TEL：(02) 89902588 FAX：(02) 22901658

排版：辰皓國際出版製作有限公司 製版：瑞豐實業股份有限公司

初版一刷：2011年8月

定價：新台幣 280元

Printed in Taiwan

# 誘愛

## Tempted

THE HOUSE OF NIGHT, BOOK 6

P. C. CAST + KRISTIN CAST
菲莉絲・卡司特＋克麗絲婷・卡司特 著　郭寶蓮 譯

# 1 柔依

一彎夢幻般的弦月將陶沙市的夜空照得亮晃晃，輝映著皚皚冰雪，我們所在的本篤會修道院也熠熠生輝。周遭一切，包括聖母洞前地上的圓圈，都彷彿沉浸在女神的觸撫下，一片銀白。幾分鐘前，在這個能量之地，靈、血、土、人性和夜才結合起來，戰勝憎恨和黑暗，逐走墮落的不死生物和邪惡的女祭司長。此時，聖母雕像高踞於洞穴岩壁上，在石刻玫瑰環繞下，宛若燈塔，指引著銀色月光。她面容安詳，覆冰的臉頰閃閃發亮，似乎是在喜悅地靜靜哭泣。

我將視線移向天空。**謝謝妳**。我默默地對象徵女神妮克絲的美麗弦月獻上祈禱。**我們活了下來，而卡羅納和奈菲瑞特已經離開**。

**聆聽妳的內在……**一個聲音從我心頭掠過，猶如夏日微風輕拂樹葉，微渺而溫柔，我的意識差一點沒有察覺。然而，妮克絲低聲呢喃的囑咐已印入我的靈魂。

我隱約感覺到四周有許多人在夜色裡喊叫、說話、哭泣，甚至歡笑。是修女和雛鬼們，還有幾個成鬼。但他們的聲音似乎很遙遠。當下，對我來說，只有高掛夜空的明月及我胸口從左肩延伸到右肩的傷疤，才是眞實的。當我默禱，傷疤一陣刺刺麻麻，彷彿應和著我的祈禱。不是刺痛的感覺，不完全是，而是那種熟悉的戳刺感，讓我明白，妮克絲已再次標記我，認我爲她揀選的女兒。我知道，若低頭往領口探看，我將發現，沿著那道紅腫的傷疤已出現深藍色的新刺青，證明我確實走在女神的道路上。

「艾瑞克、西斯，你們去找史蒂薇．蕾、強尼和達拉斯，檢查一下修道院四周，確定所有的仿人鴉都已跟著卡羅納和奈菲瑞特逃逸。」達瑞司大聲下令，把我從恍惚、溫暖的祈禱狀態拉回現實。彷彿iPod的音量開得太大聲，四周的紛擾和喧鬧一下子淹沒我的知覺。

「可是，西斯是人類，一隻仿人鴉三兩下就解決掉他。」我衝口而出。看來我的白癡還眞不止望月出神這一項。

果然，西斯像隻蟾蜍被貓咪摑了一掌，氣鼓鼓地抗議：「小柔，我可不是孬種！」看起來成熟高大、神氣活現的艾瑞克，嘲諷地哼了一聲，說：「不，你不過是該死的人類。但是，等等，就因爲你是人類，所以你才孬啊！」

「哈，我們剛打敗大壞蛋，不到五分鐘，艾瑞克和西斯就彼此搥胸示威，還眞是本性難移啊。」愛芙羅黛蒂邊以她招牌的訕笑語調譏諷他們，邊走到達瑞司身邊。當她把目光轉向這位冥界之子戰士，表情立刻跟翻書一樣改變。「嗨，大帥哥，你還好吧？」

「不必擔心我。」達瑞司說，跟她四目相接，我幾乎可以看見他們倆的眼睛互相放電。但他沒像平常那樣，跟她來場鹹溼的親吻秀，而是持續將注意力放在史塔克身上。

愛芙羅黛蒂的視線從達瑞司瞥向史塔克。「噁，你的胸口還真慘不忍睹。」史塔克此時仍站在達瑞司和艾瑞克之間。呃，或許不該說他**站著**，因為他搖搖晃晃，根本站不穩。

艾瑞克不理會愛芙羅黛蒂，大聲說：「達瑞司，我看你還是帶史塔克進去吧，我和史蒂薇．蕾會負責巡視，確保一切沒事。」這話很正常，但那語氣擺明以老大自居。接著他以高高在上的口吻說：「我說不定還會讓西斯幫忙。」一副跩個二五八萬的渾帳語氣。

「你**讓我**幫忙？」西斯不悅地回嘴：「你**媽**讓我幫忙吧。」

「嘿，他們哪個是妳的男朋友啊？」史塔克問我。他狀況很糟，聲音沙啞，聽起來虛弱得可怕，但眼睛仍盯著我看，閃爍著慧黠、幽默的目光。

「我！」西斯和艾瑞克異口同聲說。

「噢，拜託，柔依，他們兩個都是白癡欸！」愛芙羅黛蒂說。

史塔克咯咯笑，但笑聲隨即轉為咳嗽，接著又變成痛苦的喘息。他的雙眼往上吊，像個布偶，整個人癱倒。達瑞司不愧為戰士，迅速扶住他。「我得帶他進去了。」達瑞司說。

我覺得整顆頭快爆炸了。史塔克癱軟在達瑞司的臂彎裡，看起來好像快死了。「我，我不曉得醫護室在哪裡。」我結結巴巴地說。

「沒問題，我找隻企鵝問。」愛芙羅黛蒂說：「嗨，妳，修女！」她對著附近一位身著黑白修女服的修女呼喝。

達瑞司緊跟在那位修女背後往修道院走，愛芙羅黛蒂也跟上去。戰士回頭瞥向我，說：「妳不跟我們一起進去嗎，柔依？」

「待會兒吧。」我想，我得先處理艾瑞克與西斯的問題。

這時，身後傳來熟悉的奧克腔，解救了我。「跟達瑞司和愛芙羅黛蒂進去吧，柔。這兩個蠢蛋就交給我。還有，我會仔細檢查，確保沒有什麼噁心的怪物留在這裡。」

「史蒂薇．蕾，妳眞是好朋友中的好朋友。」我轉身擁抱她，眞愛她這種摸起來有血有肉的正常感覺。然而，當她退開，咧嘴對我笑，我看著她額頭中央的猩紅弦月及往下延伸到臉龐兩側的刺青，忽然有種奇怪的感覺，一絲不安掠過我心頭。

她誤解我的猶豫，說：「別擔心這兩個蠢蛋，我已經很習慣把他們拉開。」見我繼續站在原地直盯著她，她臉上的燦爛笑容開始消褪。「嘿，妳知道的，妳阿嬤沒事。卡羅納一走，克拉米夏就帶她進屋裡了。剛剛瑪麗．安潔拉修女也告訴我，她會進去看妳阿嬤。」

「對，我記得克拉米夏扶她坐回輪椅上。我只是……」我支支吾吾。我只是怎樣？我怎麼告訴我最要好的朋友，她和那群紅雛鬼讓我覺得不對勁？我怎麼說得出口呢？

「妳累壞了，心中掛慮太多事情。」史蒂薇．蕾溫柔地說。

**她眼裡閃過的是體恤嗎**？**或者是某種黑暗的東西**？

「柔，外頭的事情我會照料。妳只管進去陪史塔克吧。」她再次擁抱我，然後輕輕把我推向修道院的方向。

「好，謝謝。」我勉強說，轉身走向修道院，不理會那兩個站在原地盯著我的蠢蛋。

史蒂薇．蕾在我身後喊道：「喂，記得提醒達瑞司或誰，要留意時間。大概再一個小時就天亮了，妳知道我和紅雛鬼們都得在日出前躲進室內。」

「沒問題，我會記住的。」我說。

問題是我愈來愈難忘記史蒂薇．蕾不再是原來的她了。

# 2 史蒂薇・蕾

「好，你們兩個聽清楚了，我只說一遍——**乖一點**。」史蒂薇・蕾站在艾瑞克和西斯之間，雙手叉腰，怒視著他們，同時喊道：「達拉斯！」

達拉斯聞聲立刻跑過來。「什麼事，史蒂薇・蕾？」

「去找強尼，叫他跟西斯一起巡視修道院前面，直到路易斯街，要確定仿人鴉全都離開了。你和艾瑞克負責檢查修道院南側。我會去巡視第二十一街那排樹。」

「妳自己一個人去啊？」艾瑞克問。

「對，我自己一個人去。」史蒂薇・蕾厲聲說：「我一跺腳，你腳底下的地就會震動，你忘了嗎？我也可以把你拎起來，摔得你那醋桶屁股開花。所以，我一個人去巡視。」

達拉斯大笑，說：「依我看，對土有感應力的紅吸血鬼肯定打贏戲劇天王藍吸血鬼。」

西斯在一旁哼了一聲笑出來，艾瑞克果然氣呼呼地張開嘴巴。

「別開口！」史蒂薇・蕾搶在這兩個傢伙揮拳相向之前阻止他們。「你們兩個若吐不出象牙，就閉上狗嘴。」

「妳在找我嗎，史蒂薇．蕾？」強尼走過來，說：「我看見達瑞司扶著那個射箭的傢伙進修道院，他要我來找妳。」

「對。」她鬆了一口氣。「你和西斯去巡視路易斯街那邊，確定仿人鴉都離開了。」

「行！」強尼說，作勢要捶西斯的肩膀。「來吧，四分衛，讓我看看你的本事。」

「留意那些該死的樹和陰暗處。」史蒂薇．蕾叮嚀道。她看見西斯側肩閃躲，還對著強尼的肩膀揮出幾記快拳，忍不住搖搖頭。

「我們也走吧。」達拉斯說，跟默不吭聲的艾瑞克一起離開。

「動作要快，」史蒂薇．蕾對兩組人馬喊道：「太陽就快出來了。大約半小時後到聖母洞前跟我會合。若發現什麼動靜，喊一聲，別的人就趕過去。」

她看著這四個人確實分頭前往她指定的方向後，才嘆口氣，轉身進行自己的任務。唉，傷腦筋！她愛柔，但對付好友的這兩個男友可眞累。她以前覺得艾瑞克是世界上最辣的男孩，這兩天和他相處下來，卻發覺他是超級自我的討厭鬼。西斯雖然可愛，終究是人類，的確會害柔擔心。人類肯定比吸血鬼早死。她轉頭想看看強尼和西斯，冰寒的漆黑和林木已遮住視線，誰也看不見了。

史蒂薇．蕾不在乎一個人，而強尼會看著西斯。其實她挺高興有機會暫時甩開那兩個醋罈子。相形之下，達拉斯的優點更明顯：性格單純，容易相處。他們兩個有來電的感覺，只是還沒正式譜出戀曲。達拉斯知道史蒂薇．蕾眼前有好多事要處理，所以他留給她充分的空間，只在她有空的時候，陪在她身邊。簡簡單單，可愛和善！這就是達拉斯。

**柔應該跟我學學怎麼應付男孩子**，她心想。這時，她穿行在環繞著聖母洞，將修道院院區與第二十一街隔開的一排排老樹之間。

有件事很確定——這個晚上糟透了。史蒂薇．蕾才走十來步，金色的短鬈髮就已經溼透。眞討厭，連鼻尖都淌下水珠！她以手背將溼冷的冰和雨從臉上抹去。四周一片漆黑、闃寂，顯得很詭異，彷彿卡羅納逃離時，把所有的光線和聲音也帶走了。第二十一街上沒半盞路燈亮著，也沒有任何車輛駛過，連巡邏警車也沒有。她連溜帶滑地走下斜坡，雙腳踩著路面，僅靠紅吸血鬼的超級夜視力辨認方向。

她再次以手背撥開臉上溼答答的髮絲，心頭惴惴不安，但強自鎮定下來。「妳怎會膽小如鼠呢？妳知道老鼠是什麼德性！」她出聲斥責自己，但聲音在漆黑的冰天雪地裡迴盪、放大，害她更加毛骨悚然。**妳幹麼這麼緊張**？「因爲妳還有事情瞞著好友。」史蒂薇．蕾喃喃地自言自語，但隨即閉緊嘴巴。在這冰封的黑夜裡，連低語也很大聲。

她會告訴柔的，眞的！只是一直找不到時間，況且柔心裡已有太多事情，不該再給她壓力。而且……而且……這事眞的很難啓齒，即便是對柔依說。

史蒂薇．蕾伸腳踢一截覆冰的斷枝。她知道，不管難不難啓齒，終究得跟柔依說。非說不可。不過，稍後吧。或許再過一陣子。目前，就先專注於眼前的事情吧。

史蒂薇．蕾兩掌合圍，遮在眼睛上方，避免凍雨刺眼。就算冰雪交加，一片漆黑，她的視力依然很好。她始終抬著頭，目光梭巡樹上的枝椏，很高興一路上都沒看到上頭藏著巨大的黑色身影。路邊沒那麼滑，她沿著第二十一街走，離修道院愈來愈遠。

接近隔開院區與高級公寓的那道圍牆時，史蒂薇．蕾聞到一股氣味。

血。

不一樣的血。不對勁的血。

她止步，如野獸一般，嗅。空氣裡瀰漫著冰雪覆蓋泥土散發出來的溼霉味、深冬樹木的清爽肉桂味，以及腳下柏油的人工刺鼻味。她不理會這些味道，只專注於血的氣味。那不是人血，也不是雛鬼的血，聞起來不像陽光和春天，也不像蜂蜜和巧克力、愛和生命，或任何她夢寐以求的東西。不，這血聞起來好黑暗，好濃烈，蘊含著太多非人的成分。然而，它終究是血，吸引著她，雖然她靈魂深處知道這血不對勁。

那陌生的，不屬於這個世界的氣味，帶領她看見第一灘深紅。在黎明前風雪交加的黑暗中，即使視力過人，她也僅看得見覆冰的路面和路旁草地上有一灘灘潮溼的污漬。但史蒂薇．蕾知道那是血，很多的血。觸目所及並沒有任何倒臥的動物或人類在流血。終於，她注意到薄冰上有一道濃稠的深色液體，從街道延伸到修道院後方的濃密樹林深處。

史蒂薇．蕾的狩獵本能立即啓動，循著血跡，潛步前進，大氣不喘，沒發出半點聲音。就在一棵大樹下，她看見了。那東西潛伏在一截剛斷裂的粗大樹枝旁，彷彿爬行到那裡，準備躲起來死。史蒂薇．蕾打了個寒顫，心頭驚懼。是一隻仿人鴉。

這生物好巨大，比她從遠處看時所以爲的還大。他側躺，頭靠地面，她無法看清他的臉。但她看見他的巨翅不對勁，顯然骨折了。翅膀底下的人類手臂沾滿血，以奇怪的角度擺著。一雙人類的腿蜷縮起來，彷彿死去的胎兒。她想起柔他們一夥人沿著第二十一街死命奔向修道院時，達瑞司曾經開槍。看來，這頭仿人鴉是被他從空中射下的。

「該死，」她壓低聲音說：「這一槍肯定打得很準。」

史蒂薇．蕾雙掌攏在嘴邊，正準備呼叫達拉斯，叫他和其他人來幫她把這隻仿人鴉拖到別處，他忽然抽搐一下，睜開眼睛。

她愣住，跟他四目相覷。這生物睜大紅眼，鳥臉上表情詫異，竟顯得出奇地像人類。那雙眼睛瞟著她的四周和身後，確定她是單獨一個人。史蒂薇・蕾本能地屈膝蹲伏，防衛性地舉起雙手，並集中念力，召喚土元素來強化自己的力量。

這時，他開口說話。「殺了我吧，了結這一切。」他說，痛苦地喘息。

那聲音活生生是人類的聲音，史蒂薇・蕾驚愕地放下雙手，踉蹌後退一步。「你會說話！」她衝口而出。

他大笑。那笑聲帶著苦澀和嘲諷，但隨即變成痛苦的呻吟。然而，那的確是笑聲，讓他的話語顯得更像人類。「對，」他邊喘邊說：「我會說話，會流血，會死。殺了我，了結這一切吧。」他試圖坐起來，彷彿急於迎向死亡，但這動作讓他痛得哀號。他那雙像極了人類的眼睛往上吊，整個人癱倒在冰凍的地上，不省人事。

史蒂薇・蕾還沒想到該怎麼做，本能地趨向前去，只遲疑了一下，便伸出雙手。他昏倒時臉朝下，所以她輕易就將他的翅膀撥到旁邊，從他的腋下抱住他。他很大，眞的很大，跟眞正的男生一樣高大，所以她以爲他會很重。但事實相反，他非常輕，她毫不費力地拖著他走。她驚覺自己在做什麼，心裡吶喊著：**搞什麼呀**？**搞什麼呀**？**妳在搞什麼呀**？

到底她在做什麼？

史蒂薇・蕾不知道，她只知道自己**沒做**什麼。她沒殺死這個仿人鴉。

# 3 柔依

「他沒事吧？」我壓低聲音，免得吵醒史塔克，但顯然不成功，因爲他眨著眼皮，微微翹起嘴角，表情雖然痛苦，卻依稀仍是他冷傲的笑容。

「還沒死。」他說。

「沒人跟你說話。」我的語氣顯得有些惱怒，但這不是我的本意。

「留意妳的脾氣，**嗚威記阿給亞**！」紅鳥阿嬤輕聲訓斥我。這所修道院的院長瑪麗·安潔拉修女攙扶著阿嬤走進小小的醫護室。

「阿嬤！原來妳在這裡！」我跑上前，幫安潔拉修女把阿嬤扶到一張椅子坐下。

「柔依只是在擔心我。」史塔克又閉上眼睛，嘴角仍帶著淺笑。

「我知道，**記塔嘎阿思哈亞**。不過，柔依是見習女祭司長，應該學會控制情緒。」

**記塔嘎阿思哈亞**！若非阿嬤這麼蒼白、虛弱，若非我，呃，仍很擔心，恐怕會被逗得哈哈大笑。「對不起，阿嬤，我會注意的。只是，我愛的人一個個差點死去，這可不容易。」

我一口氣說完，然後深吸一口氣，鎮定下來。「對了，妳不是應該上床休息嗎？」

「待會兒，**嗚威記阿給亞**，待會兒。」

「**記搭嘎阿什麼的**是什麼意思？」史塔克聽起來很痛苦，因爲達瑞司正在他胸口的灼傷部位塗上厚厚的軟膏。不過，受傷歸受傷，他的語氣仍顯得興味盎然。

「**記塔嘎阿思哈亞**，」阿嬤糾正他的發音，「意思是公雞。」他的眼睛笑吟吟。「大家都說妳是女智者。」

「比起大家談起你說的話，這可無趣多了，**記塔嘎阿思哈亞**。」阿嬤說。

史塔克爆笑一聲，隨即痛得倒抽一口氣。「別動！」達瑞司喝道。

「修女，妳們這裡不是有醫生嗎？」我問安潔拉修女，努力不顯露心中的慌張。

「人類醫生幫不了他。」達瑞司搶在修女回答前說：「他需要的是休息、安靜和——」

「休息和安靜就夠了。」史塔克打斷他的話。「我剛剛說了，我還沒死。」他看著達瑞司的眼睛。我發現戰士聳聳肩，迅速點個頭，似乎在某件事上對這位年輕的成鬼做了讓步。

我實在不應該理會他們之間無聲的溝通，但我的耐心在幾小時前就已經磨光了。「好，你們有什麼事情沒告訴我？」

一直幫著達瑞司照顧史塔克的那名修女，冷冷地盯著我好一會兒，說：「或許這個受傷的男孩想知道，他沒有白白犧牲。」

好嚴厲的話。愧疚感猛地襲上心頭，我喉頭哽住，說不出話。史塔克準備爲我犧牲的，是他自己的性命。我勉強嚥了嚥口水。我的命有什麼價值？我只是個孩子，才十七歲，搞砸了好多事。我甚至是另一個女孩的轉世化身，並且這個女孩是爲了誘捕墮落天使而創造出來的。這表示，在我的靈魂深處，我會情不自禁地愛上他，即使我明知自己不該……不能……

不，我不值得史塔克犧牲性命。

「當然沒有。」史塔克的聲音突然變得堅定、有力。我眨掉淚水，看著他的眼睛。「這是我的職責。」他說：「我是戰士，已立誓爲柔依．紅鳥效命。她是妮克絲的女祭司長，女神摯愛的女兒。換言之，我這也是爲我們的女神效命。若能幫柔依打敗那些壞蛋，就算被擊倒在地，受一點灼傷，也實在不算什麼。」

「說得好，**記塔嘎阿思哈亞**。」阿嬤稱許他。

「艾蜜莉姊妹，今晚妳在醫護室的工作就到此爲止，去請畢昂卡姊妹來代班吧。我想，妳或許應該花點時間默想《路加福音》第六章第三十七節。」安潔拉修女說。

「是的，修女。」這位眼光銳利的修女說完後，迅速離開房間。

「《路加福音》第六章第三十七節？裡面講什麼？」我問。

「你們不要論斷人，就不被論斷；你們不要定人的罪，就不被定罪；你們要饒恕人，就必蒙饒恕。」阿嬤說，與安潔拉修女相視而笑。這時，戴米恩輕輕叩了一下半掩的門。

「我們可以進來嗎？有人眞的想見史塔克。」戴米恩說著，轉回頭去，朝身後比出一個**待在那兒別動**的手勢。室外傳來**汪！**的一聲回應，他所說的**有人**原來是一隻狗。

「別讓她進來。」史塔克猛然別過頭，避免看戴米恩和門口，一張臉痛得皺起來。「跟傑克說，現在她是他的狗了。」

「不。」戴米恩正要退開時，我出聲阻止他。「叫傑克把女爵帶進來。」

「柔依，不要，我——」史塔克才開口，我就舉起手示意他別說下去。

「帶她進來吧。」我說。然後，我看著史塔克的眼睛，問他：「你信任我嗎？」

他凝視著我，我可以清楚地看見他的痛苦和脆弱。終於，他點頭，說：「我信任妳。」

「戴米恩，麻煩你。」我說。

戴米恩回頭喃喃說了什麼，然後讓到旁邊。接著，傑克走進來，臉頰酡紅，眼睛發亮，水汪汪的。他才走兩步，便轉身面對門口，溫柔地說：「進來，沒關係，他在這裡。」

金黃色的拉布拉多犬輕步走了進來。我驚訝地看著如此碩大的一隻狗，走起路來竟這麼安靜。她走到傑克身旁，抬頭看著他，搖了搖尾巴。

「沒事的。」傑克微笑地看著女爵，舉手抹去滑落臉龐的淚水，再次安撫她。「他現在好多了。」他朝病床一指，女爵的頭跟著轉過去，定睛直直望著史塔克。受傷的男孩和狗就這樣四目相覷。我發誓，大家都屏住了呼吸。

「嗨，小美女。」史塔克遲疑地呼喚她，聲音哽咽。

女爵豎起耳朵，偏著頭。史塔克伸出一隻手，對她招手。「來，女爵。」這一聲召喚彷彿沖決了女爵內心的堤壩。她撲上前，扭動著，嗚咽著，低吠著──分明一隻五十多公斤重的大狗，此時活像一隻小狗狗。

「不行！」達瑞司喝道：「不能上床！」

女爵聽從戰士的吩咐，只敢把頭依偎在史塔克的身側，大鼻子往他的胳肢窩磨蹭，全身扭動。史塔克臉上散發出喜悅，撫拍著她，不停地說他有多想她，她是個好女孩。

戴米恩遞面紙給我時，我才發覺自己正在號啕大哭。「謝謝。」我低聲說，抬手擦臉。

戴米恩對我笑笑，走到傑克身邊，伸手摟住男友，拍著他的肩膀，也遞給他一張面紙。我聽見戴米恩告訴他，「來吧，我們去找修女為我們準備的房間，你應該休息了。」

傑克邊抽噎，邊點頭，讓戴米恩牽著他，準備離開。「等等，傑克。」史塔克喊道。傑克轉頭，望向病床。女爵的頭仍依偎著史塔克，而他的手也仍摟著她的脖子。「我無法照顧女爵時，你把她照顧得很好。」

「沒什麼。我沒養過狗，不知道原來他們這麼棒。」傑克的嗓子有點啞。他清清喉嚨，繼續說：「我─我很高興你不再，呃，那樣邪惡、可怕。現在她又可以回到你身邊了。」

「對，說到這個───」史塔克頓住，因身子移動，痛得皺起臉孔。「我還沒有十足把握。就算我全好了，我也不確定接下來會發生什麼事。所以，我在想，不知道你可不可以幫我一個忙，跟我一起照顧女爵？」

「眞的嗎？」傑克的臉亮起來。

史塔克虛弱地點點頭。「眞的。你和戴米恩可以先把女爵帶到你們的房間嗎？或許稍後再帶她來看我？」

「當然！」傑克說，再次清了清喉嚨。「我說了，這沒什麼。」

「那就好。」史塔克說。他伸手托高女爵的口鼻，看著她的眼睛。「小美女，我現在沒事了。妳先和傑克離開，這樣我的身體才會好得更快。」

史塔克撐著坐起來，彎腰吻女爵，並讓她舔他的臉。我知道這舉動一定讓他很痛。「乖女孩……這才是我的小美女……」他喃喃地說，再次吻她，然後伸手指著傑克。「現在，跟傑克走吧！走！」女爵最後一次舔了舔史塔克的臉，不捨地嗚咽一聲，才離開床邊，走到傑克身旁。她對傑克搖了搖尾巴，頭磨蹭著他。傑克一手抹去眼淚，另一手撫拍她。

「我會好好照顧她的。等日落再帶她來看你，好嗎？」

史塔克擠出笑容。「好，謝謝你，傑克。」語畢，整個人癱在枕頭上。

「他需要休息和安靜。」達瑞司告訴大家，轉身繼續照料史塔克。

「柔依，妳可以和我一起帶阿嬤回她房間嗎？她也需要安靜和休息。對大家來說，今晚實在很漫長。」安潔拉修女說。

我的擔憂從史塔克轉向阿嬤，視線在這兩個我深深關心的人之間來回游移。

史塔克迎視我的目光，說：「嘿，去照顧妳阿嬤吧。我可以感覺到太陽快升起來了，我很快就會睡著。」

「呃……好吧。」我走到床邊，楞在那裡，不知如何是好。我該怎麼做？吻他？捏捏他的手？對他豎起大拇指，給他一個傻笑？他不算是我的男友，但我們之間的連結超越友誼。最後，我迷惘、憂心、彆扭地將手搭在他肩上，低聲說：「謝謝你救了我的命。」

當他凝視著我的眼睛，整個房間瞬間褪去，只剩我們倆。「我一定要保住妳的心，就算我的心得爲此停止跳動，也在所不惜。」他輕聲告訴我。

我俯身吻他的額頭，低聲說：「我們別讓這種事發生，好嗎？」

「好。」他低聲回應。

「日落後我再來找你。」我告訴史塔克，然後走到阿嬤身旁。安潔拉修女和我攙扶著她，幾乎是將她架著走出史塔克的房間，沿著走廊走一小段路，到另一個類似醫護室的房間。阿嬤在我的攙扶下，感覺起來是那麼嬌小、脆弱，我的胃不由得因擔心而揪緊。

「別擔心，**嗚威記阿給亞**。」阿嬤說。安潔拉修女豎起好幾個枕頭，讓她躺得舒服些。

「我去幫妳拿止痛藥，」安潔拉修女告訴阿嬤：「然後到史塔克房間，看百葉窗有沒有關好，窗簾有沒有拉上。所以，妳們有幾分鐘可以聊聊。但我一回來，妳就得服藥睡覺。」

「瑪麗・安潔拉，妳這個女工頭還眞嚴厲。」阿嬤說。

「彼此彼此，席薇雅。」修女說完，就匆匆離開。

阿嬤對我笑笑，拍拍她身旁的床鋪。「來，坐到我旁邊，**嗚威記阿給亞**。」

我坐在阿嬤身旁，屈起雙腿，小心不讓床震動得太厲害。阿嬤的臉被保住她性命的汽車氣囊炸傷，嘴唇和臉頰有深色的縫線痕跡，頭上綁著繃帶，右手裹著看起來嚇人的石膏。

「眞諷刺，對吧？我這些傷看起來很可怕，但跟妳心裡的傷相比，根本不值得一提。」

我正想告訴阿嬤我沒事，她接下來的話語卻刺穿我還想否認的那一部分心思。

「妳知道自己就是埃雅的化身有多久了？」

# 4 柔依

「我第一眼見到卡羅納，就被他吸引。」我緩緩地說。我不會對阿嬤說謊，但這不表示對她吐露實情很簡單。「可是，幾乎所有雛鬼，甚至成鬼，都被他吸引，彷彿大家都中了他的魔咒。」

阿嬤點點頭。「這事我已經從史蒂薇．蕾那兒聽說了。不過，妳的情況不同，對吧？妳不止被他的神奇魔力給吸引？」

「對，我不像中了魔咒。」我嚥了嚥乾澀的喉嚨。「我沒受騙，誤信他是重返人間的冥神俄瑞波斯，而且我知道他跟奈菲瑞特密謀邪惡的勾當。我看得見他的黑暗，但我也想跟他在一起，不止因爲我相信他仍可能選擇光明，更因爲我**想要**他，儘管我知道這樣不對。」

「然而，妳克服了這種欲望，**嗚威記阿給亞**。妳選擇了自己的路，女神的路，所以才能趕走這生物。妳選擇了愛。」她緩緩地說：「就讓愛來癒合他在妳靈魂撕開的傷口吧。」

我胸口堵塞、驚惶的感覺開始放鬆。「我**會**走自己的路的。」打從初次發現自己是埃雅轉世以來，我不曾這麼自信過。但我隨即眉頭深鎖。我無法否認埃雅和我的關係。不管這是所謂本質、靈魂、精神，或什麼東西，它確實將我和卡羅納綁在一起了，一如幾世紀來大地囚禁他。「我不是埃雅，」我慢慢地說：「但我還是沒擺脫卡羅納。我該怎麼辦，阿嬤？」

阿嬤握住我的手，捏緊。「正如妳說的，妳會走自己的路。現在，這條路將引領妳到一張柔軟、溫暖的床，讓妳好好睡上一覺。」

「一次面對一項危機？」

「一次解決一件**事情**。」她說。

「現在妳該聽從妳自己的建議了，席薇雅。」安潔拉修女說著走進房間，一手拿著一只裝了水的紙杯，另一手拿著藥丸。

阿嬤虛弱地對修女笑笑，接過藥。阿嬤將藥放在舌上，喝水。我注意到她的手在顫抖。

「阿嬤，我走了，妳好好休息。」

「我愛妳，**嗚威記阿給亞**。妳今天表現得很棒。」

「沒有妳，我辦不到。我也愛妳，阿嬤。」我俯身吻她的額頭。當她閉上眼睛，帶著滿足的微笑靠回枕頭上，我跟著安潔拉修女離開房間。一步出走廊，我就迫不及待，連珠炮似地丟出一堆問題。「每個人都有地方睡了嗎？紅雛鬼還好嗎？妳知不知道史蒂薇・蕾有沒有指使艾瑞克和西斯或誰察看過修道院四周？外頭都安全了吧？」

安潔拉修女舉起手，阻止我滔滔不絕地提問。「孩子，喘口氣，換我說話。」

我想嘆息，但克制住，努力保持安靜，跟著她沿走廊前進。她說，她們在地下室布置了一塊舒適的地方給紅雛鬼住，因爲史蒂薇．蕾告訴她，對他們來說，地下是最舒服的地方。我那幾個夥伴則待在樓上客房。還有，沒錯，他們已經檢查過，外頭確定沒有仿人鴉了。

「妳知道嗎，妳眞的很了不起？」我笑著對安潔拉修女說。這時，我們已走到長廊盡頭一扇緊閉的門前。「謝謝妳。」

「我是聖母的僕人，妳不用客氣。」她說著替我打開門。「這道樓梯通到地下室。她們說，多數孩子都已經在裡面了。」

「柔依！妳在這裡啊，妳得過來看看。妳一定不相信史蒂薇．蕾做了什麼事。」戴米恩奔上樓梯。

我的胃瞬間揪緊。「怎麼了？」我立刻往下走，和他會合。「出了什麼事？」

他咧著嘴笑。「沒出事啦，只不過很不可思議。」戴米恩抓住我的手，拉著我跟他走。

「戴米恩說得沒錯。」安潔拉修女跟著我們步下樓梯。「不過，我覺得，用不可思議來形容不恰當。」

「妳覺得該用可怕或駭人來形容嗎？」我問。

戴米恩捏了捏我的手。「別瞎操心。妳今晚打敗了卡羅納和奈菲瑞特，一切好得很。」

我也捏了捏他的手，擠出笑容，假裝不緊張。但我的內心和靈魂深處知道，今晚發生的事不是結束，更非勝利，而是可怖、駭人的開始。

「哇！」我環顧四周，驚訝得難以置信。

「應該是**哇**的平方才足以形容吧。」戴米恩說。

「這眞的是史蒂薇．蕾弄的？」

「傑克是這麼告訴我的。」戴米恩說。他和我並肩望向前方那個新鑿的黑暗坑洞。

「好吧，是令人毛骨悚然。」我心裡想，但不小心說出了口。

戴米恩不解地看著我。「什麼意思？」

「呃，」我頓住，不確定自己是什麼意思。但這個坑道確實讓我感到很不安。「嗯，這，呃……**眞的很暗**。」

戴米恩笑了出來。「當然暗啊，本來就該很暗，畢竟這是地下坑道嘛。」

「我覺得，這更像是自然的洞穴，而非人工鑿的坑道。」安潔拉修女說，跟我們一起站在坑道口，望向黑暗深處。「不知為何，這裡讓我覺得很舒服，可能是因為氣味吧。」

我們三人同時嗅了嗅空氣。我聞到了，呃，土的氣味，但戴米恩說：「味道好濃郁，好充沛啊。」

「彷彿剛犁過的田地。」修女附和。

「瞧，柔，一點都不毛骨悚然。如果龍捲風來襲，我一定會躲到這裡來。」戴米恩說。

應該是我過度敏感吧。我覺得自己有點蠢，舒出長長一口氣，望向坑道深處，試著用新的眼光看它，用更精準的直覺感受它。「可以跟妳借手電筒用一下嗎，修女？」

「當然。」安潔拉修女將那具碩大、粗重的方形手電筒遞給我。我們所在的位置，是主要地下室旁邊再下去一點的一個小空間，她稱之為儲藏窖。走進儲藏窖時，她從上面帶了這具手電筒過來。已籠罩陶沙市數天的冰風暴當然也中斷了這裡的電力，修道院跟城裡大多數地方一樣陷入漆黑之中。修道院有發電機，所以，除了修女們最喜歡的那無數盞蠟燭之外，院裡主要區域仍有電燈可以照明。然而，電力從不曾拉到儲藏窖來，我們唯一的光源便是這具手電筒。我將手電筒的光束射向坑道。

坑道不大，我張開手臂就能摸到兩側牆壁，坑頂距離我的頭大約只有三十公分。我再次嗅了嗅，尋找修女和戴米恩清楚體驗到的舒服感受。但我皺起鼻子，因為我只聞到陰暗和潮溼，以及地底被翻動的植物根部和其他什麼東西的氣味。我開始想像那些滑溜、蠕動的**東西**，全身瞬間起了雞皮疙瘩。

我在心裡責備自己。地下坑道有什麼可怕？我對土有感應力，能召喚土，理當不怕土。

我咬緊牙關，邁出一步，走進坑道。接著，我邁出第二步，第三步。

「柔，別走太遠。手電筒在妳手上。妳把安潔拉修女丟在黑暗裡，我擔心她會害怕。」

我搖搖頭，微笑，轉身，將手電筒照向坑道口外，看見戴米恩滿臉焦慮，而安潔拉修女一臉安詳沉靜。「你擔心**修女**怕黑？」戴米恩忸怩不安。

安潔拉修女將手搭在戴米恩肩頭，說：「戴米恩，謝謝你替我著想，但我不怕黑。」

我投給戴米恩一個**別那麼娘**的眼光。這時，我忽然感到不對勁。身後的空氣起了變化，我知道坑道裡不只我一個人。恐懼竄上脊椎，霎時間我好想逃，儘速離開，永不回頭。

我真的差點拔腿就跑，但一股怒氣忽然湧現，連我自己都嚇一跳。我才剛對抗墮落的不死生物，而那時我可沒逃跑。現在，我也不會逃。

「柔依？那是什麼？」我急速轉身面向黑暗時，戴米恩的聲音聽起來好遙遠。

忽然一道閃爍的光出現，猶如什麼地底怪物發亮的眼睛。那道光不大，但極為明亮，照得我眼前冒出點點金星，看不清楚。我抬起頭，赫然發現那怪物有三顆頭，鬃毛鬈曲波動，兩邊肩膀不對稱，形狀怪異。接著，我做出任何正常孩子都會做的事——我深吸一口氣，放聲尖叫。那隻三頭獨眼怪物也立刻發出可怖的尖叫聲呼應。我聽見戴米恩在我背後扯開嗓門大叫，我發誓安潔拉修女也嚇得發出短促的喘息聲。我正準備做出我剛剛才下決心絕不會做的事，轉身拔腿狂奔，其中一顆頭竟停止尖叫，跨步走入手電筒的光束中。

「見鬼！柔依！妳有毛病啊？是孿生的和我啦，妳嚇死我們了。」愛芙羅黛蒂說。

「愛芙羅黛蒂？」我一隻手緊抓著胸襟，免得心臟跳出來。

「對啦，是我。」她說，一臉嫌惡地從我身邊大步走過。「拜託，控制一下。」

孿生的仍站在坑道裡。依琳手裡握著一根很粗的蠟燭，握得好緊，指關節發白。簫妮緊挨著她，兩人肩膀併在一起。她們嚇呆了，僵在那裡，雙眼圓睜。

「呃，嗨，」我說：「我不知道妳們在這裡。」

簫妮先解凍，說：「不然妳以爲咧？」她舉起顫抖的手，優雅地抹了抹前額，然後轉頭問依琳：「孿生的，她有沒有把我嚇白了？」

依琳對著她的好友眨了眨眼，說：「我想，那不可能。」然後，她瞇起眼睛注視簫妮。「放心，妳沒變白，仍然是咖啡美女一個。」依琳舉起空著的那隻手，焦急地拍著她那一頭濃密金髮，問簫妮：「她有沒有把我嚇得頭髮豎起來，或變醜，或提早變灰？」

我對孿生的皺起眉頭。「依琳，妳的頭髮沒有豎起來，也沒有變灰。還有，簫妮，妳不可能被嚇白。喂，是妳們先嚇到**我**。」我說。

「聽好，下次妳要趕走卡羅納和奈菲瑞特，只需像這樣子尖叫就行了。」依琳說。

「就是說嘛，妳叫得好像得了失心瘋。」簫妮說。兩人從我身邊走過去。

我跟著她們折回儲藏窖。戴米恩站在那裡猛給自己搧風，模樣比平常娘。安潔拉修女則剛剛在胸口比完十字。我將手電筒直放在桌上，光束射向天花板。桌上擺滿了玻璃罐，罐子裡裝的東西看起來很詭異，眞像胎兒飄浮在晦暗的光線裡。

「說眞的，妳們到下面這裡做什麼？」我說。

「達拉斯告訴我們，他們就是穿過這條坑道從舊火車站來這裡的。」簫妮說。

「他說，坑道很酷，是史蒂薇．蕾打造的。」依琳說。

「所以，我們就想，最好下來親眼看看。」簫妮說。

「那妳怎麼會跟孿生的來這裡？」我問愛芙羅黛蒂。

「好動二人組需要找人保護啊，自然而然想到我。」

「那妳們怎麼會突然冒出來？」戴米恩搶在孿生的又開始跟愛芙羅黛蒂鬥嘴之前發問。

「小事一樁啊。」依琳迅速走回坑道，手裡仍拿著蠟燭。她比我剛剛進去時的位置更深入幾步，然後轉身面向我們，說：「坑道在這裡突然左轉。」她向左跨出一步，燭光立刻消失。然後，她跨回來，再次現身。「所以，你們才會覺得我們忽然冒出來。」

「史蒂薇．蕾實在太厲害了，有辦法弄出這樣一條坑道。」戴米恩說。我注意到他不敢靠近坑道半步，仍繼續待在手電筒旁邊。

安潔拉修女走到坑道口，敬畏地摸了摸洞壁，說：「史蒂薇．蕾打造，神蹟顯現。」

「妳所謂神蹟，大概又是要說妮克絲其實就是聖母馬利亞吧？」儲藏窖的另一側忽然冒出史蒂薇．蕾的奧克腔，嚇了大家一跳。

「沒錯，孩子，我是這個意思。」

「我無意冒犯，但這眞是我聽過最怪的事情。」史蒂薇．蕾邊說，邊走過來。我覺得她臉色很蒼白。她靠近時，我聞到一種奇怪的氣味，但她咧著嘴笑的表情依然是原來那個可愛的史蒂薇．蕾。「柔，我剛剛聽到一聲超高分貝的尖叫，是妳嗎？」

「呃，對。」我只能對她傻笑。「我走進坑道，沒想到會撞見她們三個。」

「嗯，難怪妳會嚇到。愛芙羅黛蒂確實有點可怕，像妖怪。」史蒂薇．蕾說。

我大笑，抓住機會，趕緊轉變話題。「說到妖怪，上面還有仿人鴉的蹤跡嗎？」

史蒂薇．蕾別開臉。「沒事了，沒什麼好擔心的。」她說。

「太好了。」安潔拉修女說：「那些生物眞令人厭惡，非人非獸。」她打了個寒顫。「眞高興終於擺脫他們。」

「那又不是他們的錯。」史蒂薇．蕾冷不防地說。

「什麼？」修女很訝異史蒂薇．蕾的語氣竟像在替他們辯護。

「長成這樣，不是他們要的。他們因強暴和邪惡而生，所以，他們其實是受害者。」

「我可不會替他們感到難過。」我說，不懂史蒂薇．蕾怎麼像是在替仿人鴉講話。

戴米恩打了個哆嗦。「我們非得討論他們不可嗎？」

「不用，當然不需要。」史蒂薇．蕾趕緊說。

「那好。總之，我帶柔依來這裡，是想讓她看看妳打造的坑道。史蒂薇．蕾，我告訴妳，我認爲妳眞的很了不起。」

「謝謝，戴米恩！我發現自己辦得到時，也覺得酷斃了。」史蒂薇．蕾從我身邊走過，進入坑道，漆黑立刻籠罩她，彷彿她置身於一條巨大黑蛇的體內。她舉起雙手，撐著兩側的土壁。我看著她，忽然想起約莫一個月前，我和戴米恩一起看的老電影《霸王妖姬》。我腦中浮現的畫面，是女主角大利拉領著瞎眼的男主角參孫站在神廟的巨柱中間，場內擠滿奚落他的群眾。原本失去神力的參孫恢復力氣，推倒巨柱，毀了他自己和……

「是不是啊，柔依？」

「什麼？」我眨了眨眼，腦中浮現的悲慘場景搞得我心神不寧。

「我是說，我鑿坑道時，幫我移開泥土的不是聖母馬利亞，而是妮克絲賜給我的力量。

拜託，妳完全沒在聽我說話。」史蒂薇．蕾說。她的手已經放下，向我投來質疑的眼光，彷佛在說，**妳腦袋瓜子裡面在想什麼呀**。

「對不起，妳剛剛說妮克絲怎樣？」

「我說，我眞的不認爲妮克絲和那個聖母馬利亞有什麼關係。我移土，鑿坑道，當然不是耶穌的媽媽幫我的。」她聳聳肩。「修女，我不是要傷妳的心或怎樣，但我是這麼想。」

「史蒂薇．蕾，妳當然可以有自己的看法。」修女說，表情依舊平靜。「不過，妳該知道，有些事情，即便妳不相信，也不表示就不可能。」

「嗯，我一直在思考這一點。我個人覺得，修女的這個假設並不奇怪。」戴米恩說：

「妳們應該記得，《雛鬼手冊》就指出，馬利亞是妮克絲的諸多化身之一。」

「啊，」我說：「眞的嗎？」

戴米恩狠狠瞪我一眼，顯然在教訓我，**妳應該多用功一點**，然後才點點頭，以他的學究口吻繼續說：「對，歷史文獻清楚記錄，基督信仰進入歐洲時，地神蓋雅和妮克絲的神殿先轉變成膜拜馬利亞的禮拜堂，直到許久之後才有大批民眾改信……」

戴米恩單調的說教聲，變成背景音響，逐漸安撫了我的焦慮。我望著坑道，裡頭的黑暗是如此深黝濃密，史蒂薇．蕾身後幾吋就是一片漆黑，看不到任何東西。絕對的空無。我凝視著，想像那兒隱藏著什麼生物。不過幾呎之外，可能便潛藏著什麼人或什麼**東西**，而如果他們有意藏匿，我們將無從得知。想到這裡，我又害怕起來。

**拜託，這太荒謬了**！我告訴自己，**那只是個坑道**。但莫名的恐懼照樣襲來。可悲的是，這觸怒了我，我決定反擊。於是，就像恐怖電影裡金髮臨時演員扮演的白癡角色，我一步步走進黑暗中，直到黑暗完全吞沒我。我的理智知道，我距離儲藏窖和我的朋友不過兩呎，我聽得見戴米恩仍繼續在談論宗教和女神。但在我胸腔裡驚恐跳動的，並不是我的理智。我的心、我的靈、我的魂——隨便你怎麼稱呼——正無聲地對我吶喊，**跑！離開！快走！**

我感覺到土的壓力從四面八方湧來，彷彿這裡不是坑道，而是封閉的地穴，我被掩埋……窒息……困住……

我的呼吸愈來愈急促。我知道我換氣過度，但我無法控制。我想遠離向黑暗深處無盡延伸的洞穴，但我只踉蹌地後退半步。我無法使喚我的腳！我的眼裡冒出點點金星，遮蔽了我的視線。這時，一切逐漸變成灰色，我開始墜落……墜落……

# 5

# 柔依

黑暗綿延不斷，遮蔽了我的視線，抹除了我所有的知覺。我拼命喘氣，想吸入空氣；我揮舞手腳，企圖抓住什麼東西。任何東西都行，只要可以碰觸、聽見或嗅到。但我什麼都感覺不到，除了繭一般的魆黑，以及我瘋狂震顫的心跳。我死了嗎？

不，應該沒有。我記得我在本篤會修道院底下的坑道，離朋友只有幾呎。我記得我被坑道裡的黝黯嚇著了，但這不至於讓我暴斃。我記得我很害怕，很恐懼。

接著，一切都消失了，只剩下黑暗。

我怎麼了？妮克絲！我的心在呼喊。救我，女神啊！給我一絲亮光！

「用靈魂聆聽……」心中響起女神撫慰我的甜美聲音，我不由得放聲哭泣。但隨著她的話語消失，無止境的闃寂和黑暗是僅存的一切。我到底該怎麼用靈魂聆聽呢？

我設法冷靜下來，努力諦聽，但我只聽見寂靜。一種我未曾經歷過的，吞沒我靈魂的，黝黯、空無的徹底寂靜。在這裡，我沒有任何依憑，可藉以了解任何事物。我只知道——

我察覺，其實我有所憑藉，部分的我曾經經歷這樣的黑暗。我恍然大悟，震驚不已。我無法看，無法感覺，動彈不得，只能在內心翻滾，探尋那部分的我，好了解這是怎麼回事，找到脫身的方向。記憶再次翻騰，這次它將我帶回到久遠以前。歲月剝落，我不再抗拒，直到最後，最後我終於再次有所感覺。

慢慢地，我的知覺回來了。我開始聽見我思緒以外的聲音。四周鼓聲咚咚，交織著遙遠的女聲。嗅覺回來了，我聞到溼冷的氣味，想起修道院的坑道。最後，我感覺到我赤裸的背部緊貼著泥土。我才剛辨認出這些重新湧現的感覺，頃刻之間，其餘的意識也乍然甦醒。我不是一個人！我的背貼著泥土，但有人把我緊緊地抱在他懷裡。

然後，他說話了。「喔，天哪，不！別這樣！」

是卡羅納的聲音。我的立即反應是想放聲大叫，倉皇掙脫，但我無法左右我的身體，而我嘴巴講出來的也不是我的話語。「噓，別難過，我的愛，我跟你在一起。」

「妳設陷阱困住我！」他怒喊控訴，但雙手仍緊摟著我。我認得他永生的擁抱所傳送的冰冷熱情。

「我救了你。」我發出陌生的聲音回答他。這時，我的身體更親密地依偎著他。「你本來就不該在人間行走。否則你不會這麼不快樂，這麼不滿足。」

「我別無選擇！凡人不懂。」

我的手臂摟住他的頸項，手指穿過他柔軟濃密的頭髮。「我懂。安心地跟我在一起吧。放下你的悲傷和憂煩，讓我撫慰你。」

我感覺到他終於放棄，把自己交給我。然後，卡羅納喃喃地說：「好，我把我的悲傷埋入妳裡面，而我的渴望最終將會耗盡。」

「是的，我的愛人，我的伴侶，我的戰士……是的……」

這時，我迷失在埃雅裡面，分辨不出她的欲望在哪裡終止，我的靈魂從何處起始。如果我有所選擇，我不想這樣。我只知道自己在命中注定的地方——卡羅納的懷抱。他的翅膀覆蓋著我們，不讓他身上的寒氣灼傷我。他的嘴吻上我的唇，我們慢慢地、徹底地互相探索，既感到驚奇，又沉溺於彼此。當我們的肉體開始一起震動，我體會到極致的歡愉。

接著，忽然間，我開始消融。

「不！」我從喉嚨和靈魂深處放聲嘶吼。我不想離開！我想跟他在一起。我的歸屬就是跟他永遠相守！然而，我無法掌控。我感覺到自己逐漸消失，融入土裡。這時，我聽見埃雅在啜泣，我腦海裡迴盪著她沙啞的聲音：要記得……

我的臉頰被摑得發燙。我深吸一口氣，揮去心裡最後一抹黑暗，睜開眼睛。手電筒的光束照得我眯眼猛眨。「我記得。」我的聲音就跟我的心一樣乾澀。

「妳記得妳是誰了？還是需要我再甩妳一巴掌？」愛芙羅黛蒂說。

我的心仍吶喊著**不**，抗拒從黑暗中被抽離，一時還反應不過來。我再次眨眼，搖搖頭，試圖釐清思緒。「不！」我回答的聲音像激動的吶喊，愛芙羅黛蒂本能地往後退開。

「好，」她說：「妳待會兒再謝我吧。」

安潔拉修女擠過來，俯身看我，幫我將臉上溼冷的頭髮往後捋。「柔依，清醒了嗎？」

「是。」我以沙啞的聲音說。

「柔依，怎麼了？妳怎麼會換氣過度？」修女問。

「妳該不會覺得反胃吧？」依琳的聲音在顫抖。

「該不會很想咳吧？」簫妮問，看起來跟她的孿生好友一樣憂心忡忡。

史蒂薇・蕾推開孿生的，湊了過來。「告訴我，柔，妳還好嗎？」

「我很好。不會死或怎樣。」我的思緒已經慢慢恢復清晰，但似乎還擺脫不掉埃雅的絕望。我知道我的朋友怕我的身體開始排斥蛻變。我強迫自己專注在當下，向史蒂薇・蕾伸出手，說：「來，扶我起來。我現在好多了。」

史蒂薇．蕾拉我起來後，仍扶著我的手肘。我稍微踉蹌了一下，才站穩腳步。

「妳怎麼了，柔？」戴米恩邊問，邊仔細端詳我。

我該怎麼說？難道該跟他們承認我清楚記得某一個前世的事，而且在那輩子委身於我們今日的敵人？我還沒有時間走出情緒的迷宮，該怎麼跟他們解釋呢？

「說吧，孩子。說出口，就不會像暗自猜想那樣害怕。」安潔拉修女說。

我嘆了一口氣，衝口而出：「坑道嚇著我了！」

「嚇著妳？難道裡面有什麼東西？」戴米恩終於移開視線，緊張地望向黑漆漆的坑道。

孿生的退後兩步，拉開和坑道的距離。

「沒有，裡面沒什麼東西。」我吞吞吐吐地說：「至少，我想是沒有。反正，我不是被裡面的東西給嚇到。」

「難不成妳認爲我們會相信妳因爲怕黑而昏倒？」愛芙羅黛蒂說。

大家全盯著我看。我不安地清了清喉嚨。

「喂，你們大家，搞不好柔依有些事情不想說啊。」史蒂薇．蕾說。

我看著我最要好的朋友，驀然明白，我如果不說出剛才發生的事，就沒資格要求她對我誠實。「沒錯，」我告訴史蒂薇．蕾：「我是不想說，但我應該告訴你們眞相。」我掃視眾人。「坑道嚇著我，是因為我的靈魂認得它。我想起以前跟卡羅納一起被囚禁在地底。」

「妳的意思是，妳真的有埃雅的靈魂？」戴米恩輕聲問。

我點點頭。「我是我，但我也有一部分是她。」

「有意思……」戴米恩長長地舒一口氣。

「那麼，對今日的妳和卡羅納來說，這到底代表什麼？」愛芙羅黛蒂問。

「我不知道！我不知道！我不知道！」我激動地叫嚷，壓力和要命的困惑在我心裡沸騰。「我什麼鬼答案都沒有。我只是記起那些事，卻連沉澱的時間都沒有。你們可不可以離我遠一點，讓我先釐清一下思緒？」

大家不情願地散開，嘟噥著說「好，好」，對我投來**她瘋了**的眼光。我無視於朋友們的掛慮，也拋開彷彿還飄浮在半空中的卡羅納難題，逕自對史蒂薇．蕾說：「告訴我，妳到底怎麼鑿出這條坑道的。」從她湛藍眼眸裡的問號，我看得出我的語氣讓她起了疑慮。我的意思顯然不是「拜託，我剛昏倒欸。行行好，換個話題吧。妳知道當個泥娃娃轉世的小妞有多糗嗎？」相反地，我一副女祭司長的口吻。

「其實這沒什麼大不了的。」史蒂薇．蕾顯得杌隉不安，像是為了掩飾內心的忐忑，反而太用力裝出滿不在乎的樣子。「喂，妳確定妳沒事嗎？我們要不要離開這地方，到上面幫妳找可樂喝？我是說，如果這裡會讓妳想起前世的事，或許我們就應該到別的地方去。」

「我沒事，我現在只想聽妳解釋坑道的事。告訴我，妳是如何辦到的。」我可以感覺到大家帶著好奇和疑惑的眼神看著我們，但我始終盯著史蒂薇．蕾的眼睛。

「好啦。妳應該知道，在禁酒令時期，市區建築物底下幾乎都有坑道吧？」

我點點頭。「對。」

「還有，記不記得我告訴妳，我大致勘查過，想了解舊火車站底下的坑道可以通到哪些地方？」

「對，我記得。」

「那天安蟻跟大家說過，有一條坑道的入口大半被封住了。那其實是菲爾塔大樓底下坑道的一條分枝。」我不耐煩地點點頭。她繼續說：「那條坑道被泥土堵住了。我敲掉了坑道口中間那個小洞四周的泥土，將手伸過去，感覺到有冷風。所以，我心想，這條坑道應該還能通。我伸手用念力和元素力量去推，果然，泥土回應了我。」

「回應？泥土開始震動嗎？」我問。

「應該說移動啦。照我腦海裡想像的方式移動。」她頓一下。「有點難解釋。總之，泥土開始崩落，坑道口擴大，我跨進去，走入一條非常、非常古老的坑道。」

「那條老坑道是直接在土裡挖出來的，不像舊火車站和鬧區底下的坑道，還鋪上水泥，對吧？」戴米恩問。

史蒂薇．蕾露出笑容，點點頭，金色鬈髮在肩膀上跳動。「對！而且它不是通往鬧區，而是通向中城區。」

「然後一路通到這裡？」我在腦中估算距離，卻怎麼也算不清。當然，我是數學智障。不過，隨便想也知道，這段路一定很長。

「不是啦。我找到那條土坑道後，就進去探查。沒錯，一開始它確實是菲爾塔大樓坑道的分枝。但我心想，它居然通向鬧區以外的地方，實在很怪，也很酷。」

「妳怎麼知道它的走向？」戴米恩打斷她。「妳怎麼猜得出那條坑道會通往哪裡？」

「對我來說，易如反掌！你知道的，我隨時都知道北方在哪一邊，那是我的土元素所在的方位。只要找到北方，自然就能辨認任何方位。」

「然後呢？」我著急地追問。

「然後，路就斷了，坑道不通了。妳那天遞紙條給我，要我們到修道院跟妳會合之前，我就是走到不通的地方。沒錯，我打算日後回去探個究竟，但當時我不急。不過，當妳打手機叫我帶大夥兒來這裡，我隨即想起那條土坑道。我記得它中斷之前的方向正是通往修道院。所以，我回那裡去，心裡想著我要去的地方，想著坑道可以通到這裡。然後，我再次伸手去推，就像之前把坑道口弄大那樣，只是這次的工程更浩大。轉眼間，嘿，泥土遵照我的命令移開。就這樣，登登登！我們來到這裡了！」她說完後，綻開燦爛的笑容。

聽了史蒂薇．蕾的解說，眾人鴉雀無聲。安潔拉修女打破沉默的聲音，聽起來仍一派自然，讓我更喜歡她了。「真了不起！史蒂薇．蕾，對於妳的天賦的源頭，儘管妳和我見解不同，這麼高強的法力確實令人佩服。」

「謝謝妳，修女！我也覺得妳很了不起，尤其是就一個修女來說啦。」

「裡面那麼暗，妳怎麼看得見？」我問。

「嗯，在黑暗中我看得很清楚，不成問題。不過，其他孩子的夜視能力沒我這麼好，所以我們離開舊火車站時，隨身帶了幾盞提燈。」史蒂薇．蕾指了指儲藏窖陰暗角落的幾盞煤油提燈。之前，我沒注意到它們。

「妳就這樣把所有的紅雛鬼都平安地帶來這裡了？」戴米恩說。

「是啊！」

「所有的誰？」我問。

「什麼意思啊，所有的誰？柔，我不懂妳在問什麼。」她說：「當然是你們大家都認識的那些紅雛鬼，加上艾瑞克和西斯啊。不然還會有誰？」她的話聽起來沒有異狀，但話尾冒出一個詭異的緊張笑聲，而且不敢正視我。

我的胃揪緊。史蒂薇・蕾仍然在說謊，而我不知道該怎麼辦。

「我想，柔依應該是累壞了，神志不太清楚。經過今晚的事，她一定心力交瘁。」安潔拉修女溫暖的手搭在我的肩頭。「大家都累了。」她微笑地看著大夥兒。「天也快亮了，你們都該休息了。好好睡個覺，一切就會變得明朗。」

我疲憊地點點頭，任憑安潔拉修女將大家帶出儲藏窖，爬上我們先前走下來的那道樓梯。但走到一處平台時，她停下腳步，打開旁邊的一扇門，而沒有繼續往上爬，回到地面的走廊。剛才我匆匆忙忙地跟戴米恩下來，沒注意到這處平台和這扇門。門後是另一道比較短的樓梯，通往主要地下室。那裡頭很寬敞，原本是洗衣間，臨時被修女們改裝成宿舍。一張張行軍床沿著兩面牆攤開擺著，上面都放了毯子和枕頭，看起來很舒適。其中一張床已經躺了一個人，毯子幾乎蓋住整顆頭，但露出一頭紅髮，顯然是艾略特。其他紅雛鬼聚集在擺放洗衣機和烘衣機的區域，坐在金屬摺疊椅上，圍觀放在一台洗衣機上頭的大型平面電視。看到他們哈欠連連的樣子，我知道天真的快亮了。不過，大家似乎都被電視上的節目迷住了，捨不得睡。我瞥了一眼螢幕，疲憊的面龐忍不住綻出笑容。

「《真善美》？他們在看《真善美》？」我笑著說。

安潔拉修女揚起一道眉毛看我，說：「這是我們最愛的一部影片。我想，這些雛鬼應該也會喜歡。」

「這是經典名片欸。」戴米恩說。

「我以前覺得電影裡那個納粹小子很可愛。」簫妮說。

「但他去告密，出賣了崔普上校一家人。」依琳說。

「就在這時，他變得沒那麼可愛了。」簫妮說著，和依琳各抓了一張摺疊椅，加入紅雛鬼的行列，在電視機前坐下。

「但沒有人不喜歡女主角茱麗·安德魯斯。」史蒂薇·蕾說。

「那些該死的小鬼被寵壞了，她眞該痛扁他們。」盯著螢幕的克拉米夏說，轉頭對安潔拉修女露出睏倦的笑容。「不好意思啊，修女，我說髒話。但那些小鬼眞的很皮。」

「他們只是需要關愛，跟所有的孩子一樣。」修女說。

「嗯，夠了。」愛芙羅黛蒂說：「我最好趕在你們開始合唱之前，去找達瑞司和我的房間。」她挑了挑眉毛，扭腰擺臀走出地下室。

「愛芙羅黛蒂，」安潔拉修女叫住她。愛芙羅黛蒂停步，回頭看修女。修女繼續說：

「我想，達瑞司應該還跟史塔克在一起。妳可以去跟他道個晚安，但妳的房間在四樓——而且，妳的室友是柔依，不是那個戰士。」

「嗯。」我壓低聲音說。

愛芙羅黛蒂翻了翻白眼，自言自語地說：「我就知道。」然後，她繼續扭腰擺臀走開。

「不好意思啊，柔。」史蒂薇．蕾賞了愛芙羅黛蒂一個白眼後，對我說：「我很想再當妳的室友，不過，我想，我應該留在下面這裡。對我來說，日出後留在地下真的會比較舒服。再說，我也得陪著紅雛鬼。」

「沒關係。」我這話未免答得太快。**難道我現在連跟最要好的朋友獨處都不願意嗎**？

「其他人都在樓上嗎？」戴米恩邊問，邊四處張望。我知道他肯定在找傑克。

至於我，那兩個男朋友我都不想找。事實上，看到他們在外頭互相嗆聲的蠢模樣，我愈來愈覺得，孤家寡人還挺不錯的。何況還有卡羅納的問題和那段我一點都不想要的記憶。

「對，其他人都在樓上。如果不是在餐廳，就是已經上床睡覺。哈囉，呼叫小柔，看這邊！修女準備了好多種口味的多力多滋，我甚至替妳找到了可樂，有咖啡因和糖的那種唷。」西斯說著，直接跳下最後三個階梯，來到地下室。

# 6 柔依

「多謝啦，西斯。」我壓抑住一聲嘆息，看著他走過來，笑吟吟地遞給我墨西哥玉米片加起司口味的多力多滋，以及一罐可樂。

「柔，如果妳眞的沒事，我想去找傑克，順便確定女爵也沒事，然後就去睡大頭覺。」戴米恩說。

「沒問題。」我趕緊回話，生怕戴米恩待會兒跟西斯提起我想起埃雅的事。

「艾瑞克呢？」史蒂薇．蕾問西斯話時，我已經咕嚕咕嚕灌下一大口可樂。

「他還在外面，自以爲是這座城堡的國王。」

「我離開後，你們有發現什麼嗎？」史蒂薇．蕾的聲音忽然飆高，幾位原本正入迷地在看《眞善美》的紅雛鬼不自禁地轉過頭來。

「沒有。他根本是個傻瓜。我和達拉斯巡視過的地方，他偏偏要再檢查一次。」

坐在電視機前的達拉斯，一聽到自己的名字，立刻抬起頭來。「外頭一切都很好，史蒂薇・蕾。」

史蒂薇・蕾打個手勢，達拉斯便起身走過來。她壓低聲音對他說：「詳細說來聽聽。」

「妳下來之前，我在外面跟妳講過了啊。」達拉斯說，目光飄回電視螢幕，看著畫面上的米色小馬……香脆的蘋果餅……

史蒂薇・蕾打他手臂一下。「你可不可以專心一點？我現在不在外面，而是在這裡。所以，**再**跟我說一次。」

達拉斯嘆口氣，將注意力放在她身上，對她露出遷就的笑容。「好，好。不過，這可都是因爲妳好聲好氣求我。」史蒂薇・蕾對他皺起眉頭，他繼續說：「艾瑞克、強尼、西斯，還有我，我們遵照妳的吩咐去搜索。這實在不好玩，外頭冰滑，又冷得要命。」他頓住，見史蒂薇・蕾不發一語地盯著他，才接著說：「總之，**如妳所知**，妳沿著第二十一街搜索時，我們也一直在巡查。一會兒之後，我們在聖母洞碰面。就是在那時，我們跟妳說了，我們在路易斯街和第二十一街交叉口發現那三具屍體。妳叫我們處理，然後妳就離開了。我們照妳的話做完後，我、西斯和強尼就進屋，擦乾身體，吃東西，看電視。至於艾瑞克，我猜，這會兒仍在外頭巡視吧。」

「爲什麼？」史蒂薇・蕾的語氣好尖銳。

達拉斯聳聳肩。「大概就像西斯說的，這傢伙是個傻瓜吧。」

「三具屍體？」安潔拉修女問。

達拉斯點點頭。「對，我們發現三個死掉的仿人鴉。應該是在空中被達瑞司打下來的，因爲他們身上有彈孔。」

安潔拉修女壓低聲音問：「那，你們怎麼處理這幾個死掉的生物？」

「丟進修道院後面的大垃圾箱。外頭很冷，不會腐爛的。這種冰風暴的天氣，短期內垃圾車不會來收垃圾。我們想，他們可以暫時留在那裡，直到妳們想好怎麼處理。」

「喔！喔！我的天哪！」修女臉色發白。

「你們把他們丟進垃圾箱？我可沒要你們這麼做！」史蒂薇．蕾幾乎是用吼的。

「噓！」克拉米夏說。電視機前的觀眾紛紛對我們怒目相視。

安潔拉修女示意我們跟她走。我們五個人快速離開地下室，爬上樓梯，到地面的走廊。

「達拉斯，我眞**不敢**相信你們把他們丟進垃圾箱！」我們一走到雛鬼們聽不見的地方，史蒂薇．蕾立刻斥責他。

「不然妳要我們怎麼處理？挖個墳墓，幫他們做彌撒？」達拉斯說，隨即望向安潔拉修女。「不好意思啊，修女，我無意褻瀆。其實我老爸、老媽也是天主教徒。」

「我相信你無意冒犯，孩子。」修女說，但語氣似乎有點猶豫。「屍體……我—我沒想到會有屍體。」

「別擔心，修女。」西斯矬矬地拍拍修女的胳膊。「用不著妳動手去處理。我懂妳的感覺。這整件事，呃，那個長翅膀的傢伙、奈菲瑞特、仿人鴉，嗯，都很難——」

「不能把他們留在該死的垃圾箱裡。」史蒂薇．蕾的聲音壓過西斯，彷彿她壓根兒沒聽見他說話。「這樣不對。」

「爲什麼不對？」我平靜地問。我一直沒出聲，因爲我在觀察史蒂薇．蕾，直到看見她變得愈來愈惱火。

史蒂薇．蕾這會兒忽然又不怕跟我目光接觸了。「因爲這樣就是不對。」

「他們是怪物，有一半非人的成分。只要卡羅納一開口，他們可以轉眼間殺死我們所有的人。」我說。

「一半非人，那另外一半呢？」史蒂薇．蕾問我。

我蹙眉看著她。西斯搶先一步說：「另一半是鳥？」

「不對。」史蒂薇．蕾說，連看都沒看他，繼續盯著我。「鳥就是非人的那一半。在他們的血液裡，他們一半是非人的不死生物，另一半是人類。**人類啊**，柔依。我對他們身爲人類的那一半感到難過。他們不應該跟垃圾丟在一起。」

她的眼神和聲音有些異樣，讓我覺得很不安。我沒有多想，直接說出心裡冒出來的第一個想法：「我不會因爲他們不巧天生如此，就替他們感到難過。」

史蒂薇．蕾眼睛閃現怒火，身體搐動，彷彿被我甩了一巴掌。「我想，這就是妳和我的差異。」

我頓時明白，爲什麼史蒂薇．蕾會爲仿人鴉感到難過。從某種詭異的角度來看，她一定在他們身上見到了自己的影子。她曾死去，然後「不巧」復活，**失去**大部分人性。接著，她又「不巧」拾回人性。我猜想，她了解半爲怪物半爲人類是什麼滋味。

「嘿，」我聲音放輕，希望她和我能像以前在夜之屋時那樣，輕鬆地交談。「不巧生來就不對勁，和出生以後不巧發生可怕的事，兩者之間有很大的差異。我想，前者是生來如此，後者是有外來的力量試圖改變你。」

「啥？」西斯滿頭霧水。

「我想，柔依是想說，她明白爲什麼史蒂薇．蕾會同情死掉的仿人鴉，即使她自己跟他們沒有什麼關係。」安潔拉修女說：「柔依說得沒錯，仿人鴉是黑暗的生物，就算我爲他們的死感到不安，我了解何以他們必須死。」

史蒂薇・蕾的目光從我身上移開。「妳們兩個都錯了，我不是這麼想。不過，我現在不想再說了。」她快步沿著走廊走開，撇下我們。

「史蒂薇・蕾？」我在她身後喊她。

她頭也不回地說：「我去找艾瑞克，確定外頭眞的沒事，然後我會叫他進來。有什麼事待會兒再說吧。」她轉身穿過一道門，砰地把門關上。我想，那道門應該可以通往外面。

「她通常不是這樣子的。」達拉斯說。

「我會替她祈禱。」安潔拉修女喃喃地說。

「別擔心，」西斯說：「她很快就會進來。太陽快出來了。」

我用手拍了一下自己的臉頰。我應該跟上去，攔住她，要她一五一十說出眞相。但我這時實在沒有心力多應付一個問題。關於埃雅的回憶，我還沒處理。我可以感覺到，它就像充滿罪惡感的祕密，藏在我的腦海深處。

「小柔，妳還好嗎？妳看起來眞的得睡覺了。大家都一樣。」西斯說，打了個哈欠。

我眨眨眼，疲憊地對他露出笑容。「是啊，我這就去睡，但我想先去看一下史塔克。」

「一下就好。」安潔拉修女說。

我點點頭，沒看西斯，說：「好，呃，那麼，八個鐘頭以後見嘍。」

「晚安，孩子。」修女擁抱我，附在我耳邊悄聲說：「願我們的聖母保佑、看顧妳。」

「謝謝妳，修女。」我低聲道謝，緊緊抱住她。

我放開她後，西斯忽然抓住我的手。我嚇一跳，帶著疑惑的眼神看他。

「我陪妳去史塔克的房間。」他說。

眞是被他打敗了。我聳聳肩，讓他牽著我的手沿著走廊往前走。我們一路上沒交談，只是靜靜地走著。西斯的手感覺起來好溫暖，好熟悉，而且我自然而然地就跟他步伐一致，並肩同行。我才開始讓自己放鬆下來，卻聽見他清喉嚨。

「呃，我想爲艾瑞克和我稍早的鳥事，向妳道歉。那眞的很蠢。我不該讓他激怒的。」

「你說得對，你是不該。不過，有時候他確實很讓人生氣。」我說。

西斯綻開笑容。「就是說嘛。妳很快就會甩掉他，對吧？」

「西斯，我不會跟你討論艾瑞克的事。」

他的笑容更燦爛了。我賞他一個白眼。

「妳騙不了我，我太了解妳了，妳受不了大男人的男生。」

「閉嘴，專心走路。」我嘴裡這麼說，手卻捏了捏他的手，他也回捏我的手。他說得沒錯，我不喜歡大男人的男生。他確實非常、非常了解我。

我們走到一處轉角，那兒有一面觀景窗，窗子對面的牆壁有一個凹陷進去的空間，裡頭擺了張舒適的長椅，看起來很適合坐在那裡閱讀。窗台上有尊美麗的聖母小瓷像，瓷像兩側有幾盞許願燭燃燒著。西斯和我放慢腳步，在窗前停了下來。「眞美。」我輕聲說。

「是啊。我以前從未好好注意過馬利亞。在這裡，這許多聖母雕像在燭光照耀下，看起來眞的好酷。妳認爲修女說得對嗎？有可能馬利亞就是妮克絲，妮克絲就是馬利亞嗎？」

「我不知道。」

「妮克絲不是會跟妳交談嗎？」

「是啊，有時候會。不過，我們沒提起過耶穌的媽媽。」我說。

「我想，妳下次應該問問她。」

「或許吧。」我說。

我們站在那裡，手牽著手，望著溫暖的黃色燭光照映著發亮的瓷像。我心想，如果女神不要只在生死關頭的時候來看我，那該有多好。這時，西斯忽然說：「我聽說史塔克立誓成爲戰士，爲妳效命。」

我仔細端詳他，想知道他是生氣，還是忌妒。但我在他的湛藍眼眸裡只看到好奇。

「對，沒錯。」

「據說，這會讓你們之間產生特殊的連結。」

「確實如此。」我說。

「他射箭百發百中，對吧？」

「對。」

「所以，有他在妳身邊，就像有個魔鬼終結者在保護妳？」

他這話惹得我發笑。「他不像阿諾那麼大塊頭啦。不過，我想，這個比喻很恰當。」

「他愛妳，對不對？」

他冷不防這麼問，我措手不及，一時不知該說什麼。然而，從我們小學起，他似乎總知道什麼時候說什麼話，這回也不例外。「我只是想要妳告訴我實話。」

「對，我想，他愛我。」

「那妳也愛他嗎？」

「或許吧。」我不想多說。「不過，這不會改變我對你的感覺。」

「可是，對現在的妳和我來說，這代表什麼？」

真怪，他的話竟然呼應了愛芙羅黛蒂的問題：對今天卡羅納和我的關係而言，埃雅的記憶到底代表什麼意義？我覺得好累，因為我對這兩個問題都沒有答案。我揉了揉右邊太陽穴，因爲我又開始頭痛了。「我想，這代表我們既有烙印，又很困擾。」

西斯沉默不語，只是帶著他那溫柔、哀傷、熟悉的表情看著我。比起互相叫罵，這更是千言萬語，訴說著我對他的傷害。看他這樣，我的心都碎了。

「西斯，對不起，我……我……」我的聲音啞了，但我努力往下說：「我現在有好多事情都不知道該怎麼辦。」

「我知道怎麼辦。」西斯在長椅上坐下，對我伸出手。「小柔，來這裡。」

我搖搖頭。「西斯，我不能——」

「我不是想向妳需索什麼。」他打斷我的話。「我是要給妳一點什麼。過來吧。」

見我困惑地望著他，他嘆口氣，身子探過來，抓住我的手，輕輕地將我僵硬的身體拉入他懷裡，坐在他的大腿上。他抱著我，臉頰貼著我的頭頂。八年級左右，他長得比我高大後，就經常會這麼做。我的臉偎進他的頸窩，吸進他的氣味。那是我童年的芬芳氣息——在長長的夏夜裡，我們坐在後院，旁邊有捕蚊器啪啪響，而我們聽音樂，聊天；在賽後的派對中，我依偎在他懷裡，聽著周遭眾多女孩和男孩讚嘆他一記記精彩的傳球。那是無數次夜晚深情吻別的氣味，那是我們愛苗初萌時激情的氣味。

我突然發現，我吸進那熟悉的、令人安心的氣味時，整個人也放鬆了。我吁出一口氣，蜷縮進他懷裡。

「好多了嗎？」西斯喃喃問道。

「好多了。」我說：「西斯，我眞的不知道——」

「別說！」他摟著我的手臂收緊，然後又放鬆。「此時此刻，別擔心我、艾瑞克，或那個新加入的傢伙。現在，妳只需記得我們就是我們，記得好幾年來我們之間的感覺。小柔，我在這裡陪著妳。在發生那些我不完全明白的事情之後，我來到了這裡。我們屬於彼此。我的血、我的心是這麼說的。」

「爲什麼？」我問，繼續依偎在他懷裡。「你爲什麼還在這裡？爲什麼在知道了艾瑞克和史塔克的事情之後，仍願意跟我在一起？」

「因爲我愛妳。」他直截了當地說。「從我有記憶以來，我就愛著妳。未來，有生之年，我仍會一直愛著妳。」

淚水刺痛我的眼睛，我用力眨了眨眼，努力不哭出來。「可是，西斯，史塔克是不會離開的。至於艾瑞克，我眞的不知道該拿他怎麼辦。」

「我知道。」

我深吸一口氣，在呼出那口氣時說：「還有，在我內心，我不由自主地掛著卡羅納。」

「但妳拒絕了他，把他趕走。」

「沒錯，但我——我的靈魂牢記著一些事情。那些記憶涉及我在某一個前世的身分，而在那一世，我跟卡羅納在一起。」

西斯沒有拋出一連串問題，也沒有抽身離開，反而更用力地摟緊我。「不會有事的。」他說，彷彿他眞心這麼想。「妳會釐清這一切的。」

「我看不出我能怎麼做，我甚至不知道該拿你怎麼辦。」

「對我，妳不需要**怎麼辦**。我跟妳在一起，就是這樣。」他頓了一下，然後，彷彿迫不及待想吐出嘴裡的話，他急速地說：「對妳，如果我必須跟那幾個吸血鬼分享，我願意。」

我頭往後仰，迎視他的目光。「西斯，你是個醋罈子，我實在很難相信你可以接受我跟別的男生在一起。」

「我沒說我可以接受。我當然不喜歡這樣。不過，柔依，我不想失去妳。」

「這樣實在很怪。」我說。

我低下頭，想移開視線，但他抬起我的下巴。「對，這樣很怪。但我知道，只要我們仍有烙印，我和妳之間的關係是別人無法取代的。我可以給妳的東西，是任何吸血鬼都無法給的，連那個不死生物也給不出來。」

我凝視著西斯。他噙著淚，眼睛發亮，看起來遠比十八歲老，差點嚇了我一跳。「我不想害你傷心，」我說：「我不想毀掉你的人生。」

「那就別再打發我走。妳我屬於彼此。」

好吧，我知道這樣做不對，但我沒再回他話，也沒跟他爭辯，反而繼續窩在他懷裡，讓他摟著我。對，我很自私，但我已經沉醉在西斯懷裡，沉醉在往日時光裡。他的擁抱是那麼美好。他沒試圖跟我親熱，也沒愛撫我，或跟我磨蹭。他沒撩撥我的情欲，也沒割傷自己，讓我飲他的血。只要一滴血，就會立即點燃激情，讓我們在欲火中失控地燃燒。他只是溫柔地抱著我，喃喃傾訴著他對我的愛。他告訴我，一切都會沒事的。我感覺得到他的心跳。我感覺得到那醇厚誘人的血，如此溫熱，如此接近。但在當下，比起他跟我烙印的血，我更需要那份熟悉的感覺、我們共同的往日時光，以及他堅定的體諒。

就在這一刻，我高中時期的戀人，西斯．郝運，真正成爲我的伴侶。

# 7 史蒂薇・蕾

史蒂薇・蕾覺得自己眞是個白癡，用力甩上修道院的門，走入冰冷的黑夜。她不是眞的對柔依生氣，也不是氣那個過度和善，有點愛幻想的修女。事實上，她氣的是她自己。

「該死！我把事情給搞砸了！」她怒斥自己。她眞的不是故意要把事情搞到這種地步，但就像掘一坨屎，不管她以多快的速度鏟掉，那坨屎就是愈挖愈深。

柔依不是笨蛋，她當然知道事有蹊蹺，但史蒂薇・蕾要如何開口告訴她？千頭萬緒，該從何說起？光是**他**，就夠她解釋了。她無意讓這種事情發生，尤其是涉及仿人鴉。該死！在她發現他命在旦夕之前，她從沒想過會有這種事。就算有人跟她談起他的事，她大概也會哈哈大笑，說：「開玩笑，這怎麼可能！」

然而，這確實可能，因爲事情眞的發生了。**他**眞的出現了。

史蒂薇・蕾在寂靜的院區梭巡，尋找討厭鬼艾瑞克。萬一他發現這個最新、最可怕的祕密呢？事情勢必變得不可收拾。她拼命地思索，不懂她怎麼會讓自己陷入這種困境。她幹麼救他啊？她爲什麼不直接呼叫達拉斯，讓他們來解決他？

他在昏厥過去之前，所求的就是一死。不是嗎？

但他說話了。那聲音聽起來是那麼像人類，她下不了手。

「艾瑞克！」他到底在哪裡？「艾瑞克，你出來！」她暫停內心的交戰，朝黑夜呼喊。黑夜？史蒂薇．蕾瞇眼望向東方，確信夜空已出現拂曉前的紫紅色。「艾瑞克！該報到了！」史蒂薇．蕾第三次呼喊，停下腳步，目光梭巡著闃寂的院區。

她的視線飄向充當臨時馬廄的植栽溫室。柔和那夥朋友逃離夜之屋時的坐騎，就暫時安置在那兒。但眞正吸引她目光的，不是溫室，而是溫室旁邊加蓋的那間工具房。簡陋的工具房毫不起眼，連個窗戶都沒有，門也不上鎖。她知道，因爲不久前她才進去過。

「嘿，怎麼了？發現什麼不對勁的事情嗎？」

「啊，要死！」史蒂薇．蕾嚇一跳，迅即轉身，心臟在胸口怦怦直跳，差點喘不過氣來。「艾瑞克！你要把我嚇死啊！你冒出來之前，可不可以先出點聲音或什麼的？」

「對不起，史蒂薇．蕾。不過，是**妳**在叫**我**。」

史蒂薇．蕾將一縷金色鬈髮捋到耳後，假裝手沒在顫抖。她實在不擅長背著朋友，偷偷摸摸。她抬高下巴，強自鎮定。要鎮定，最簡單的方法就是反咬艾瑞克一口。

史蒂薇・蕾瞇起眼睛怒視他。「對，我在叫你，因爲你早該進屋裡跟大家在一起。你到底還在外面鬼混什麼啊？你害柔依擔心。難不成她在這個時候還需要你給她更多壓力？」

「柔依在找我？」

史蒂薇・蕾得克制自己，才沒賞艾瑞克一個白眼。他實～在很惹人厭。有時他彷彿是當今最完美的男友，但一眨眼就又變成目中無人的王八蛋。她得跟柔談談他的問題，如果柔還願意聽她說話。她們倆最近是有點疏遠。太多祕密……太多問題擋在兩人之間了……

「史蒂薇・蕾！專心點。妳剛剛說柔依在找我嗎？」

史蒂薇・蕾終究對他翻了白眼。「你這會兒應該在屋裡的。西斯、達拉斯和其他人都已經進去了。柔依不曉得你跑去哪裡，怎麼沒有出現在該出現的地方。」

「如果她那麼擔心我，她可以自己出來找我啊。」

「我沒說她擔心你！」史蒂薇・蕾沒好氣地說，被艾瑞克的自我中心激怒。「況且柔已經有太多事要煩，哪來的心力招呼你？」

「我不需要人招呼。」

「眞的嗎？那，怎麼會搞到我得出來找你？」

「我不知道，妳幹麼出來呢？我正要回去，只是想再多巡一下。我覺得，西斯查看過的區域，最好再檢查一次。妳知道，人類在晚上什麼都看不到。」

「強尼不是人類，他一直陪著西斯。」史蒂薇．蕾嘆口氣。「進去吧。去找點東西吃，換上乾衣服。裡面的修女會告訴你今晚睡哪裡。我要趁太陽出來之前再巡一下。」

「太陽會不會出來還不知道呢。」艾瑞克說，抬頭瞇眼望向天空。

史蒂薇．蕾循著他的視線往上看，才察覺自己居然沒發現又下雨了。氣溫仍然很低，瀕臨結冰的臨界點，所以天空這會兒再次飄起凍雨。

「這種鬼天氣眞討厭。」史蒂薇．蕾嘀咕道。

「嗯，起碼可以掩蓋那幾隻仿人鴉的血跡。」艾瑞克說。

史蒂薇．蕾驚詫地望向艾瑞克的臉。可惡！她壓根兒忘了血跡！有人循著血跡找到工具房裡去了嗎？她發現艾瑞克正等著她回應。「對，呃，你說得沒錯。或許我應該弄些冰雪和斷裂的樹枝什麼的，遮蓋住那三隻鳥的血跡。」她故作鎭定地說。

「好主意，免得人類白天外出時看見。要我幫忙嗎？」

「不用。」她回答得太快了，趕緊若無其事地聳聳肩，說：「憑我紅成鬼的本事，一秒鐘就搞定了，小事一樁。」

「那好。」艾瑞克轉身準備離去，但猶豫了一下。「嘿，妳最好留意一下隔壁高級公寓大樓旁那排樹。樹旁的血跡很噁心。」

「好，我會注意，我知道那個地方。」她當然知道。

「對了，妳說柔依在什麼地方？」

「艾瑞克，我可沒說過她在哪裡呀。」

艾瑞克皺起眉頭，等著她繼續說，但史蒂薇・蕾只是盯著他看。不得已，他只好開口問道：「說啦，她到底在哪裡？」

「我剛才看到她時，她在地下室外的走廊上跟西斯和安潔拉修女說話。不過，我想，她去看過史塔克後，這會兒已經上床睡覺了。她累壞了。」

「史塔克……」艾瑞克嘴裡不知咕噥些什麼，轉身走向修道院。

「艾瑞克！」史蒂薇・蕾喊住他，心裡咒罵自己，幹麼提起西斯或史塔克。等他回頭看她，她才接著說：「身爲柔的好友，我給你一個良心的建議：她今天夠受了，不想再煩男孩子的問題。就算她現在跟西斯在一起，也是因爲她想確定他沒事，而不是要跟他卿卿我我。史塔克這邊也一樣。」

「所以呢？」艾瑞克說，面無表情。

「所以你應該去吃東西，換衣服，上床睡覺，別去找她，煩她。」

「她跟我**在一起**欸，史蒂薇．蕾。她的男友關心她，找她，怎麼會是『煩』她呢？」

史蒂薇．蕾忍住想要發笑的衝動。柔依現在應該很想把他當早餐吃了，吐出骨頭後，繼續過自己的日子吧。她聳聳肩，說：「隨便啦，反正我只是給你一個小建議罷了。」

「喔，好吧，待會兒見。」艾瑞克轉身，邁步走向修道院。

「聰明人肯定會做傻事。」史蒂薇．蕾低聲說，看著他寬厚的肩膀逐漸消失。「我媽大概會說我是五十步笑百步吧。」

史蒂薇．蕾嘆口氣，勉強自己將目光移向那一排大垃圾箱。它們幸好是放在車棚旁，才沒有太顯眼。她別開臉，避免去想丟棄在裡面的屍體。「跟垃圾在一起。」她一字字緩慢地說，彷彿每個字都沉甸甸的。她承認，柔依和安潔拉修女的話說不定有一部分是對的，但那些話實在很不中聽。好吧，她是反應過度，但那幾個傢伙竟把仿人鴉的屍體丟進垃圾箱，實在令她震驚。這可不全是因為**他**。她再度望向靜靜座落在溫室旁的工具房。

他們處理仿人鴉屍體的方式之所以惹毛她，是因為她認為生命不容輕蔑，不管是哪一種生命。以上帝自居，認為自己可以決定誰值得活，誰不值得，是非常危險的。關於這點，史蒂薇．蕾比修女和柔依更能體會。她的生死就曾經被一個妄自尊大的女祭司長操弄，而且**她**一度也自以為有權利憑著一己的需要或衝動，隨意扼殺別人的性命。光是想起過去陷溺於憤怒和暴力的感覺，她就作嘔。她已經把那段黑暗的日子拋諸腦後，選擇了良善、光明和女神的路，而且她會堅持走下去。所以，當有人輕蔑生命，**任何**生命，都會讓她氣憤。

至少，當她橫越院區空地，遠離工具房，她是這麼告訴自己的。

**鎮定，小姐……要鎮定……**她一遍遍地告訴自己，同時加快腳步，走下溝渠，趨近那排樹木，直接走向清楚印在她腦中的血跡。她在地上看到一截折斷的粗大樹枝，上面還帶有許多細枝。她輕易地就拾起這截樹枝，很高興自己蛻變爲紅成鬼後力氣變大。她把這截樹枝當作掃帚，掃除地上的血，並不時停下來撿些殘枝覆蓋那一灘灘足以洩漏形跡的血，甚至拖了整片倒下的冬青樹叢來遮掩。

她循著先前走過的路左轉，離開街道，返回修道院的草坪，待在圍牆內。跟上次一樣，她沒走多遠，就看到那一大灘血。只是，這次沒有任何身軀躺在上面。

她一邊哼著她最愛的鄉村歌手肯尼．薛士尼的歌曲「寶貝，你救了我」，來轉移注意力，一邊迅速掃除地上的血跡。然後，她循著先前沿路滴下的血繼續走，用腳攪動冰雪和斷枝來湮滅證據。她知道，這條滴血的路將引導她直直走向工具房。

她盯著門一會兒，嘆口氣，轉身繞過工具房，走向溫室。門沒鎖，她輕易就轉動門把。進去後，她停下腳步，深吸一口氣，讓泥土、植物，和那三匹馬的氣味安撫她的知覺，也讓室內的暖意融化滲進她靈魂的冰冷潮溼。但她不容許自己逗留太久。她不能。她有事要辦，而且天快亮了。即使太陽被雲層和凍雨遮蔽，對紅吸血鬼來說，白天暴露在戶外還是難受。

史蒂薇·蕾很快就找到她需要的東西。這些修女顯然比較喜歡傳統的做事方式。這裡沒有現代化的水管、電子開關、金屬製品，只有水桶、長勺，以及有著長長噴嘴的灑水桶。這些工具，看得出來都維護得很好。溫室裡有許多水龍頭，她打開其中一個，裝了一桶水。然後，她從放置園藝手套和空花盆的架子上拿了幾條乾淨的毛巾，並抓了一把長勺。正準備走出溫室時，她看到一盤苔蘚，停下腳步。她站在那兒，咬著下唇，舉棋不定，直覺與理智交戰。最後，她屈服了，拔起一大片苔蘚。然後，她一邊自言自語，納悶自己怎麼會知道她所知道的事情，一邊離開溫室，走向工具房。

她在工具房門口停步，集中注意力，啓動敏銳的感官，像一隻掠食動物那樣去感覺、嗅和看，看是否有任何人、**任何東西**潛藏在附近。什麼都沒有。沒有人在戶外。凍雨和天亮前的陰暗，使得所有人選擇窩在溫暖舒適的室內。

「任何還算正常的人，這時都不會出門。」她喃喃自語。

她再一次環顧四周，然後挪一下手中的東西，空出一隻手去扳門閂。**好，沒事的，不要擔心。說不定他已經死了，這樣妳就不必處理剛才鑄下的大錯**。史蒂薇·蕾將門閂扳下，推開門，隨即不自主地皺起鼻子。跟溫室單純的泥土味相比，這裡的氣味讓她震驚。小小的空間，聞起來像瀰漫著煤氣和煤油，而且霉味很重，還混合了他的血的氣味。

她先前是將他丟在工具房的最後頭，就在刈草機和棚架背後。那些架子上擺放著照料草坪所需的東西，包括大剪刀、肥料，以及灑水器零件。她站在門口，往那個角落望去，隱約見到一個動也不動的身影。她屏息聆聽，但什麼都沒聽見，只除了凍雨打在屋頂上的聲音。

想到終究得面對他，史蒂薇．蕾就忍不住害怕起來。但她強迫自己踏入工具房，牢牢地關上身後的門。她繞過刈草機和棚架，走向那個生物。看來，兩個小時前她將他半拖半扛地帶到這裡，丟在後方角落之後，他就沒動過。他蜷縮著身子，像個姿勢彆扭的胎兒，左側貼地，躺在那裡。子彈從他的右胸上方穿入，從背部穿出時，也重創了他的翅膀。黑色巨翅就這樣血肉模糊地癱在他的身旁。史蒂薇．蕾猜想，他有一隻腳踝可能也骨折了。在黑暗中，她仍看得出來，那隻腳踝瘀青、腫脹得可怕。事實上，他整個身體看起來慘不忍睹。這也難怪，畢竟他在半空中被打下，院區邊緣的巨大老橡樹雖然緩和了他掉落的力道，讓他不至於當場死亡，卻也足以讓他摔斷好幾根骨頭。只不過，她實在沒法知道他傷得有多重。說不定他的內臟也跟外表一樣受到重傷。說不定他這時已經死了。他看起來確實像是死了。她注視他的胸膛，不敢百分之百肯定，但她覺得他的胸膛並沒有隨著呼吸上下起伏。他大概是死了吧。她一直盯著他看，不想靠近，但也無法轉身一走了之。

她瘋了嗎？把他拖來這裡之前，她幹麼不停下來想一下？她凝視著他。他不是人類，連動物都稱不上。讓他死，應該不算扮演上帝的角色。畢竟他本不該誕生。

史蒂薇．蕾打了個寒顫，仍佇立在原地，彷彿被自己令人驚怖的行為嚇到動彈不得。朋友們萬一發現她藏匿了一隻仿人鴉，會怎麼說？柔依會不理她嗎？這個生物的出現會對紅雛鬼——**所有的**紅雛鬼——造成怎樣的衝擊？難不成他們要應付的黑暗和邪惡還不夠多？

修女說得對。她不該可憐他。她應該把毛巾和其他東西放回溫室，進修道院，找達瑞司，告訴他工具房裡有隻仿人鴉，然後放手讓戰士執行他的任務。如果他還沒死，達瑞司會解決他的。其實，這也是幫這隻鳥人解脫。她做了決定後，吐出長長一口氣，這才發現自己一直憋著氣。但，這時，他的紅色眼睛睜開，與她的目光相迎。

「殺了我吧……」他聲音虛弱、痛苦，但清清楚楚，毋庸置疑，絕對是人類的聲音。

沒錯。史蒂薇．蕾明白，當初發現他時，她為何沒有喚來達拉斯和其他人。那時，他開口說話，要她殺了他，聽起來就像個貨眞價實的人——一個身受重傷、驚惶恐懼、被遺棄的人。那時她下不了手殺他，現在她也無法拋下他不管。他的聲音讓事情有了截然不同的發展。雖然他的模樣難以令人置信，但那聲音分明是個正常人，一個痛苦至極，絕望至極，只期待自己生命早點結束的人。

不，不只是這樣。他不止期待死亡，更一心求死。他承受的痛苦是如此可怕，除了一死，他想不出其他解脫的辦法。對史蒂薇・蕾來說，這已足以證明他的人性——即便他淪落到這種處境多半是自己造成的。她經歷過，了解那種徹底的絕望。

# 8 史蒂薇・蕾

史蒂薇・蕾壓住往後退的衝動。不管那聲音像不像人類，不管他有沒有人性，這鳥人巨大的體型，以及他的血的詭異氣味，就足以讓她退避三舍，更何況她是獨自一個人面對他。

「聽著，我知道你身受重傷，腦袋不清楚。如果我要殺你，就不會把你拖來這裡。」她盡可能讓語氣放輕鬆，站定腳步，並迎視那雙像極人類的冰冷的紅色眼睛。

「爲什麼不殺我？」他的話不過是痛苦的低聲呻吟，但夜是如此靜，她聽得清清楚楚。她可以假裝沒聽見，或至少沒聽清楚，但她已經受夠了閃躲和說謊，所以她繼續凝視他的眼睛，告訴他實話。「其實，這主要是我的緣故，與你無關。說來話長，也說不清楚。我想，我恐怕也不知道我爲何不殺你，我只知道我寧可我行我素，而且我不喜歡殺戮。」

他盯著她，直到她侷促不安起來，才終於又開口說話。「妳應該那麼做。」

史蒂薇・蕾揚起眉毛。「我應該知道，或我應該殺你，還是我應該我行我素？你得說清楚一點。還有，你應該試著別那麼頤指氣使。老實說，你沒資格告訴我我**應該**怎麼做。」

他顯然已經耗盡力氣，眼睛正要闔上，一聽她這麼說，便又睜開。她看得出來，他的表情變了，但那張臉是如此怪異，截然不同於她所熟悉的任何東西或任何人，所以，她看不懂那是什麼表情。他張開黑色鳥喙，似乎想說話，卻忽然全身顫抖。結果，他不僅沒說話，還緊緊閉上眼睛，呻吟著。那聲音充滿痛苦，而那完完全全是人類的痛苦。

她本能地趨前一步。他再次睜眼。那雙眼睛因痛苦而顯得呆滯，但她看得出他猩紅的目光聚焦在她身上。她停步，一字一句清楚地對他說：「這樣吧，我帶了水和一些東西來，可以幫你包紮傷口，但你得承諾不會做出任何我不喜歡的事，否則我可不想靠近你。」

這次，史蒂薇．蕾很確定，她在那雙紅色人眼裡看到詫異。

「我動不了。」他有氣無力地說，顯然連說話都很費力。

「這代表你保證不會咬我，或做出任何不怎麼友善的事？」

「是～～」

他的話變成喉嚨裡咕咕嚕嚕的聲音，而且尾音只剩氣聲，聽得史蒂薇．蕾很沒有把握。不過，她還是挺直背脊，點了點頭，彷彿他剛剛的聲音一點都不像蛇吐信。「那，好，我看看怎樣可以讓你舒服一點。」接著，她竟然沒多想一下，直接走近仿人鴉。她把毛巾和苔蘚丟在地上，小心地放下那桶水。他的塊頭眞的好大，她差點都忘了。或許她是故意不記得，畢竟這麼碩大的體型很難「忘記」。跟體型相比，他的重量出奇地輕，但要把他拖到這裡，而且不被艾瑞克、達拉斯、西斯或任何人發現，也實在不容易。

「水。」這個字他說得簡直像鴉啼。

「喔，對！」史蒂薇．蕾嚇一跳，趕緊伸手拿長勺，慌忙之中勺子竟掉在地上。疲憊加上困窘，她沒拿穩，勺子又掉了一次。她拾起來，用毛巾擦乾淨，這才終於舀了水。他虛弱地動了一下，顯然是想舉起手臂，結果他只是再度痛得呻吟。那條手臂就像他的斷翅，只能無力地癱在那裡。史蒂薇．蕾不假思索地彎下腰，溫柔地扶起他的肩膀，讓他的頭後仰，然後將勺子湊近他的鳥喙。他迫不及待地喝。

等他喝夠了，她將一條毛巾枕在他的頭下方，才扶他躺下。「好，除了水，我沒別的東西清你的傷口。我盡力。對了，我帶了一把苔蘚來。把它敷在傷口，可以幫助癒合。」她沒有說，其實她根本不知道自己怎麼曉得苔蘚對他的傷有幫助。反正，她有時候會莫名其妙地知道些什麼。比方說，前一刻她根本毫無頭緒，下一刻卻又知道怎麼，呃，塞住傷口。她很希望這是妮克絲在對她低語，就像對柔依那樣。但事實上，史蒂薇．蕾不確定眞是如此。

「只管選擇良善，摒棄邪惡……」她喃喃自語，開始將毛巾撕成一條一條的。

仿人鴉睜開眼睛，一臉疑惑地看著她。

「喔，別管我。我常常自言自語，不管旁邊有沒有人。這算是我自己的心理治療吧。」

她頓住，看著他的眼睛。「這會很痛。我會盡量小心，但你傷得實在不輕。」

「動手吧。」他痛苦的聲音眞像人類，不像出自一個非人的生物。

「好，我動手了。」史蒂薇．蕾的動作盡可能快，但也盡可能溫柔。他胸膛的傷看起來很可怕。她用水沖洗，並盡量撿掉沾在傷口的細枝和一些亂七八糟的東西。他那一身羽毛讓她的動作顯得特別怪異。羽毛底下確實有胸部和肌膚，但感覺起來就是怪！他有**羽毛**，她甚至在羽毛底下看到鬆軟的黑色絨毛，摸起來眞像園遊會裡賣的棉花糖。

她瞥了一下他的臉。他的頭靠在毛巾墊成的枕頭上，雙眼緊閉，呼吸急促。

「對不起，我知道這會很痛。」她說。他唯一的反應是發出一聲咕噥。諷刺的是，這讓他聽起來更像人類。說眞的，咕噥還眞是人類的主要溝通方式呢。「好，我想，現在可以敷上苔蘚了。」她說這話，主要是想安撫自己的緊張情緒。她撕下一截苔蘚，小心翼翼地敷在傷口上。「現在血好像沒流得那麼厲害了。」她只管不斷地自言自語。「來，我得移動你一下。」史蒂薇．蕾翻動他，以便處理其他傷口。他將臉埋入毛巾裡，蒙住另一聲呻吟。她受不了痛苦的聲音，趕緊說；「子彈從背部穿出的洞比較大，但不像前面那麼髒，所以只要稍微清一下就行了。」她加快動作，用一大片苔蘚敷在子彈穿出的傷口上。

然後，她將注意力移到他的翅膀。左翅緊貼住背部，看來一點傷也沒有。但右翅截然不同，血肉模糊，斷折癱軟，垂放在身側。

「嗯，我想，我得承認，這下子我真不知道怎麼辦了。我是說，槍傷是很嚇人，但至少我知道該怎麼處理——算知道啦。翅膀是另一回事，我完全不曉得怎樣治它。」

「把它綁在我身上，用布條。」他聲音沙啞，雙眼仍緊緊閉著，沒看她。

「你確定嗎？也許我就不動它了。」

「綁起來的話，比較不痛。」他虛弱地說。

「真是的。好吧。」史蒂薇．蕾開始將另一條毛巾撕成長條狀，然後將布條打結相接。「好，我現在仿照左翅的樣子，把你的右翅綁在你的背部，可以嗎？」他點了一下頭。

她屏住呼吸，拉起右翅。他抽搐，喘息。她立刻放手，往後跳開。「該死！對不起！」

他的雙眼微睜，抬頭看著她，邊喘邊說：「動．手．吧。」

她咬緊牙根，彎下腰，假裝沒聽見他的痛苦呻吟，將斷折的右翅重新擺好，位置約略依仿左翅。然後，她說：「你得把身體撐起來一些，我才能把布條繞在你身上。」

史蒂薇．蕾感覺到他身體緊繃，把重心放在左臂，撐起身子，斜躺著，上半身和地面的距離僅夠她快速地將布條繞在他身上，固定住翅膀。「好，綁好了。」

他頹然癱躺下去，整個身體顫抖。

「我現在要綁你的腳踝。我想，它應該也斷了。」

他又點了一下頭。

她撕下更多布條，纏緊他像人類像得出奇的腳踝。她念亨利耶塔中學時，排球教練就曾這樣纏隊友摔斷的腳踝。這一招，她就是這樣學來的。這所高中居然以母鬥雞爲吉祥物，她這時想起來仍差點發出歇斯底里的咯咯笑聲，得咬緊嘴唇才克制住。「你還有哪裡會痛嗎？」她問。他抽搐似地快速搖了一下頭。

「好，那我就不再折磨你了。我想，最糟的傷我都處理了。」他點一下頭表示同意。她在他旁邊坐下，用剩下的毛巾擦自己顫抖的手，然後，就這樣坐在那裡，望著他，不知道接下來該做什麼。「我告訴你，」她大聲說：「我希望這輩子永遠都不需再幫人綁斷翅。」

他睜開眼睛，但不發一語。

「眞的好恐怖。翅膀斷掉肯定比手或腳斷掉還痛，對不對？」史蒂薇·蕾不停地說話，是因爲她很緊張，並不期望他回答。因此，當他說：「對。」她反而嚇一跳。

「對嘛，我就是這麼想。」她繼續說，彷彿他們只是兩個普通人，正在聊天。他的聲音仍然虛弱，但似乎沒那麼痛苦了。她猜，固定住翅膀確實有助於減輕痛楚。

「我要喝水。」他說。

「喔，好。」她拿起長勺，很高興手不再抖。這次，他可以自己撐起身子，仰起頭，所以她只需將水倒入他的嘴巴，呃，鳥喙，就行了。

既然已經站起來了，史蒂薇．蕾決定收拾起那些染血的毛巾，心想待會兒最好帶走。紅雛鬼的嗅覺沒她那麼敏銳，但好過一般雛鬼，她可不想冒險，讓哪個紅雛鬼嗅到味道，跑來這裡探查。她掃視工具房一圈，看到幾個用來裝垃圾的大袋子，決定將破布丟進去。還有三條毛巾沒用到，她不假思索，將它們攤開，盡可能蓋住仿人鴉的身體。

「妳是血紅者？」他冷不防這麼一問，嚇了她一跳。她在收拾東西時，他一直閉著眼睛，很安靜，她以為他睡著了，或昏過去了。但此時，他睜著那雙人類的眼睛，盯著她看。

「我不知道怎麼回答你。但我是紅成鬼，第一個紅吸血鬼。不知道你是不是要問這個？」她腦海中馬上浮現史塔克，以及他變實心的紅刺青，這代表他是第二個紅吸血鬼。她不禁納悶，在紅鬼的世界裡，他會扮演什麼角色。但是，她可不打算跟仿人鴉提起他。

「妳是血紅者。」

「喔，好吧，我想我是。」

「我父親說，血紅者法力高強。」

「我是很強。」她毫不猶豫地說。然後，她看著他的眼睛，說：「你父親？卡羅納？」

「對。」

「你應該知道，他逃走了。」

「我知道。」他別開臉，不看她。「我應該跟他在一起的。」

「無意冒犯，不過，根據我的了解，我想，我們應該慶幸他不在這裡。他眞的不是好東西。更甭提奈菲瑞特已經徹底瘋了，他們兩個根本是狼狽爲奸。」

「妳話滿多的。」他說，痛得皺起臉孔。

「對，習慣使然。」**緊張時的習慣**，不過她沒說出口。「聽著，你該休息了，我也得走了。五分鐘前太陽就出來了，這代表我得待在室內。我現在還能在外頭走來走去，是因爲天空烏雲密布。」她把垃圾袋口綁緊，將水桶和長勺放在他伸手可及的地方——**如果**他伸得了手。「好，掰，我，呃，晚一點再來看你。」

「妳打算拿我怎麼辦？」

「我還沒想到那部分。」她嘆一口氣，侷促不安地咬著自己的指甲。「聽著，我想，你至少可以在這裡安全地待上一天。冰風暴還沒停，那些修女不會到這邊晃，而雛鬼們在日落之前應該會待在室內。到時候我應該就知道該拿你怎麼辦了。」

「我不懂妳爲什麼不把我的事告訴其他人？」

「是啊，唉，我也不懂。休息吧，我晚點再過來。」

當她把手放在門閂上，他再次開口說話。「我叫利乏音。」

史蒂薇．蕾轉頭對他微笑，說：「嗨，我叫史蒂薇．蕾。很高興認識你，利乏音。」

利乏音看著血紅者離開工具房。門關上後，他數了一百次呼吸才開始挪動身子，費力地坐起來。現在，既然已完全清醒，他想檢查一下自己的傷勢。

腳踝其實沒斷。很痛，但至少能動。肋骨瘀青，但應該也沒斷。胸部的槍傷很嚴重，但血紅者已經清理過，敷上苔蘚。如果沒化膿潰爛，應該會癒合。右手可以動，雖然很難，而且僵硬、無力。最後，利乏音將注意力轉移到翅膀。他閉上眼睛，循著肌腱和韌帶、肌肉和骨頭，穿越背部，乃至於一條條重創的羽翮，用心去體會。他倒抽一口氣，幾乎無法呼吸，因爲他已完全明白，那顆子彈和掉落撞擊造成的傷害有多嚴重。

他再也不能飛了。

他不敢往下想，將心思轉向血紅者，試著回想父親是怎麼說她的法力的。或許他可以從記憶裡找到蛛絲馬跡，用以解釋她不尋常的舉動。她爲什麼不殺他？也許她終究會殺他，或至少向她的同伴透露他的行蹤。如果她這麼做，那就這樣吧。反正對他來說，這條命早就沒了。他樂於有機會奮力一搏而死，也不願被囚禁。

但她似乎無意囚禁他。他用力思索，忍著痛楚、虛弱和絕望的感覺。**史蒂薇．蕾**。她說她叫這個名字。如果不是要囚禁或利用他，她救他的動機到底是什麼？嚴刑逼供。應該是這樣。她讓他活著，她和她的同伴就能逼他吐露父親的事。否則，她還有什麼理由不殺他？易地而處，他也會這麼做。**他們會發現不死生物的兒子不會那麼容易屈服**，他心想。

他就算原本體力驚人，也撐不住了，癱躺下來。他試著調整姿勢，看能否減輕無時或已的疼痛，但辦不到。看來只有時間能解除他肉體的痛。至於無法再飛，無法完全恢復原狀，那是靈魂的傷痛，永遠撫平不了。

**她應該殺了我的**，他心想。**或許下次她回來時，我可以激怒她。如果她帶同伴一起來，試圖刑求我，逼問父親的祕密，那麼，到時候痛苦尖叫的人不會只有我**。

**父親**？**你在哪裡**？**為何拋棄我**？

利乏音再次昏睡過去時，心裡想的主要就是這個疑問。

# 9 柔依

「嘿，要記得，妳答應過修女，妳會上床睡覺。我相信她不是指上**他的**床。」西斯朝史塔克的房間抬了抬下巴。我揚起眉毛看他。他嘆口氣。「我是說，若有必要，我願意分享。我可沒說我喜歡這樣。」

我搖搖頭。「你今晚不會跟任何人**分享**。我只是去看看史塔克，確定他沒事，然後就會上床，獨自一人，上我自己的床。懂嗎？」

「懂了。」他咧嘴微笑，輕輕地吻我一下。「那，回頭見，小柔。」

「回頭見，西斯。」我看著他沿著走廊走遠。他身材高大，肌肉結實，十足是個明星四分衛，明年應該可以拿全額獎學金，上奧克拉荷馬州立大學。大學畢業後，他不是當警察，就是當消防隊員。不管他選哪一行，可以確定的是，西斯準是個好人。

然而，他**可以**得到這一切，同時又當一名吸血鬼女祭司長的伴侶嗎？可以的，一定要可以。我要確保西斯實現孩提時代起的夢想和計畫。當然，事情多少會改變，有些改變會很苦。比方說，呃，我們從沒想過會跟吸血鬼扯上關係。問題是，我太在乎西斯，**既**無法逼他離開我的人生，**也**不忍搞砸他的人生。所以，非可以不可。就這樣，沒得商量。

「妳是要進去，還是打算心事重重地一直站在這裡？」

「媽呀，愛芙羅黛蒂！妳可不可以不要這樣摸過來嚇我？」

「沒人用摸的。還有，『媽呀』是髒話嗎？如果是的話，我得叫醒髒話警察，請他們來逮人。」達瑞司走過來，對她使個**要乖**的眼色。她嘆口氣，說：「好吧，史塔克還沒死。」

「哇，感謝妳提供最新消息，確實讓我覺得好多了。」我譏諷地說。

「我想表現和善時，妳最好別這麼討厭。」

我將注意力轉向在場唯一有責任感的成人，問達瑞司：「他需要什麼嗎？」戰士只遲疑了一下，便說：「沒有。他很好。我相信他會完全康復的。」但他遲疑的那一下下，我注意到了。

「**喔……**」我拖長尾音，心裡納悶這到底怎麼回事。是不是史塔克的傷勢比達瑞司說的嚴重？「我看一下他，就回房睡覺。」然後，我對愛芙羅黛蒂揚起眉毛，說：「今晚妳和我睡，達瑞司跟戴米恩和傑克睡同一間。嗯，這表示妳不能跟他睡，免得嚇壞修女。懂吧？」

「喂，別來這套！說得好像我舉止很不端莊似地。」愛芙羅黛蒂氣沖沖地說，達瑞司和我瞪大眼睛看她，無言以對。「該死的修女，她說的話我聽到了。修道院又不是什麼浪漫的地方，我幹麼在企鵝比十字、祈禱的時候，在這裡翻雲覆雨啊？噁，打死都不！」

趁她停下來換氣，我趕緊插嘴：「我不是說妳不知道分寸。我只是提醒一下而已。」

「是嗎？鬼話。妳眞的很不會說謊欸，柔。」她靠向達瑞司，重重地親一下他的嘴。「回頭見，愛人，我會在我的床上想你。」接著，她對我露出嫌惡的表情，說：「快點跟妳的第三號男友道晚安吧，然後快點滾回我們房間來。我可不想入睡以後被吵醒。」愛芙羅黛蒂甩了甩她那頭美麗的金色秀髮，扭腰擺臀離去。

「她眞是不可思議。」達瑞司說，深情款款地看著她的背影。

「如果你所謂『不可思議』，是指她討人厭的本事，那我同意。」我舉起手，阻止他爲她辯護。「我現在不想跟你討論你的女友，我只想知道史塔克的眞實狀況。」

「史塔克在痊癒中。」

我聽得出他這句話沒有說完。於是，我揚起眉毛看著他說：「可是……」

「沒有可是。史塔克正在復原。」

「那我爲什麼覺得事實不止如此？」

達瑞司猶豫一下，怯怯地笑著說：「或許是妳的直覺太強了，所以才會察覺。」

「好，那實情是怎樣？」

「跟能量、靈氣和血有關。史塔克需要，但缺乏這些東西。」

我眨了幾下眼睛，思忖達瑞司的意思。然後，我驀然明白，倒抽一口氣，覺得自己眞是白癡，竟沒能立刻聽懂。「跟我之前一樣，他受傷了，也得飲血。眞是的，你怎麼不早說？」我嘟囔著，思緒翻騰。「我不是想見到他咬愛芙羅黛蒂啦，可是——」

「不行！」達瑞司打斷我的話，彷彿想到史塔克要喝他女友的血就抓狂。「愛芙羅黛蒂和史蒂薇．蕾烙印了，她的血無法被其他吸血鬼接受。」

「糟糕！那麼，我們得設法弄到血袋什麼的。我想，我可以想辦法找個人類來讓他咬……」我支支吾吾起來。我恨，恨腦海裡浮現史塔克喝別人血的畫面。在他立誓成爲我的戰士，並完成蛻變之前，我已經受不了他亂咬女孩子了，可不希望舊事重演。但我不能自私到只在乎自己的感受，阻止他取得痊癒所需要的東西。

「修女在醫護室裡有備用的冷藏血，我給他喝了一些。他已經脫離險境，會康復的。」

「**可是**？」我眞氣達瑞司的話總像沒有說完。

「可是，當一名戰士立誓爲一位女祭司長效命，他們之間就會產生特殊的連結。」

「對，這點我知道。」

「這種連結不止是誓約。自古以來，妮克絲就賜福給女祭司長和為她們效命的戰士。你們兩個是透過女神的祝福而連結，他也因而對妳產生直覺，好保護妳。」

「直覺？類似烙印的東西嗎？」**天哪！難不成我跟兩個男生烙印了**？

「戰士誓約的連結與烙印有類似之處，兩者都把兩個人綁在一起，但烙印比較原始。」

「比較原始？什麼意思？」

「烙印固然通常發生在吸血鬼和她關愛的人類之間，這種聯繫畢竟源於血，受到最基本的情緒掌控，例如激情、情欲、需求、飢渴、痛苦。」他遲疑了一下，顯然在斟酌他的遣詞用字。「妳跟妳的伴侶體驗過這一類感受，不是嗎？」

我怔怔地點點頭，感覺臉頰發燙。

「妳可以比較一下那類感受跟妳與史塔克之間的誓約連結。」

「喔，我跟他連結的時間很短，實在了解得不多。」不過，我說出這句話的同時，便察覺其實我早已知道，我和史塔克的連結超越彼此吸血的欲望。事實上，我沒想過要吸他的血，或讓他吸血。

「假以時日，妳就會更了解妳和他之間的連結。妳的戰士會愈來愈能感受妳的許多情緒。舉例來說，如果一位女祭司長突然受到威脅，她的戰士就會感受到她的恐懼，並循著情緒的蹤跡找到女祭司長，以保護她免受威脅。」

「我—我不知道有這種事。」我緊張地結巴起來。

達瑞司露出逗趣的笑容。「我討厭自己聽起來像戴米恩，不過，妳眞的應該花點時間讀《雛鬼手冊》。」

「喔，一等我的世界不再爆炸，我就把這件事列爲優先事項。好，所以，史塔克可以感覺到我有沒有在害怕。但這跟他的傷勢有什麼關係？」

「他不止能感受到妳的恐懼，這還牽涉到能量和靈氣。他爲妳效命的時間愈久，就愈可能感受到妳的各種強烈情緒。」

達瑞司的解釋害我的胃揪緊，因爲我想起埃雅困住卡羅納時的情緒。「說下去。」

「戰士可以感受女祭司長的情緒，也可以吸收她的靈氣，尤其是這位女祭司長有很強的感應力的話。通常他也可以攝取她的感應力。」

「達瑞司，這到底是什麼意思？」

「意思是，他可以藉由妳的血攝取妳的能量。」

「你是說，史塔克需要咬的人是我？」好吧，我承認，一想到那畫面，我就小鹿亂撞。我已經超級喜歡史塔克，而且我知道把血分享給他的感覺一定很美妙。可是，這也會害西斯心碎。而且，萬一史塔克咬了我以後，進入我的心靈，發現我身爲埃雅的記憶呢？要死！要死！接著，我忽然想到一件事。「等等，你剛才說史塔克不能咬愛芙羅黛蒂，因爲她跟別人烙印了。我已經跟西斯烙印，我的血難道不會變質嗎？」

達瑞司搖搖頭。「不會，烙印只會改變人類的血。」

「所以，我的血仍可以給史塔克用？」

「對，妳的血絕對可以幫助他痊癒，而且他知道這點，所以我才會花時間跟妳解釋。」

達瑞司無視於我內心的波瀾，繼續說：「有一點必須讓妳知道，他拒絕吸妳的血。」

「**什麼**？他**拒絕**吸我的血？」好吧，一秒鐘前我確實擔心史塔克咬我以後會發生什麼事，但這不表示我喜歡被他拒絕！

「柔依，妳不久前差點被仿人鴉殺死，傷勢才痊癒。史塔克不想取走妳身上的任何東西，免得妳變虛弱。如果他吸妳的血，他也會攝取妳的能量和靈氣。我們沒人知道卡羅納和奈菲瑞特的下落，這代表我們不知道妳何時又必須面對他們。他拒絕吸妳的血，我同意他這個決定。妳必須保持充沛的精力。」

「我的戰士也必須有足夠的體力啊。」我反駁。

達瑞司嘆一口氣，緩緩地點頭。「同意，不過他可以被取代，而妳不能。」

「他不能被取代！」我衝口而出。

「我不是冷酷無情，但妳必須理智一點——**任何**決定都要理智。」

「史塔克不能被取代。」我堅持。

「隨妳怎麼說吧，女祭司。」他微微鞠躬，突然改變話題。「既然妳已經明白戰士誓約的嚴重性，我想請求妳准許我正式立誓。」

我用力嚥了嚥口水。「達瑞司，我是很喜歡你，而且你也一直很照顧我，不過，一想到有兩個男生對我立誓，我就渾身不對勁。」難不成我的男生問題還不夠複雜啊？

達瑞司笑了出來，搖搖頭。我察覺，他忍著不笑我。「妳誤會了。我會陪著妳，帶領大家保護妳，但我想立誓的對象是愛芙羅黛蒂——我請求妳准許的是指這個。」

「妳想跟愛芙羅黛蒂連結？」

「對。我知道一個吸血鬼戰士向人類立誓很不尋常，但愛芙羅黛蒂不是普通人類。」

「還用得著你說。」我忍不住嘟噥著，但他繼續說下去，當我沒說話。

「她眞的是女先知，所以地位跟妮克絲的女祭司長相當。」

「她跟史蒂薇．蕾烙印過，這不會影響你的誓約連結嗎？」

達瑞司聳聳肩。「讓我們等著看吧。我願意冒這個險。」

「你愛她，對不對？」

他眼神堅定地看著我，露出溫暖的笑容。「我愛她。」

「她很惹人厭欸。」

「她很獨特。」他反駁。「而且她需要我的保護，尤其是在最近的未來。」

「嗯，這倒是。」我聳聳肩。「好吧，我同意你這麼做。不過，她惹人厭這一點，別說我沒事先警告你喔。」

「不會的。謝謝妳，女祭司。另外，請別跟她提這件事，我想私底下對她立誓。」

「我的嘴巴封住了。」我作勢將兩片嘴唇拉上，丟掉鑰匙。

「那麼，容我就此跟妳道聲晚安。」他握拳放在胸口，鞠躬，離去。

# 10 柔依

我站在走廊上，試圖釐清腦袋裡的混亂思緒。

哇！達瑞司要對愛芙羅黛蒂立戰士誓約。吸血鬼戰士和女神的人類女先知。哈，誰想得到呢？

另一件事同樣嚇人：史塔克可以感受我的強烈情緒。我**強烈**感覺到，這一定會很不方便。接著，我發現我**強烈**感覺到這個強烈的感覺。當我試圖把所有這些感覺壓下去，我覺得壓力好重。而這，說不定他會感受到。唉，我要發瘋了。

我壓抑住一聲嘆息，輕手輕腳地打開門。室內唯一的光源是一根細長的粉紅色祈禱用蠟燭，上面有聖母馬利亞的圖案，發出玫瑰的香味。

我躡手躡腳走到史塔克床邊。

他看起來不是很好，但已不像先前那麼蒼白、可怕。他似乎睡著了——至少他閉著眼睛，呼吸勻稱，表情放鬆。他上半身沒穿衣服，用被單蓋住，雙手露在被單外面。被單上緣露出的白色東西，一定就是包紮他胸膛的大片繃帶。我想到他的灼傷很嚴重，雖然顧慮可能的後遺症，仍不禁思忖著，或許我應該像西斯爲我做的那樣，在自己的手臂上劃一刀，然後將傷口湊到他嘴邊。他的雙唇說不定會自動扣上來，不自覺地吸吮起來。但是，他事後會不會惱火？很可能。起碼我知道，如果我這麼做，西斯和艾瑞克肯定不高興。

慘了，艾瑞克。他的問題，我都還沒開始處理呢。

「別給自己壓力了。」

我嚇一跳，凝神注視史塔克的臉龐。他已睜開眼睛看著我，表情半是覺得有趣，半是譏諷。

「不准用心電感應來偷聽我的內心。」

「我沒有偷聽。我是從妳咬嘴唇的模樣看出來的。好，我猜，達瑞司跟妳說了。」

「對，他跟我說了。你在對我立戰士誓約之前，就知道立誓之後的所有狀況嗎？」

「差不多都知道。我是說，我在學校裡讀過，去年我們在吸血鬼社會學的課堂上也討論過。不過，實際體驗還是很不一樣。」

「你真的可以感受到我的感覺？」我猶豫地問道，既怕知道眞相，又怕不知道。

「我開始有所感受，但不是說我聽得到妳的思緒，或發生類似的怪事。我只是有時候可以感覺到什麼，而我知道那些感覺不是源自我。一開始我多半置之不理，但後來我了解是怎麼一回事，才特別注意。」他開始露出笑容。

「史塔克，我得告訴你，這讓我覺得自己受到窺伺。」

他的臉色驟變，一本正經地說：「我沒有在窺伺妳。我不會在心裡跟蹤妳，也絕不會侵犯妳的隱私。我只是要保護妳。我以為妳——」他戛然打住話語，別開臉。「算了，反正不重要。妳只需知道，我絕不會利用我們之間的連結，鬼鬼祟祟地窺探妳。」

「你以為我怎樣？把話說完。」

他不悅地長長吁出一口氣，再次看著我的眼睛。「我是要說，我以為妳對我的信任不止這樣。當初我決定對妳立誓，就是因為在沒人相信我的時候，妳信任我。」

「我是信任你。」我趕緊說。

「但妳以為我會窺伺妳？這說不通。」

我先前驚恐的感覺開始消褪。「我相信你不會故意這麼做。但如果我的情緒對你喋喋不休，或怎麼樣，你自然很容易……」我說不下去，侷促不安起來，對於這種談話內容感到很不自在。

「**窺伺**？」他替我把話說完。「不，我不會這麼做。這樣吧：我只留意妳害怕時的心理反應，別的就置之不理。」我看著他的眼睛，看到他受傷的心。要命！我不想傷害他呀。

「你會忽略我感覺到的**所有事情**？」我輕聲問。

他點點頭，痛得蹙眉皺臉，但他的聲音很堅定。「所有事情，除了爲了保護妳而必須知道的事。」我沒說話，緩緩地伸出手，握住他的手。他沒將手抽開，但也沒吭聲。

「聽著，一開始我就不該談這事。我當然相信你。只是達瑞司說的事情讓我很驚訝。」

「驚訝？」史塔克的嘴角微翹。

「好吧，或許應該說是嚇到。畢竟我要面對的問題已經很多了。我想，我太緊張了。」

「妳當然緊張。」他說：「妳所說的**問題**，是指那兩個男生，西斯和艾瑞克吧？」

我嘆一口氣。「很悲哀，沒錯。」

他和我手指交纏。「他們兩個不會改變任何事情。我的誓約已經將我們倆繫在一起。」

霎時，他的口氣聽起來眞像西斯，害我得強作鎭定，才不至於再度惴惴不安。「現在，我眞的不想跟你談他們的事情。」**應該是永遠都不想談吧**，我心想，但沒說出口。

「我懂。我現在也不想談那兩個渾帳。」他拉我的手。「在我旁邊坐一會兒，好嗎？」

我小心翼翼地坐在床沿，怕碰撞到他，甚至弄傷他。

「我不會碎掉的。」他說，對我露出他特有的冷傲笑容。

「你差點碎掉啊。」我說。

「不會的，妳救了我。再說，我會好起來的。」

「說眞的，你是不是傷得很重？」

「我已經覺得好多了。」他說：「修女要達瑞司幫我塗在灼傷部位的那種軟膏，還眞管用。現在，除了胸部緊繃，幾乎沒什麼感覺了。」他邊說邊試著調整姿勢，彷彿怎樣都不舒服。「外頭如何？」他忽然改變話題，讓我來不及進一步問他的感覺。「所有的仿人鴉都跟卡羅納一起逃走了嗎？」

「應該是吧。史蒂薇．蕾和那些男生發現了三具仿人鴉屍體。」我頓住，想起史蒂薇．蕾聽說他們將屍體丟進垃圾箱時的怪異反應。

「怎麼了？」史塔克問。

「我不很確定。」我誠實地告訴他。「史蒂薇．蕾怪怪的，我很擔心。」

「怎麼說？」他敦促我說下去。

我低頭看著我們交纏的手指。我能告訴他多少事情？我眞的可以告訴他嗎？

「我是妳的戰士，妳可以把性命交託給我。既然如此，妳也可以把妳的祕密託付給我。」我凝視他的眼睛，他露出溫柔的微笑看著我，繼續說：「我們被誓約牽繫在一起，這種連結比烙印或配偶關係都更強韌。我永遠不會背叛妳，柔依。永遠都不會。」

頓時，我好想把埃雅的記憶告訴他，但我衝口說：「我想，史蒂薇．蕾藏匿了別的紅雛鬼，邪惡的那種紅雛鬼。」

他的笑容瞬間消失，掙扎著想坐起來，但隨即臉色發白，痛得倒抽一口氣。

「不行！你別起來！」我輕輕地按住他的肩膀。

「妳必須告訴達瑞司。」史塔克咬緊牙根，擠出這句話。

「我得先跟史蒂薇．蕾談一談。」

「我不認為——」

「真的，我必須先跟史蒂薇．蕾談過。」我再次握住他的手，試圖利用碰觸來讓他了解我的心意。「她是我最要好的朋友。」

「妳信任她？」

「我想信任她。我以前信任她。」我的肩膀頹然垮下來。「不過，如果我找她談時，她不說實話，那我就去找達瑞司。」

「我得離開這張該死的床，確保妳不會被敵人包圍！」

「我**沒**被敵人包圍！史蒂薇．蕾不是敵人。」我默默地向妮克絲祈禱，希望我說得沒錯。「聽著，我也曾隱瞞朋友一些事——一些不好的事。」我揚起一邊眉毛，對他使了個眼色。「我就曾跟朋友隱瞞你的事。」

他咧嘴笑了。「喔，那不一樣。」

我一本正經地說：「不，那沒什麼不一樣。」

「好，我聽見了，但我還是無法苟同。我想，我大概沒辦法說服妳把史蒂薇·蕾帶來這裡談吧？」

我蹙起眉頭。「不，不可能。」

「那妳要答應我，妳會很小心，不會遠離大家，單獨跟她到什麼地方談。」

「她不會傷害我的！」

「其實，我認爲，她傷害不了妳，因爲妳掌控的元素有五種，而她只有一種。但我們不知道她藏匿的那些壞雛鬼有什麼能耐，也不知道他們有多少人。再說，那類紅雛鬼有多壞，我多少知道一些。所以，答應我，妳會很小心。」

「好，我答應你。」

「好。」他稍微放鬆一點，躺回床上。

「嘿，我不要你這時候還替我擔心。你應該專心養傷。」我深吸一口氣，鼓足勇氣。

「所以，我認爲，你應該吸我的血。」

「不。」

「聽著，你要保護我，對不對？」

「對。」他說，鄭重地點頭。

「那麼，你就必須盡快復原，才能保護我，對不對？」

「對。」

「如果你吸我的血，就會比較快復原。所以，你理所當然應該吸我的血。」

「妳最近照過鏡子嗎？」他冷不防問道。

我感覺到臉頰發燙，有點氣惱地說：「我最近眞的沒時間管化妝、頭髮之類的事。」

「我說的不是化妝或頭髮，我說的是妳看起來好蒼白，而且黑眼圈很明顯。」他的目光往下移到我身上襯衫遮住那道傷疤的地方。「妳的傷現在怎樣了？」

「沒事了。」我知道傷疤沒有露出來，卻仍忍不住把領口拉高。

「嘿，」他溫柔地說：「那道傷我見過，記得嗎？」

我看著他的眼睛。沒錯，我記得。事實上，他不止看過我的傷疤，還看過我整個人——一絲不掛。現在，我整張臉都在發燙。

「我提起這個，不是要妳發窘。我只是要提醒妳，妳最近也才差點死掉。為了我們，柔依，妳必須健康、強壯。**我**需要妳健康、強壯。所以，我不會從妳身上攝取任何東西。」

「但我也需要你健康、強壯啊。」

「我會的。嘿，別為我擔心了。很顯然，我簡直是殺不死。」他又露出那冷傲、可愛的笑容。

「記住，我擔心起來有多緊張。還有，**簡直殺不死**可不一定死不了。」

「記住了。」他拉我的手。「來，在我旁邊躺一會兒。我喜歡妳在我身邊的感覺。」

「你確定我不會弄痛你？」

「我**幾乎**可以肯定，妳會弄痛我。」他笑吟吟地說：「不過，我還是喜歡妳貼近我的感覺。過來吧。」

我讓他拉著我在他身邊躺下。我弓起身子，側躺面向他，小心翼翼地將頭靠著他的肩膀。他伸出另一隻手，橫過來摟住我，讓我貼緊他。「我說過，我不會碎掉的。放輕鬆。」

我嘆一口氣，叫自己放鬆。我摟著他的腰，小心沒壓到他，或碰到他的胸膛。史塔克閉上眼睛。我看著他呼吸漸漸深沉，蒼白的臉從緊繃轉為放鬆。我發誓，不到一分鐘，他就進入沉睡狀態。

我就是希望他睡著，好進行我決定要做的事。我深吸三口氣，滌淨心思，集中念力，然後低聲說：「靈，降臨我。」霎時，一種熟悉的感覺在我裡面騷動，我的靈魂在回應第五元素的灌注。「現在，悄悄地、小心地、溫柔地去找史塔克。幫助他，充盈他，給他力量，但**別吵醒他**。」當靈離開我，我感覺到史塔克的身體緊繃一下，抖動，然後長長地吁出酣睡的嘆息。我知道靈在撫慰他，但願也帶給他力量。我觀察他一會兒，才緩緩地從他的懷抱中抽身，低聲要求靈留下來陪他。我靜悄悄地離開房間，輕輕關上門。

走不到兩步路，我發現自己不知道該往哪邊走。我停下腳步，感覺到我的肩膀無力地垮下。有個修女低著頭從我身旁疾步走過，似乎嚇了一跳，抬頭看我。

「畢昂卡修女？」我認得她。

「喔，柔依。對，是我。走廊好暗，我差點沒看到妳。」

「修女，我想，我迷路了。妳可以告訴我，我的房間怎麼去嗎？」

她露出親切的微笑，讓我想起安潔拉修女，雖然她還很年輕。「沿著這條走廊往前走，妳會見到一道樓梯，上樓到最上一層。我相信妳和愛芙羅黛蒂的房間是十三號。」

「**幸運**十三。」我嘆一口氣。「我就知道。」

「妳不相信我們的命運是自己創造的？」

我聳聳肩。「修女，事實上，我現在已經累到不知道自己相信什麼了。」

她拍拍我的胳膊。「那就快去睡吧。我會替妳跟聖母祈禱。她的眷顧強過任何運氣。」

「謝謝。」

我依照她指示的方向走，爬到頂樓時，已經喘得像個老太婆，而胸前的傷疤也隨著我的怦怦心跳灼熱抽痛。我打開樓梯間的門，步入走廊，重重地靠在牆上，試圖平緩呼吸。我失神地撫著胸部，痛得我發怵。我拉下領口，希望傷口沒有裂開。但，接著，我驚愕得屏住呼吸，因爲我看到沿著隆起的紅色傷疤兩側已出現新的刺青。「我都忘了。」我喃喃自語。

「眞不可思議！」

我小聲地尖叫一聲，鬆手放開衣襟，嚇得往後跳，頭撞到牆壁。「艾瑞克！」

# 11

## 柔依

「我以為妳知道我在這裡。我可沒躲著。」艾瑞克坐在幾呎外的牆邊，他身旁那扇門上就貼著號碼13。他站起來，展露他明星般俊俏的招牌笑容，瀟灑地走過來。「柔，我等妳好久了。」我還來不及說話，他已經俯身在我嘴巴種下一個啪咂響的吻。

我雙手抵住他的胸膛推他，在他準備將我擁入懷中時，往旁邊躲開。「艾瑞克，我現在沒有心情。」

他揚起一邊濃眉。「是嗎？妳也是這麼跟西斯說的嗎？」

「我現在很不想談這件事。」

「那妳什麼時候想談？等下次我必須看著妳吸吮妳人類男友的血嗎？」

「你知道嗎？你說得對，我們現在就來談。」我可以感覺到我的怒火愈燒愈旺，不止因為艾瑞克一點也沒有顧及我身心俱疲，更因為我受夠了他的占有欲。夠了。「不管你接受不接受，西斯和我烙印了。就這樣，其他沒什麼好談的。」

我看見他氣得快要發火，但接著，出乎我意料，他壓下怒氣，放下緊繃的肩膀，吐出長長一口氣，苦笑一聲說：「妳的口吻眞像一個女祭司長。」

「我一點都不覺得。」

「嘿，對不起。」他伸出手，將我臉上的一綹頭髮往後捋。「妮克絲給了妳新刺青？」

「對。」我不自禁地抓住領口，緊靠著牆，不想讓他碰。「趕走卡羅納時出現的。」

「我可以看嗎？」

他的聲音低沉、性感——他在表現完美的男友口吻。但就在他準備靠近，以爲可以逕自窺看我的領口之前，我舉起手阻止他。「現在不行。艾瑞克，我現在只想去睡覺。」

他沒有再逼近，而是瞇起眼睛，說：「那史塔克現在怎麼樣了？」

「他受傷了，很嚴重，但達瑞司說他會復原。」我不願多說。他的態度讓我防衛起來。

「妳剛剛從他房間出來，對吧？」

「對。」

他顯然很沮喪，伸手捋過他那一頭濃密的頭髮。「太過分了。」

「什麼？」

他張開雙臂，儼然排練過的戲劇性姿勢。「那些男生！我得忍受西斯，因爲他是妳的伴侶。而就在我努力接受這個事實時，又冒出另一個傢伙——史塔克。」艾瑞克以嘲諷的語氣說出他的名字。

「艾瑞克，我——」

他彷彿看不出我想說話，提高音量壓過我。「對，他已立誓當妳的戰士。我知道這代表什麼意思！他會永遠跟妳在一起。」

「艾瑞克——」我再次試圖插話，但他繼續以高分貝阻止我。

「所以，我也得忍受**他**。好像這還不夠慘，妳和卡羅納之間顯然有曖昧！拜託！所有人都看得出那傢伙看妳的眼神。」他譏諷地說：「還眞讓我想起布雷克啊！」

「住嘴。」我輕聲說，但當他以輕蔑的口吻提到卡羅納，我內心逐漸高漲的憤怒瞬間爆開，而我剛才召喚的靈也將能量灌注在我的話裡，嚇得他雙眼圓睜，後退一步。「我們把話講清楚吧。」我繼續說：「你**不必**忍受任何人，因爲從這一刻開始，你和我**不在一起**了。」

「嘿，我不是——」

「不！現在輪到我說話。我們結束了，艾瑞克。你的占有欲太強，就算我不是身心俱疲——而你顯然不在乎我的身心狀況——我也不會再忍受你。」

「妳讓我承受了那麼多痛苦和難堪，妳以爲妳可以這樣就甩掉我？」

「不對。」我感覺到靈在四周環繞，將它導入話語，並往前走，逼得他繼續後退。「我不是**以為**我可以這麼做，我**知道**我要這麼做。我們結束了。你快走，免得我做出，嗯，做出五十年內都可能後悔的事。」我將流遍全身的元素力量往外推，致使他踉蹌退後。

他臉色發白，說：「妳到底怎麼了？妳曾經很溫柔，現在卻成了怪胎！我也受夠了妳不停地背叛我，跟每個有屌的人亂搞。妳是該跟史塔克、西斯和卡羅納在一起，妳只配得上他們那種人！」他氣沖沖地從我身旁走過，進入樓梯間後用力甩上安全門。

我也氣沖沖地邁開大步，走向第十三號房，拉開房門。

愛芙羅黛蒂差點摔了出來，臉朝地撲倒。

「啊。」她倉皇地用手梳理那一頭永遠完美的頭髮。「我只是，呃——」

「在偷聽我跟艾瑞克決裂？」我替她把話接完。

「對，我只是在這麼做。其實我不會怪妳啦，因爲他眞的很混蛋，況且妳又沒背著他跟每個有屌的人亂搞。比方說，妳和達瑞司就只是朋友啊，還有戴米恩和傑克……呃，他們兩個不算，因爲他們自己就愛屌。反正，他說得太誇張，眞是笑死人了。」

「妳這麼說沒安慰到我欸。」我重重坐在床上。床一點兒都沒皺，顯然是新鋪的。

「不好意思啊，我本來就很不擅長安慰人。」

「所以，妳全聽見了？」

「對。」

「包括卡羅納那部分？」

「對。而且我還要再叫他一次混蛋。」

「愛芙羅黛蒂，混蛋到底是什麼東西？」

她賞我一個誇張的白眼。「艾瑞克就是混蛋啦，妳這個呆瓜。幹麼搶在我說完之前插嘴？總之，他實在太不上道，竟然提起卡羅納。在西斯和史塔克身上，他已經充分證明自己是個愚蠢的醋罈子，完全沒必要提起那個長翅膀的傢伙嘛。」

「我**不**愛他。」

「當然不愛啊，妳比艾瑞克成熟多了。現在，我建議妳好好睡個覺。天曉得我真不想這麼說，不過妳確實看起來很糟。」

「多謝，愛芙羅黛蒂。聽妳說我看起來果然像我感覺到的那麼糟，還挺有幫助的。」我嘲諷地說，完全不想澄清我剛剛那句「我不愛他」指的是卡羅納，不是艾瑞克。

「嘿，別客氣。我來這裡就是要幫妳嘛。」

我思索著要說什麼話譏刺回去，卻注意到她的穿著，忍不住笑出來。時尚女王愛芙羅黛蒂，身上竟是一件從脖子蓋到腳踝，把全身包起來的白色棉質睡衣，活像個保守的教徒。

「呃，妳穿的那件東西是什麼啊？」

「別惹我。企鵝認爲睡衣應該就是這種德性。我可以了解啦，她們都發了愚蠢的守貞誓言。但如果她們都穿這樣上床，根本沒必要發那種誓言嘛。這種衣服幾乎也讓我變醜了。」

「幾乎？」我咯咯笑。

「對，妳這自以爲是的混蛋，是**幾乎**。在妳樂過頭之前，先往那邊看吧。疊放在妳床尾的東西可不是多出來的被單，而是修女設計師的傑作哦。」

「喔，至少穿起來很舒服。」

「只有娘娘腔和醜八怪才會在乎舒不舒服。」

趁愛芙羅黛蒂踐個二五八萬地鑽回被窩，我到角落的小水槽洗臉，並拆開那支還沒拆封的客用牙刷。我盡可能裝得滿不在乎，隨口問她：「嘿，呃，我可以問妳一件事嗎？」

「問啊。」她邊說邊拍打枕頭。

「這問題很嚴肅哦。」

「所以？」

「所以，我需要妳認眞回答。」

「噢，好，問吧。」她說，一副不當一回事的樣子。

「妳之前說過，妳早就知道艾瑞克的占有欲很強。」

「這不像是問題。」她說。我對著鏡子裡的她揚起眉毛，她嘆口氣。「好，對，艾瑞克黏人的程度已經達到第五段。」

「什麼？」

她嘆一口氣。「第五段，他媽的超級不酷。」

「愛芙羅黛蒂，妳說的是哪一國話啊？」

「美國青少年的話，上上流社會用語。用點想像力，加上幾句正宗髒話，妳也會說。」

「女神救我。」我對著自己的鏡中映像喃喃自語，然後繼續說：「好吧，所以艾瑞克也想掌控妳。」

「我剛剛就是這麼說的。」

「而這讓妳很抓狂？」

「對，當然。基本上我們就是因爲這樣而分手的。」

我將牙膏擠在牙刷上。「所以，妳很抓狂，也因此和艾瑞克分手，但妳仍然，呃……」

我咬著下唇一會兒，然後試著把話說完。「我看見妳和他在一起，而妳，呃——」

「喂，行行好！直接說出來不會死。妳看見我在替他口交？」

「嗯，對。」我困窘地說。

「這也不算問題啊。」

「好！問題在此：他占有欲很強，所以妳跟他分手，但妳好像還想巴住他，甚至願意替他做**那種事**，我不解。」我一股腦兒把話說完，然後將牙刷塞入嘴裡。

我注視著愛芙羅黛蒂在鏡子裡的映像，看到她雙頰酡紅，將頭髮往後甩，清了清喉嚨，然後迎視我在鏡中的眼睛。「我不是想巴住艾瑞克，我是想巴住權力。」

「什麼？」我說，滿嘴牙膏泡沫。

「在妳來夜之屋前，我在學校裡的情況就已經開始改變。」

我吐掉泡沫，漱口，然後說：「什麼情況？」

「我察覺奈菲瑞特不對勁。這讓我很困擾，覺得很怪。」

我擦了嘴巴，走到我的床邊，慢條斯理地踢掉鞋子，脫下衣服，換上溫暖、柔軟的棉質睡衣，爬上床，趁機保持沉默，爭取時間，思索著該如何說出心裡的念頭。但我還沒開口，愛芙羅黛蒂就繼續說：「妳知道我曾經對奈菲瑞特隱瞞我的靈視，對吧？」

我點點頭。「有些人類還因此死亡。」

「對，有人因此死亡，但奈菲瑞特不在乎。我看得出來。那時，我開始覺得不對勁，而同時我的人生也開始崩解。我不要那樣，我想繼續當賤女大姊頭，有一天變成女祭司長，最好還能統治世界。然後，我就可以叫我媽滾一邊去，甚至權威大到可以把她嚇個半死。」愛芙羅黛蒂吐出長長一口氣。「結果，天不從人願。」

「結果，妳轉而聆聽妮克絲的話。」我輕聲說。

「嗯，一開始我千方百計想保住賤女王國的后座，而王后的必備條件之一，就是跟全校最辣的帥哥約會，即使他是個占有欲超強的混帳東西。」

「我想，我懂。」我說。

愛芙羅黛蒂遲疑了一下，接著說：「想起那件事，我就覺得很噁。」

「妳是指跟艾瑞克做**那件事**？」

她嫌惡地咧起嘴角，搖搖頭，輕笑一聲。「拜託，妳真是老古板欸！跟艾瑞克做那件事一點都不噁。讓我噁心的是我居然隱瞞靈視，在妮克絲的道路上拉屎撒野。」

「妳最近把妳拉在妮克絲道路上的便便清理得很乾淨了。還有，我**不是**老古板。」

愛芙羅黛蒂哼了一聲。

「妳這樣子真的很醜欸。」我說。

「我不可能**真的**很醜。」她說：「妳不像問題的嚴肅問題問完了嗎？」

「問完了吧，我想。」

「很好，那換我問。妳有機會跟史蒂薇・蕾談了嗎？單獨談？」

「呃，嗯，還沒有。」

「妳會找她談吧？」

「呃，嗯。」

「很快會去找她談吧？」

「妳到底知道些什麼？」

愛芙羅黛蒂說：「她絕對有事瞞著妳。」

「妳是指紅雛鬼的事？就像妳之前說的？」愛芙羅黛蒂沒答腔，害我的胃揪緊。「對吧？」我催促她說話。「到底怎樣？」

「我覺得，史蒂薇・蕾瞞著妳的事，不止藏匿幾個紅雛鬼這麼簡單。」

我不想相信愛芙羅黛蒂的話，但我的直覺告訴我，她說得沒錯。其實，這用膝蓋想就可以知道。愛芙羅黛蒂和史蒂薇・蕾的烙印，使得她們產生其他人所沒有的連結，她自然知道史蒂薇・蕾的一些狀況。再說，不管我的主觀願望怎樣，我也察覺史蒂薇・蕾不對勁。「妳不能說得更具體一點嗎？」

愛芙羅黛蒂搖搖頭。「沒辦法，她真的關機了。」

「關機了？什麼意思？」

「妳知道妳這個土包子好友平常的德性，簡直是個毫無心機的鄉村親善大使——『嗨，你們大家！看我是多麼善良、甜美、平凡！噁啊，噁！』」

愛芙羅黛蒂誇張地模仿史蒂薇．蕾的奧克腔，也未免太過維妙維肖了。我板起臉孔，蹙眉對她說：「對，我知道她平常誠實、坦白，如果妳是這個意思。」

「沒錯，但她現在不再誠實、坦白了。相信我——女神曉得，我多麼希望可以把她的烙印丟給妳——她瞞著一件遠比幾個紅雛鬼還要重大的祕密。」

「真要命。」我說。

「是啊。」她說：「不過，喂，現在妳什麼鳥事也辦不了，所以去睡覺吧。明天，世界還需要拯救呢。」

「太讚了。」我說。

「喔，對了，妳男友怎樣了？」

「哪一個？」我悶悶不樂地問。

「那個討厭鬼神箭手啊。」

我聳聳肩。「好多了吧，我想。」

「妳沒讓他咬吧？」

我嘆一口氣。「沒。」

「妳知道吧，達瑞司說得沒錯？我們有些人可能覺得不爽，而且妳看來也不像，但妳現在的確就是我們的女祭司長。」

「妳這麼說還眞有安慰到我。」

「嘿，不客氣。聽著，我要說的是，妳必須百分之百保存精力，不能像我媽那個鄉村俱樂部裡的馬汀尼香艾酒，早午餐時間就被人喝光光。」

「妳媽眞的會在早午餐時喝馬汀尼啊？」

「當然。」愛芙羅黛蒂搖搖頭，一臉嫌惡的樣子。「拜託，別那麼天眞，行嗎？總之，妳別陷入那種灑狗血式的電視劇，跑去跟史塔克談戀愛，幹出蠢事。」

「妳說夠了吧？我不會做蠢事的！」我探身吹熄兩張床中間那張小茶几上的粗蠟燭。

房間裡的漆黑帶來寧靜，有半晌我們都沒說話。就在我開始覺得要睡著之際，愛芙羅黛蒂的聲音猛地將我拉回超級清醒的狀態。

「我們明天要回夜之屋嗎？」

「我想，必須回去吧。」我緩緩地說：「不管怎樣，夜之屋是我們的家，那裡的雛鬼和成鬼是我們的家人。我們必須回去找他們。」

「嗯，那妳得好好睡個覺。明天我們要降落的地方，我媽那些曾在軍隊服役的助理大概會說，那真是個一場糊塗的失誤集中地。」愛芙羅黛蒂說，淨是幸災樂禍的譏諷語氣。

如同往常，愛芙羅黛蒂的忠言總是很逆耳。

# 12 柔依

聽了愛芙羅黛蒂令人喪氣，卻恐怕很精準的預言，我不認爲自己睡得著，但終究不敵倦意。我閉上眼睛，沉入舒服的空無狀態。只是，眞悲哀，幸福的時刻似乎總是很短暫。

夢中美麗、蔚藍的島嶼令我目眩神迷。我站在……環顧四周，我發現我站在一座城堡的屋頂！這是那種以大塊粗石壘砌而成的古老城堡。城頂非常酷，周緣圍繞著石頭打造的凸狀雉堞，像是巨人的牙齒。城頂栽滿各種植物，我甚至看到檸檬和柑橘樹，枝椏上果實纍纍，香味四溢。正中央有一座裸女造型的噴泉，她雙手合捧，高舉過頭，澄澈的水從掌心流出。石雕裸女看起來好眼熟，但我的視線一直被城堡四周的壯觀景致所吸引。我屏住呼吸，走到邊緣，低頭俯瞰，底下城外是波光粼粼的湛藍海洋。那是夢幻、歡笑和夏日晴空的顏色，美得不得了。島嶼本身由嶙峋的群山所構成，覆蓋著外形奇譎，狀似巨傘的松樹。城堡就位於島上最高山的頂峰，放眼遠眺，可以看見優雅的宅邸和一個漂亮的小鎭。

觸目所及，一切都沐浴在海水的湛藍裡，呈現魔幻的氛圍。我深深吸氣，嗅到海鹽和柑橘的氣味。天氣晴朗，萬里無雲，但在夢境中，明亮的光線一點都無礙於我的眼睛。我好愛這種感覺！風大，有點涼，但我不介意，我喜歡風掠過我肌膚的涼冷清爽。在這一刻，島嶼是一片藍綠色，但我可以想見，薄暮時分，太陽不再支配天空，藍綠色將會變深、變暗，變成寶藍色。夢中的我臉上泛起微笑。寶藍色……屆時島嶼將轉成我的刺青的顏色。我頭往後仰，展開雙臂，擁抱我在睡夢中想像出來的美景。

「看來我怎樣都避不開妳，就算我已從妳眼前離開。」卡羅納說。他在我身後，他的聲音爬上我的背脊，越過我的肩，環抱我的身體。我緩緩地放下手，但沒有轉身。

「潛入別人夢境的人是你，不是我。」眞高興我的聲音聽起來很鎭定，絲毫沒有失控。

「所以，妳還是不願意承認妳被我吸引？」他的聲音低沉誘人。

「聽著，我沒打算找你。當我閉上眼睛，我只是想睡覺。」我近乎不假思索地說，不正面回答他的問題，心裡盼望著記憶中他的聲音和被他擁抱的感覺不要浮現。

「妳顯然是一個人睡覺。若妳跟別人共眠，我就沒那麼容易接近妳。」

他的聲音誘發我迷惑的渴望，但我壓抑住。不過，這讓我想起史塔克曾經告訴我的小祕訣——與人共枕**確實**會讓他比較難接近我。「這不關你的事。」我說。

「妳說得沒錯。簇擁在妳身邊，渴望妳關注的那些人類之子，我根本不在乎。」

我懶得指責他曲解我的話，因爲我忙著保持鎮定，以念力催促自己醒來。

「妳把我驅離，卻在夢中找我，這代表什麼呢，埃雅？」

「我不叫埃雅！這輩子不叫這個名字！」

「妳說『這輩子不叫這個名字』，代表妳已經接受事實。妳知道阿尼・雲衛亞創造出來愛我的少女，已轉世成爲妳的靈魂。或許就是因爲這樣，妳才會一直在夢裡追尋我。儘管妳清醒的理智百般抗拒，妳的靈魂、妳的本質卻仍渴望跟我在一起。」

他似乎習慣用古語稱呼切羅基族人。即使在夢中，我依然知道，他說的是格希古娃——部落女智者——創造埃雅，囚禁卡羅納的傳說。我既然擁有埃雅的記憶，當然非常清楚這個傳說的眞實性。**真實**，我的心靈提醒我，**用誠實的力量對抗他**。

「對，」我承認，「我知道我是埃雅的轉世。」我深吸一口氣，集中意念，轉身面對卡羅納。「但我是她**今日**的化身，這代表我有自己的意志，而我選擇不跟你在一起。」

「可是，妳仍繼續在夢裡追尋我。」

我想否認我來找他，我想像個女祭司長，說出聰明的話語，但我啞口無言，只是盯著他看。他好美！跟往常一樣，他穿得很單薄。不，應該說他**衣不蔽體**。他穿著牛仔褲，但全身上下再也沒有其他衣物。他古銅色的肌膚是如此完美、光滑，我好想撫摸。他琥珀色眼睛的凝視是如此明亮、溫暖，看得我屏住呼吸。他看起來依然只有十八歲，笑起來的時候顯得更年輕，更像個男孩，讓人想親近。但這是假象。不管他外表如何，不管我靈魂深處的記憶多麼渴望他眞的是這個樣子，我絕不能忘記，卡羅納其實超級恐怖、危險。

「啊，妳終於願意正眼看我了。」

「既然你不走，讓我獨處，那我想，我應該有點禮貌。」我強自鎮定，滿不在乎地說。

卡羅納仰頭大笑。那笑聲是如此溫暖迷人，有感染力，我好想靠近他，跟他一起放浪地笑。我差點跨出步伐，他的翅膀卻在這時撲簌簌地振動，微微張開。陽光射入漆黑的翅窩深處，閃閃發亮，顯露出隱藏在漆黑中的靛藍和紫色。彷彿撞到一面隱形的牆，我瞬間清醒，再次想起他是誰——一個墮落的不死生物，想要偷走我的自由意志，乃至於我的靈魂。

「我不懂你幹麼笑，」我趕緊說：「我說的是實話。我看著你是因爲我有禮貌，但我希望你能飛開，別煩我，讓我安安靜靜地做夢。」

「喔，我的埃雅。」他收斂笑容。「我不可能不煩妳。我倆已經綁在一起，是彼此的救贖——或彼此的劫數。」他趨前一步，我則後退一步。「到底是哪一種？救贖或劫數？」

「我只能說我自己的看法。」我保持聲音鎭靜，甚至帶點譏諷意味。「雉堞的冰冷石塊猶如牢房牆壁，緊貼著我的背。「兩者看來都很糟。救贖？老天，這讓我想起信仰子民教會的人，而偏偏在他們看來，你準是**墮落**天使，所以你當然做不了救贖專家。至於劫數？唉，老實說，還是讓我想起信仰子民教會。你什麼時候變得這麼無趣，像個虔誠的教徒？」

他又跨近兩步，塡滿我們之間的距離。他的手臂撐著雉堞，彷彿柵欄，將我囚禁在石堞和他之間。他的翅膀撲動，展開，以耀眼的漆黑遮蔽陽光。我感覺得到他散發出可怕、美妙的冰寒。我應該要感到厭惡，但我沒有。我打從靈魂深處被駭人的寒冷吸引，我想依偎在他身上，沉浸於他帶給我的甜蜜痛苦中。

「無趣？小埃雅，我迷失的愛人，幾世紀以來凡人加諸我身上的形容詞太多了，但從來沒人說我**無趣**。」

卡羅納籠罩著我。我只看得見他！還有那赤裸的肌膚……我使勁將目光從他胸膛抽離，抬頭看他的眼睛。他低頭對我微笑，神情輕鬆、自在，性感到我幾乎無法呼吸。當然，史塔克和西斯，喔，還有艾瑞克，都是帥哥，甚至非常帥，但跟卡羅納的不朽之美一比，根本不值一提。他是藝術傑作，具現肉體之美的天神雕像。但他比藝術品迷人，因爲他是活的，就在這裡，活生生地在我面前。

「請——請你往後退。」這次，我控制不住，聲音顫抖。

「妳眞的希望我往後退嗎，柔依？」

他用我的名字叫我，遠比稱呼我埃雅更讓我震撼。我的手緊抓著石堞，站穩腳步，避免屈服於他的魅力。我深吸一口氣，準備撒謊，告訴他，對，我要他後退，離開我。這時，一個聲音掠過我心頭，喃喃說道，**用誠實的力量**。

什麼是眞話？我得費力克制，才沒投入他懷裡？我無法不想起埃雅委身於他？或其他眞話——我希望我只是個正常的孩子，生活裡的最大壓力是學校作業和一些惡毒的女同學？

**說眞話**。我眨了眨眼睛。我**可以**說眞話。

「現在，我眞正想要的是好好睡個覺。我還想當個正常的女生，只需擔心功課，擔心車子保險費付不出來，擔心汽油貴得離譜。如果你在這些事情上面幫得上忙，我會感激不盡。」我憑藉這麼一點眞話帶來的力量，盯著他的眼睛。

他的笑容年輕而淘氣。「妳何不靠過來，柔依？」

「你知道，那樣做絲毫不能幫我實現我剛剛說的那些願望。」

「我可以給妳的，遠超過那些平凡、瑣碎的東西。」

「對，我相信，但你給的東西不可能正常，而現在，我最想要的就是大劑量的**正常**。」

他迎視我的目光。我看得出他等著看我退縮，看我緊張、結巴，甚至驚慌失措。但我已經告訴他眞話，而對我來說，這是一次耀眼的小勝利，帶給了我力量。最後，將視線撇開的人是卡羅納，他的聲音也忽然變得猶疑。「我不一定得這樣。爲了妳，我可以不只是這樣。」他再次看著我的眼睛。「只要妳留在我身邊，我可以選擇一條不一樣的路。」

他觸動我內心深處埃雅已經喚醒的部分，但我不讓他看見我有多悸動。

**找出真話**，我的心靈堅決地要求。於是，我再次找到眞話。「我也希望能相信你，但我辦不到。你很棒，很神奇，但你也是個騙子。我不信任你。」

「妳可以信任我。」他說。

「不，」我誠實地說：「我不認爲我可以信任你。」

「試試看，給我一個機會，來我身邊，讓我向妳證明。眞的，我的愛，妳只需說一個簡單的字，**好**。」他俯身，以堅定、誘人、優雅的姿勢，嘴巴附在我耳邊，雙唇輕輕拂掠我的肌膚，將寒氣傳送入我的身體。「委身於我，我保證會實現妳內心最深處的夢想。」

我呼吸急促，手掌緊緊貼著背後的石塊。這一刻，我眞的只想說出那個簡單的字，**好**。我知道若我說出口，結果會如何。由於埃雅，我已體驗過委身於他是怎麼回事。

他呵呵笑，聲音低沉，充滿自信。「來吧，我迷失的愛人，只要一個字，**好**，妳的生命就會永遠改變。」他抬起頭，目光再次攫住我的眼睛，對我微笑。他是如此青春、完美、強壯、和善。我好想說出那個字，想得我好怕。「愛我，」他喃喃低語：「只愛我一個。」

由於對他的渴望，我思索著他話中的意思，終於找到另一句話。「奈菲瑞特。」我說。

他皺起眉頭。「提她做什麼？」

「你要我只愛你一個，但你不是自由之身，奈菲瑞特跟你在一起。」

他不再那麼自信滿滿，一派輕鬆。「奈菲瑞特不關妳的事。」

他的話讓我心頭揪緊。我察覺，其實我滿心希望他會否認他跟她在一起，說他們之間結束了。但失望反而帶給我力量，我說：「我認爲她關我的事。上次見到她時，她想殺我，而那時我可是拒絕你呢。如果我答應你，她一定會抓狂，再次對我下手。」

「我們幹麼討論奈菲瑞特？她人又不在這裡。看看四周的美景吧。想想看，妳陪著我統治這個地方，幫我把古老之道帶回這個太過現代化的世界，那會是什麼感覺。」他伸手撫挲我的手臂，我的肌膚隨之震顫，而他提及古老之道時，我心中的警鈴聲大作。

但是，我不理會這些感覺，只是以我最甜美的稚嫩口吻發牢騷。「說眞的，卡羅納，我實在不想再跟她起衝突。我想，我應付不了。」

他沮喪地舉起手。「妳怎麼還在談特西思基利？我命令妳忘了她！她跟我倆不相干。」

他的手一舉高，就不再能將我逼困在石堞上，我趕緊往旁邊移，拉開和他的距離。我需要思考，而被他的手環住，我無法思考。但卡羅納立刻跟過來，將我困在堞口，也就是巨齒般雉堞之間的空隙。這裡的矮垣高度只及於我的膝蓋。站在那兒，我感覺得到冷風吹襲我的背，拂掠我的髮。不需回頭，我知道底下的深度令人暈眩，而湛藍汪洋在遙遠的下方等待。

「妳躲不開的。」卡羅納瞇起琥珀色的眼睛。我看見他迷人的外表下醞釀著怒火。「妳應該要知道，我即將統治這個世界，帶回古老之道，辨別現代的人，區隔麥子和粗糠。麥子將留在我身邊，成長茁壯，供養我。至於粗糠，全部燒光。」

我的心嚇得往下沉。他說的是古老的比喻，但我完全明白，他說的是世界末日，而他將摧毀無數人，包括成鬼、雛鬼和人類。我直想作嘔，但我抬起頭，裝出全然不解的表情。「什麼麥子？什麼粗糠？不好意思啊，你搞得我一頭霧水，你得翻譯成我能懂的語言。」

他大半晌沒吭聲，只是靜靜地打量我。然後，他的嘴角微微上揚，露出淺淺的笑，伸手撫摸我的臉頰。「妳這是在玩危險的遊戲，我迷失的小愛人。」

我的身體楞住。他的手緩緩從我的臉頰下滑到頸項，沿路以冰冷的熱度燒灼我的肌膚。

「妳在耍我。妳以爲妳可以裝成天真的小女生，成天只想著接下來要穿什麼衣服，要跟哪個男生接吻。妳低估我了。我了解妳，埃雅，我太了解妳了。」

卡羅納的手繼續往下滑。當他捧住我的乳房，我嚇得倒抽一口氣。他以拇指揉擦我乳房最敏感的那個點，欲望的悸動霎時間震懾住我。不管我多用力，都無法不因他的愛撫而顫抖。夢裡的我站在城頂，後面是海，前面是他，我被他攝魂的愛撫困住。我驚懼地發現，將我吸引到他身邊的，不只是埃雅的記憶，更是**我自己**——**我的**心、**我的**靈魂、**我的**情欲。

「不，你住手。」我想說得大聲、有力，彷彿命令，不容他忽視，但我發出的竟是喘息般虛弱的聲音。

「住手？」他再次呵呵笑。「看來妳已經說不出眞話。其實，妳不希望我住手，妳的身體渴望我的愛撫。妳否認不了。不要再愚蠢地抗拒吧。接受我，到我身邊，讓我們共同創造一個新世界。」

我身體搖晃，情不自禁地往他靠過去，但仍勉強低聲說：「我不能。」

「如果妳不加入我，妳就會是我的敵人，我會把妳和其他粗糠一起焚毀。」他將目光從我的臉龐移到我的胸脯。現在，他兩手捧住我的乳房，撫摸我，眼神變得柔和、迷茫，一波波不該有的冰冷欲望讓我的身體震顫，讓我的心和我的靈魂暈眩噁心。

我抖得好厲害，聲音也跟著顫動。「這是夢……只不過是夢，不是眞實的。」我說，彷彿在說服自己。

他對我流露的情欲使他變得更加誘人。他繼續撫摸我的乳房，親暱地對我微笑。「對，妳在做夢，但這個夢眞眞實實，就跟妳心底最深沉、最私密的欲望一樣。柔依，在這個夢裡，妳可以隨心所欲——**我們**可以做任何妳想做的事情。」

**這只是夢**。我反覆告訴自己。**妮克絲，求妳，讓接下來這句真話的力量喚醒我**。

「我確實想跟你在一起。」我說，卡羅納的笑容因得意而變得更猖狂。然而，在他以那太過熟悉的不朽擁抱鎖住我之前，我緊接著說：「但，實情是不論我多麼想跟你在一起，我仍然是柔依·紅鳥，不是埃雅。這代表在這一輩子，我已經選擇追隨妮克絲。卡羅納，我絕不會背叛我的女神，向你降服！」我大聲說出最後這句話，同時往後一躍，從城堡的頂端墜落，投向深淵底下嶙峋的岩岸。

在我的尖叫聲中，我聽見卡羅納呼喊我的名字。

# 13

# 柔依

我猛地在床上坐起來，像被人丟進蜘蛛窩裡似地嚇得尖叫。我的耳朵嗡嗡響，身體抖得我以爲我病了。但在驚恐之中，我察覺不只我一個人在尖叫。我在黑暗中張望，強迫自己閉嘴，吸氣，試圖釐清自己在哪裡。我到底在哪裡？海底？在島嶼的岩岸上摔得粉身碎骨？

不……不……我在本篤會修道院……在她們分派給我和愛芙羅黛蒂的房間裡……而愛芙羅黛蒂正在另一張床上，尖叫得像個瘋婆子。

「愛芙羅黛蒂！」我大吼，壓過她的尖叫聲。「閉嘴！是我，沒事啦。」她戛然而止，驚慌地急促喘息。「燈！燈光！」她的聲音聽起來像是恐慌症發作。「我需要燈光！我看不見！」

「好，好！等等。」我想起兩張床之間小茶几上的蠟燭，手忙腳亂地摸索打火機。我得用左手抓緊發抖的右手腕，才能對準蠟燭點火，而且試了五次，燭芯才點著，溫暖的燭光照亮愛芙羅黛蒂鬼魂一般慘白的臉龐及充血的雙眼。「喔我的天哪！妳的眼睛！」

「我知道！我知道！可惡！可惡！我還是看不見。」她哭著說。

「別擔心，別擔心，妳曾經這樣子過。我去拿溼毛巾和水，就像上次那樣——」我走到一半愣住，因為我想起她那雙血紅眼睛所代表的意義。「妳又出現靈視了，是不是？」

她不發一語，只是將臉埋入掌心，邊啜泣邊點頭。

「沒關係，不會有事的。」我邊安慰她，邊衝向水槽，以冷水打溼一條毛巾，將一只玻璃杯裝滿水，趕回愛芙羅黛蒂身邊。她仍坐在床沿，雙手掩臉。她的哭泣已經從歇斯底里的涕泗縱橫轉變成楚楚可憐的抽噎。我將手伸到她背後，拍了拍她的枕頭。「來，喝點水，然後躺下來，我用溼毛巾蓋住妳的眼睛。」

她的手從她的臉移開，往前伸，盲目地摸索。我幫她拿好杯子，看著她咕嚕咕嚕灌下整杯水。「我馬上再幫妳添水。妳先躺下，用毛巾蓋住眼睛。」

愛芙羅黛蒂往後靠在枕頭上，瞎了似的眼睛對著我眨。她看起來很恐怖，眼球血紅一片，襯著慘白的臉，顯得陰森詭異。「我看得見妳的輪廓了，稍微。」她虛弱地說：「妳一身紅色，像在流血。」說完，她冒出打嗝似的一聲抽噎。

「我沒流血，我很好。妳以前也這樣子過，記得吧？閉上眼睛，休息一會兒就好了。」

「我記得，但我不記得有這麼糟。」她說著閉上眼睛。

我將毛巾摺好，蓋住她的眼睛。然後，我對她撒謊：「上次也是這麼糟。」

她雙手手指在毛巾邊緣摸索了一下，才垂放下來。我回到水槽邊，又裝了一杯水。我看著她在鏡子裡的映像，說：「這次的靈視很嚇人嗎？」

我看見她嘴唇顫動，邊抖邊深深吸一口氣。「對。」

我走回床邊。「要再喝一些水嗎？」

她點點頭。「我覺得自己像在炎熱的沙漠裡跑馬拉松——我不是說我幹過這種事。滿頭大汗的，醜死了。」我臉上泛起微笑，眞高興她說話又像是原來的她了。我引導她的手拿住水杯，然後坐回我的床上，面向她，等她喝完水。「我可以感覺到妳在看我。」她說。

「對不起，我只是想安靜地、耐心地等妳喝完。」我頓了一下，說：「要我去找達瑞司嗎？或者戴米恩？還是把他們兩個一起叫來？」

「不要！」愛芙羅黛蒂立即回絕，嚥了兩次口水，才以比較平靜的聲音說：「暫時別跑開，好嗎？我不想在看不見的時候一個人獨處。」

「好，我哪裡都不去。要跟我說說妳的靈視嗎？」

「不是很想說。不過，我想，我還是得說。我看見七個成鬼，像是重要的大人物，顯然都是女祭司長。她們在一個很漂亮的地方，絕對是世家門第的宅邸，看不見暴發戶品味令人難以恭維的裝飾。」我對她翻白眼，可惜她看不見。「一開始，我不知道這是靈視，還以爲只是夢。這些成鬼坐在像是王后寶座的椅子上，我等著看有什麼古怪的夢境發生，比如她們全都變成大帥哥賈斯汀·提姆布萊克，唱他那首『性感反擊』，跳脫衣舞給我看。」

「哈，」我說：「有趣的夢。賈斯汀雖然上了年紀，仍怪得很酷，超性感的。」

「喂，行行好，妳的男孩夠多了，不需再多夢一個，把賈斯汀留給我吧。總之，她們沒變成賈斯汀，也沒跳脫衣舞。我正在納悶怎麼回事時，忽然恍然大悟，原來這是靈視，因爲這時奈菲瑞特走了進來。」

「奈菲瑞特！」

「對，卡羅納在她旁邊。整個過程都是她在說話，但那些吸血鬼沒看著她，而是情不自禁地呆呆望著卡羅納。」我知道她們見到他時會有什麼感覺，但我沒說出口。愛芙羅黛蒂繼續說：「奈菲瑞特說什麼大家必須接受她和俄瑞波斯帶來的改變，剷除一切，復興古老之道……劈里啪啦什麼的……」

「冥神俄瑞波斯！」我打斷她的劈里啪啦。「她仍然稱卡羅納爲俄瑞波斯？」

「對，她還說自己是妮克絲的化身，甚至直接自稱妮克絲，但我沒聽清楚她說的每句話，因爲就在那時，我開始燒起來。」

「燒起來？妳是說妳著火？」

「嗯，嚴格說來，不是**我**，而是其中幾個吸血鬼。這很詭異。事實上，這是我有過的靈視當中最詭異的一個。我彷彿既看著奈菲瑞特對七個成鬼說話，又跟著她們一個接一個地離開房間。我可以感覺到不是所有成鬼都相信奈菲瑞特的話，而我就是跟那些成鬼在一起，直到她們燒起來。」

「妳是說，她們忽然全身著火？」

「對，非常奇怪。前一秒，我看得出來，她們認爲奈菲瑞特不是好東西，下一秒她們就著火了。不過，當她們燒起來，竟然身在一片田地之中。而且著火的人不止她們。」愛芙羅黛蒂頓住，將杯裡剩下的水喝光。「其他很多人也跟著燃燒，包括人類、成鬼和雛鬼。所有的人都處在同一片田裡，而這片田彷彿一直延展，擴及整個世界。」

「什麼？」

「對，很可怕。我不曾有過吸血鬼死亡的靈視——除了預見妳死去那次。但妳是雛鬼，所以不算。」

我對她皺起眉頭，但這是白費力氣，因爲她看不見。「除了那些著火的吸血鬼，妳還認出其他人嗎？奈菲瑞特和卡羅納也在那裡嗎？」

愛芙羅黛蒂半晌沒說話。然後，她抬手將蓋住眼睛的溼毛巾拿開。我看得出血紅的顏色已經開始消褪。她眨了眨，瞇著眼睛看我。「現在好多了，我幾乎可以看清楚妳了。好，靈視的結尾是這樣的：卡羅納在那裡，奈菲瑞特不在，反而是妳在那裡，跟他在一起。我是說，你們兩個眞的**在一起**。他擁著妳，而妳很喜歡那種感覺。噁，看你們那樣親熱，我實在吃不消。注意，你們在幹那種噁心的事，我們卻正在被火燒烤。基本上，整件事情再清楚不過了——就因爲妳和卡羅納在一起，所以世界才會毀滅。」

我舉起顫抖的手抹了抹臉，彷彿這樣可以抹去埃雅依偎在卡羅納懷裡的記憶。「我永遠都不會跟卡羅納在一起。」

「好，我接著要說的話，可不是因爲我嘴賤，所以故意要說——至少這次不是。」

「說吧。」

「妳是埃雅轉世。」

「這點我們早已確認過了。」我說，聲音出乎我預料地高亢。

愛芙羅黛蒂舉起手。「別急，我又沒在指責妳什麼。只不過，那個跟妳擁有同一個靈魂的古代切羅基族女孩，是被造出來愛卡羅納的，對吧？」

「對，但妳得搞清楚，我．不．是．她。」我一個字一個字地強調。

「聽著，柔依，這個我知道。但我也知道，卡羅納對妳的吸引力遠超出妳願意承認的。妳已經出現過一次埃雅的回憶，而且妳還因此昏過去。會不會妳無法完全控制對他的感覺，因爲他對妳的吸引力已經像電路板一樣蝕刻在妳的靈魂裡？」

「妳以爲我沒想過這一點嗎？拜託，愛芙羅黛蒂，我會離卡羅納遠遠的！」我沮喪地叫嚷。「我會**徹底**遠離他，這樣就沒有機會跟他在一起，而妳靈視預見的情況就不會發生。」

「沒那麼簡單。我在靈視裡看到的不只是妳跟他在一起。事實上，現在回想起來，這個靈視有點像我之前預見妳死亡的那一次。那時，我一會兒看到妳的喉嚨被劃開，頭差點斷掉，但一會兒，我又看到妳溺死。」

「對，我記得，那一次妳預見到的是**我**的死亡。」

「對，但到目前爲止，**我**才是唯一經歷到妳死亡的人。再說一遍，那可眞**不舒服**。」

「可不可以拜託妳快把剛剛那個靈視說完？」

她無奈地看我一眼，繼續說：「好，這一次，我的靈視也分歧成兩種狀況，跟之前我在同一個靈視裡看到妳以兩種不同方式死亡有點像。前一分鐘，妳舔卡羅納的臉，噁心巴拉——喔，那時我也覺得好痛苦。」

「對，因爲妳著火了。」我覺得很無力，她就是不一口氣把那該死的靈視給說完。

「不是，我是說我感覺到**另一種**痛苦。我很確定那種痛苦不是來自被火燒的人。還有其他人在那裡，而且他們絕對受到了脅迫。」

「脅迫？聽起來很不妙。」我的胃又開始抽痛。

「對，眞的很不舒服。前一分鐘，人們被火燒，我感受到很大的痛苦，而妳卻跟邪惡天使在幹那種事。接著，一切忽然改變，感覺像是發生在不同的日子、不同的地方。人們依然在燃燒，我也依然感受到一種奇怪的痛苦，不過，這次妳沒跟卡羅納幹那種下流事，而是走出他的懷抱，但沒離他太遠。然後，妳對他說了什麼話，而妳說的話改變了一切。」

「怎麼說？」

「妳殺死了他，所有的火也隨之熄滅。」

「我殺死卡羅納！」

「對，至少在我看來是如此。」

「呃，我對他說了什麼話，居然有這麼大的威力？」

她聳聳肩。「不知道欸。我聽不見。我從被火燒的人的角度經歷這個靈視，感受著不知打哪兒來的痛苦，忙著忍受都來不及了，哪還能注意妳說什麼話啊。」

「妳確定他死了？照理說他死不了，他是不死生物呀。」

「在我看來他好像死了。妳說的話讓他解體了。」

「妳是說他消失了？」

「事實上比較像是他爆掉了。嗯，差不多啦，很難描述。我正在**燃燒**，而他也變得非常、非常亮，很難看清楚他發生什麼事。不過，我可以告訴妳，他差不多就是這樣消失的，而他一死，所有的火都熄滅了，我知道一切都會沒事了。」

「就這樣？」

「不是。我還看見妳在哭。」

「什麼？」

「妳殺死卡羅納之後在哭，哭得一把鼻涕一把眼淚。接著，靈視結束，我醒來，頭和眼睛痛得要死。喔，還聽到妳發瘋似地尖叫。」她若有所思地打量我。「妳爲什麼尖叫？」

「我做了噩夢。」

「卡羅納？」

「我不想談。」

「眞慘，妳得談。我看見世界在焚燒，而妳和卡羅納在尋歡作樂。這可不是件好事。」

「**不會**發生這種事。」我說：「記住，妳也看見我殺死他。」

「妳到底夢到什麼?」她不死心。

「他說要把全世界獻給我,他會復興古老之道,要我跟他一起統治世界。我說不,打死都不要。他說,他會燒光——」**喔,我的天哪!**「等等,妳說人們在田裡燃燒?麥田嗎?」

愛芙羅黛蒂聳聳肩。「也許吧。什麼田在我看來都差不多。」

我的胸口揪緊,胃很痛。「他說他要把粗糠和麥子分開,將所有的粗糠燒光。」

「粗糠是什麼鬼東西啊?」

「我也不是很清楚,不過肯定跟小麥有關。好,回想一下,那田裡是不是有金黃色的長草?還是綠色的?像乾草或玉米,還是其他不像小麥的東西?」

「是黃色的,長得很高,像草的樣子。我想,那很可能就是小麥吧。」

「所以,可以說,卡羅納在我夢裡做的威脅,在妳的靈視裡成眞了。」

「但妳在夢裡並沒順從他,跟他激情親熱吧?或者,妳眞的這麼做?」

「沒有,我沒這麼做!我從懸崖跳下去,所以我才會放聲尖叫。」

她睜大仍帶著血絲的眼睛,說:「眞的?妳眞的從懸崖跳下去?」

「嗯,我是從一座城堡的頂端往下跳,而城堡是蓋在一處懸崖上。」

「聽起來很可怕。」

「我從沒做過這麼可怕的事。不過，跟卡羅納在一起更可怕。」我想起他的愛撫，以及他引發我內心深處對他的強烈渴望，忍不住渾身打顫。「我得離他遠遠的。」

「嗯，來日妳恐怕得重新考慮。」

「什麼？」

「妳沒專心聽我說啊？我看見卡羅納統治世界，用火殺人。我說的人包括吸血鬼**和**人類。而妳阻止了他。老實說，我認為我的靈視是在告訴我們，妳是唯一**有辦法**阻止他的人。所以，妳不能逃離他。柔依，妳必須搞懂妳對他說什麼才能殺死他，然後，**妳**得去找**他**。」

「不！我不去找他。」

愛芙羅黛蒂用憐憫的眼光看我。「妳得擊敗這種轉世輪迴的東東，徹底摧毀卡羅納。」

**啊，要命**，我心想。這時，有人砰砰砰地敲門。

# 14 柔依

「柔依！妳在裡面嗎？讓我進去！」

我倏地衝向門口，打開門，見到史塔克癱靠在門框上。「史塔克？你怎麼下床了？」他穿著醫院裡那種寬鬆的褲子，上身赤裸，裹著一大片白色紗布和繃帶。他的臉白得像白骨，額頭冒出一層汗珠，急劇喘息，看起來好像隨時會倒下。

但他的右手緊抓著弓，弓上已搭著一支箭。

「天哪！快扶他進來。萬一他昏倒，我們絕不可能扶他起來。他塊頭這麼大，也很難拖得動。」愛芙羅黛蒂說。

我想扶住史塔克，但他甩開我，力氣大到嚇我一跳。「不用，我沒事。」他大步走入房內，四處張望，彷彿有人會從衣櫥裡跳出來。「我絕不會昏倒。」他穩住呼吸後說。

我走到他面前，讓他把注意力轉移到我身上。「史塔克，這裡沒其他人。你跑來這裡做什麼？你根本不該下床的，更何況爬樓梯上來。」

「我感覺到妳。妳很害怕，所以我來找妳。」

「我只是做了噩夢，如此而已。我沒有危險。」

「卡羅納？他又出現在妳的夢裡？」

「又？妳夢到他有多久了？」愛芙羅黛蒂問我。

「我說過，除非跟別人一起睡，卡羅納輕易可以進入妳的夢。這別人不能只是一個室友。」史塔克說。

「聽起來不妙。」愛芙羅黛蒂說。

「我只是在做夢。」我說。

「我們能確定那只是夢嗎？」愛芙羅黛蒂問。

她是對史塔克發問，但我答道：「我人好好地站在這裡，沒翹辮子，足見那只是夢。」

「沒翹辮子？妳得跟我解釋一下。」史塔克說。他的呼吸已經平緩下來，而儘管仍一臉慘白，口吻卻十足是個嚇人的戰士，隨時準備履行誓約，保護他的女祭司長。

「在夢裡，柔依爲了逃離卡羅納，跳下懸崖。」愛芙羅黛蒂說。

「他對妳做了什麼？」史塔克聲音低沉，充滿憤怒。

「沒什麼！」我趕緊說。

「那是因爲他開始對妳做什麼之前妳就跳崖了。」愛芙羅黛蒂說。

「他到底打算做什麼？」史塔克再次問我。

我嘆口氣。「還不是同樣的老把戲。他想控制我。他沒這麼說，但他當然是想這麼做。我絕對不會讓他得逞的。」

史塔克緊繃著一張臉。「我早該想到他會透過妳的夢來影響妳。我知道他的伎倆！我應該做好安排，要妳跟西斯或艾瑞克一起睡的。」

愛芙羅黛蒂哼了一聲。「眞是奇聞。男友三號**要**妳跟男友一號或二號一起睡覺。」

「我**不是**她的男友！」史塔克幾乎是在怒吼。「我是她的戰士，立誓保護她，意義遠大於什麼狗屎愛情或愚蠢的嫉妒。」

愛芙羅黛蒂呆望著他。這是她第一次彷彿不知道說什麼。

「史塔克，這只是夢。」我說，但心裡其實沒那麼有把握。「不管卡羅納闖進我的夢裡幾次，結果都一樣，我絕不會向他屈服。」

「妳最好有把握，否則我們其他人就會死得很慘。」愛芙羅黛蒂說。

「她在說什麼？」史塔克問。

「她又出現靈視了，如此而已。」

「如此而已？妳還眞懂得大事化小啊。」她盯著史塔克看。「好，射箭男孩，如果你跟柔依一起睡，可以阻止卡羅納進入她的夢嗎？」

「應該可以。」史塔克說。

「那我認爲你應該跟柔依一起睡。在這種狀況下，三人成眾，太擠了，我出去嘍。」

「妳要去哪裡？」我問。

「達瑞司在哪裡，我就去那裡。喔，我才不管這會不會惹毛那些企鵝。老實說，我頭痛得要死，只有睡覺的分，不過我還是要跟我的吸血鬼在一起。就這樣。」她說著拿起自己的衣服和皮包。當然，去找達瑞司之前，她會先鑽進浴室換掉那身祖母級睡衣。我想起自己也穿著同樣的睡衣，嘆了一口氣，在床沿坐下。

愛芙羅黛蒂跨出門時，我喊住她。「在我想清楚之前，別跟任何人提起妳的靈視。我是說，妳可以跟達瑞司講，但僅止於他。好嗎？」

「我知道，妳不想造成大家驚慌。隨便啦，反正我也不想聽蠢蛋幫和那一大票人尖聲怪叫。柔，回頭睡覺吧。日落後見。」她對史塔克輕輕擺了擺手，關上身後的門。

史塔克走到床邊，重重坐在我身旁，整個人縮了一下，看來他終於意識到胸口的疼痛。他將弓和箭放在床邊桌上，對我露出歉疚的笑容。「所以，我用不著弓箭？」

「你要說什麼？」

「這代表我的手空出來了。」他對我張開手臂，得意地看著我。「妳不過來嗎，柔？」

「等等。」我走到窗邊，爭取時間，思考自己怎麼從一個男人的懷抱轉向另一個男人。「我得先確定陽光不會燒到你，否則我無法休息。」我嘟噥著，拉緊百葉窗，但忍不住透過葉片縫隙往外看。那是一個冰天雪地、灰暗闃寂的世界，萬物靜止，彷彿外頭的生物、樹木、草，以及掉落的電線都凍結了。「難怪你可以跑來這裡，沒被烤成脆片。太陽根本沒露臉嘛。」我繼續看著窗外，沉醉在這個冰凍的世界裡。

「我知道我不會有事。」史塔克說：「我感覺得到已經天亮，但陽光無法穿透冰雪和雲層。」接著，他說：「柔，過來吧！我的理智告訴我，妳沒事。但我的心還是很不安。」

我驚訝地發現他的語氣變了，不再洋洋自得。我轉過身，走到他身邊，把手交到他的手裡，跟他一起坐在床沿。「我沒事。倒是你，萬一今晨陽光普照，你這樣衝過來準出事。」

「當我察覺妳的恐懼，即便冒著生命危險，我都必須趕來。這是我對妳立下的誓約。」

「眞的嗎？」

他點頭微笑，抓起我的手，放在他的唇邊。「眞的，妳是我尊貴的小姐，我的女祭司長，我永遠會保護妳。」

我用另一隻手捧著他的臉，情不自禁地凝視著他，忽然莫名其妙地哭起來。

「嘿，別這樣——別哭。」他抹去掛在我臉頰的淚水。「過來吧。」

我默默地靠在他身上，小心不碰到他的胸膛。他一手摟著我，我依偎著他，希望他的溫暖能抹去記憶裡卡羅納冰寒的熱情。

「他是故意的，妳知道吧？」不必問，我知道他說的是卡羅納。史塔克繼續說：「他給妳的感覺不是眞實的，那是他的伎倆。他會找出人的弱點，利用它。」說到這裡，史塔克停下來。我聽得出他的話還沒說完。我不想聽。我只想安全地蜷縮在我的戰士的懷裡，睡覺，忘掉一切。但我不能這麼做。在埃雅的記憶復甦，愛芙羅黛蒂的靈視出現之後，我不能。

「繼續說吧，」我說：「你還想說什麼？」

他摟住我的手稍微收緊。「卡羅納知道，妳的弱點在於妳跟囚禁他的那個古代切羅基族女孩有連結。」

「埃雅。」我說。

「對，埃雅。他會利用她對付妳。」

「我知道。」

我感覺得到史塔克在猶豫，但他還是說出了口：「妳想要他——我是指卡羅納。他讓妳想要他。妳努力抗拒，但他還是影響到妳了。」

我的胃揪緊，覺得想吐，但我誠實地回答史塔克：「我知道，這嚇壞我了。」

「柔依，我相信妳會一直拒絕他，但萬一妳屈服，妳可以相信，我一定會趕來。我會擋在妳和卡羅納之間，即便這是我所能做的最後一件事。」

我把頭靠在他的肩膀，清楚記得愛芙羅黛蒂陳述剛才的靈視時，沒提及史塔克在場。

他轉過頭來，輕吻我的額頭。「喔，對了，睡衣很好看。」

我噗嗤笑了出來。「如果你不是受傷，我一定扁你。」

他露出招牌的得意笑容。「嘿，眞的，我喜歡這件睡衣。彷彿妳是天主教女子學校裡的壞女生，跟我待在同一張床上。」

我賞他一個白眼。但我隨即說：「史塔克，你爲什麼不吸我的血？吸一點就好。」我搶在他出聲反對之前繼續說：「聽著，卡羅納不在這裡，我們暫時不會有事的。事實上，根據我的夢，他顯然在很遠的地方，因爲奧克拉荷馬州附近並沒有島嶼。」

「妳不知道他在哪裡。在妳夢裡，他可以讓妳看見他在任何地方。」

「不，他的確在一座島嶼上。」我說出這句話時，內心隨即察覺自己想得沒錯。「他必須找一座島嶼休養。你知道那可能在哪裡嗎？你聽過他跟奈菲瑞特提起什麼島嶼嗎？」

史塔克搖搖頭。「沒有。我在他旁邊時，他不曾提起過。不過，如果他真的在一座島嶼上，那代表妳把他傷得很重。」

「這代表我現在很安全，也代表你可以吸我的血。」

「不行。」他語氣堅定地說。

「你不想？」

「別傻了！我當然想，但我不能。我們不能這麼做，現在不可以。」

「聽著，你需要我的血和我的能量、靈氣什麼的，才能好得快。」我抬起下巴，好讓他清楚看見我的頸靜脈。「來吧，咬我。」我閉上眼睛，屏住呼吸。

史塔克笑了出來。我睜眼，看見他呵呵笑，然後痛苦地抓住胸口，喘氣，又笑了幾聲。

我對他皺起眉頭。「有什麼好笑？」

史塔克勉強控制住自己，說：「妳活像在演老式的吸血鬼電影。」他扮出陰森森的表情，露出牙齒。

我覺得自己兩頰紅燙，掙脫他的懷抱。「算了，當我沒說過。我們睡覺吧。」我轉過身子，但他抓住我的肩膀，將我轉向他。

「等一下。我說錯話了。」他忽然嚴肅起來，撫摸我的臉頰。「柔依，我不吸妳的血是因爲我**不能**，而不是我不想。」

「對，你說過了。」我仍然覺得很難堪，想別開頭，但他強迫我看著他的眼睛。

「嘿，對不起啦。」他的聲音變得低沉、性感。「我不該取笑妳，我應該直接告訴妳眞話，但我成爲戰士沒多久，恐怕還需要一點時間才能扮演好這個角色。」他的拇指撫摸著我顴骨上刺青的線條。「我應該告訴妳，我好想嘗妳的血，但我更想確保妳強壯、安全。」他親我。「還有，我不需要喝妳的血，因爲我確定我沒事。」他的嘴唇輕輕拂過我的唇。「想知道我怎麼能確定嗎？」

「嗯哼。」我喃喃回應。

「柔依，因爲只要妳安全，我就沒事。睡吧，我陪著妳。」他躺下，讓我緊靠著他睡。

我的眼皮快要闔上時，我低聲說：「如果有人想吵醒我，可以幫我殺了他們嗎？」

史塔克咯咯笑。「遵命，我尊貴的小姐。」

「很好。」我閉上眼睛，睡著，而我的戰士緊緊抱著我，幫我擋走噩夢和昔日的鬼魂。

# 15 愛芙羅黛蒂

「說眞的，同志男孩，滾回你們床上。接下來一整晚，我要跟我的吸血鬼在一起。」愛芙羅黛蒂雙手交叉抱胸，站在達瑞司、戴米恩、傑克及女爵的房間門口。她看見戴米恩、傑克和女爵窩在同一張床上時，心裡隱約覺得有點不高興。沒錯，他們讓她想起一窩小狗，但一想到企鵝允許他們睡在一起，卻分派她和柔依同房，她就覺得很不公平。

「怎麼了，愛芙羅黛蒂？發生什麼事？」達瑞司衝到她跟前，隨即用一隻手套上T恤，遮住他令人垂涎的胸膛，用另一隻手穿上鞋子。如同往常，別人還來不及反應，達瑞司已經展開行動。這正是她迷上他的原因之一。

「沒事，只不過柔依要跟史塔克一起睡，在**我們的房間**。我沒興趣當電燈泡，所以我們決定自行交換室友。」

「柔依還好嗎？」戴米恩問。

「我猜，這會兒她應該好得不得了。」愛芙羅黛蒂說。

「我不認為史塔克有辦法，呃，做**那種事**。」傑克委婉地說，一臉惺忪，頭髮凌亂，雙眼浮腫。愛芙羅黛蒂覺得他這模樣比平常更像小狗，真的好可愛。當然，她打死不會承認。

「他有辦法爬上頂樓，到我們的房間，所以，我想，他應該快康復了吧。」

「噢，艾瑞克一定很不爽。」傑克興奮地說：「明天有爭風吃醋的好戲看了。」

「那齣戲已經結束了。今晚稍早，柔甩掉艾瑞克了。」

「她甩掉他了！」戴米恩說。

「對，也該是時候了。他的占有欲不應該那麼強。」愛芙羅黛蒂說。

「那她真的沒事嗎？」戴米恩問。

愛芙羅黛蒂實在不喜歡戴米恩那種熱切的眼神。不管怎樣，她絕不會說出實情。所以，她決定讓這位愛追根究柢的同志繼續一頭霧水，對他揚起一道完美的眉毛，露出她賣關子時標準的訕笑表情。「你是誰啊？柔依的同志老媽？」

果不其然，戴米恩被激怒了。「不是，我是她的朋友！」

「拜託，聽了就愛睏，這我們不知道啊？柔依沒事。老天，給她一點喘息的空間吧。」

戴米恩皺起眉頭。「我有啊。我只是擔心她，如此而已。」

「西斯在哪裡？他知道她跟艾瑞克分手，還，呃，**跟史塔克一起睡**嗎？」傑克誇張地壓低聲音說出最後一句。

她翻了翻白眼。「我不在乎西斯在哪裡。除非柔需要點心，否則我想她也沒興趣知道他在哪裡。**她忙得很**。」她不想傷他們的心，但要戴米恩不追問，只能早點結束談話。她轉向達瑞司，見他站在那兒，彷彿既覺得有趣，又關切地打量著她。「準備走了嗎，帥哥？」

「當然。」他關上房門前回頭看戴米恩和傑克一眼。「日落後見。」

「好！」傑克高聲回答，而戴米恩只是狠狠地盯著她。

步出走廊後，愛芙羅黛蒂才走兩步路，達瑞司就抓住她的手腕，要她停下腳步。她還沒開口，他已雙手搭在她的肩上，直視她的眼睛。「妳出現靈視了。」他直截了當地說。

愛芙羅黛蒂霎時覺得熱淚盈眶。這個大塊頭眞是叫她癡迷。他是如此了解她，而且看來也眞的非常關心她。「對。」

「妳還好嗎？妳臉色蒼白，雙眼充血。」

「我沒事。」她說，但自覺這話說得很沒有說服力。

他將她摟入懷中。她任由他抱著，以他的堅強給予她言語所不能及的撫慰。「這次跟上次一樣糟嗎？」他問。

「更糟。」她把臉埋入他的胸膛，聲音之溫柔、甜美，肯定會嚇著所有認識她的人。

「妳又預見柔依死掉？」

「不是，這次是世界末日。不過，柔依確實出現在靈視裡。」

「我們要回去找她嗎？」

「不，她真的跟史塔克睡在一起。看來卡羅納可以侵入她的夢，而有個男生陪她睡，就能阻擋他。」

「那就好。」達瑞司說。走廊盡頭傳來聲響，達瑞司趕緊將她拉到牆角，躲入陰暗中。接著，一位修女走過去，完全沒察覺他們就在附近。

「嘿，說到睡覺——我知道柔是大女祭司長，但不是只有她需要睡美容覺。」走廊上再次只剩他們兩人時，愛芙羅黛蒂低聲說。

達瑞司體貼地看著她。「妳說得對。妳一定累壞了，尤其剛剛還出現靈視。」

「我說的不只是我自己，猛男先生。剛才我一直在想，我們可以到哪裡去，結果我想到一個點子，超棒的點子。恕我大言不慚喔。」

達瑞司微笑著說：「我相信妳想到的點子一定很棒。」

「當然。總之，我記得你告訴企鵝護士，史塔克至少得結結實實地休息八個小時，不被打擾。而既然他現在不在那個隱密、幽暗、舒適的房間，那裡就空出來了。」愛芙羅黛蒂在他頸窩磨蹭，並踮起腳尖，咬了咬他的耳垂。

他呵呵笑，一手摟著她。「妳實在太聰明了。」

前往那間空房途中，愛芙羅黛蒂跟他說了她剛才的靈視和柔依的噩夢。他不發一語，安靜傾聽。這又是他吸引她的另一個原因。史塔克的房間黯淡而溫馨，只有一盞蠟燭亮著。達瑞司拉了一把椅子，卡住門把。然後，他在角落的櫃子裡翻尋，拿出乾淨的床單和毯子。他重新鋪床時，說不能讓她睡在受傷的吸血鬼睡過的床單上。

愛芙羅黛蒂邊看著他鋪床，邊脫下靴子和牛仔褲，並伸手將T恤底下的胸罩扯下。她心想，有人照顧，而這個人似乎眞的喜歡她原本的模樣，感覺眞怪，難以置信。向來，男生喜歡她都是因爲她很辣、有錢，是風雲人物，或把她當作一種挑戰，甚至通常只因爲她是個騷貨。她經常很訝異，哈騷貨的男生竟然那麼多。他們喜歡她並非因爲她是愛芙羅黛蒂。事實上，他們通常不願花時間認識她在秀髮、長腿和驕縱態度底下的眞正面目。

不過，最讓她驚訝的，還不是她和達瑞司在交往，而是他們迄未發生性關係。沒錯，所有人都以爲他們一天到晚翻雲覆雨，而她任由大家這樣想，甚至有意無意地促使大家這樣想。然而，他們沒有。不知何故，她不覺得這有什麼奇怪。他們會睡在一起，也好幾次激情地互相親熱，但僅止於此。

愛芙羅黛蒂驀然憬悟，她和達瑞司之間到底發生什麼事——他們在慢慢地探索、了解對方，眞眞實實地認識彼此。她同時發現，她渴望了解達瑞司，但她也喜歡慢慢來。

**他們愛上了彼此！**

這個領悟，嚇得愛芙羅黛蒂忽然雙膝癱軟，倒退到角落一張椅子前，頭暈目眩地坐下。

達瑞司鋪好床，回頭困惑地望著她。「妳在那邊做什麼？」

「坐一坐。」她趕忙回答。

他敧斜著頭看她。「妳眞的沒事嗎？妳剛剛說，在妳的靈視中，妳跟那些吸血鬼一起著火。是不是現在還感受得到它的影響？妳的臉色好蒼白。」

「我只是有點口乾舌燥，眼睛還會痛。不過，我眞的沒事。」

見她繼續坐在房間另一頭，無意走到床邊來，他困惑地笑著問她：「妳不是很累嗎？」

「對，對，我很累。」

「要不要我倒點水給妳喝？」

「喔，不用！我自己來。沒問題。」愛芙羅黛蒂像個用絲線牽動的木偶，僵硬地站起來，走到對面角落的水槽。她用圓錐形的紙杯裝水時，達瑞司忽然走到她身後，強壯的雙手再次搭在她的肩上。但這次，他用雙手拇指輕輕地搓揉她頸項上緊繃的肌肉。

「妳的壓力全累積在這裡。」他說，從她的脖子按摩到肩膀。

愛芙羅黛蒂喝完那杯水後，仍楞在原地，無法移動。達瑞司靜靜地按摩她的肩膀，透過撫觸讓她知道，他有多關心她。最後，她讓紙杯從指間滑落，頭往前垂下，深深地、滿足地嘆一口氣。「你的手眞神奇。」

「只要妳喜歡，我尊貴的小姐。」

愛芙羅黛蒂微笑，整個人交在他手上，讓自己愈來愈放鬆。她愛達瑞司待她如他的女祭司長，即使她身上沒有記印，也絕不可能變成吸血鬼。她愛他始終堅信她對妮克絲而言非常特別，相信她是女神揀選的人，根本不在乎她有沒有記印。她也愛他——**喔我的天哪！她真的愛他！太扯了吧**！她猛然抬頭，轉身，嚇得達瑞司本能地倒退一步，讓出空間給她。

「怎麼了？」他問。

「我愛你！」她衝口而出，隨即用手摀住嘴，彷彿不想讓話衝出口，但**太遲了**。

戰士緩緩地綻放笑容。「我好高興聽到妳這麼說。我也愛妳。」

她再次淚水盈眶。她拼命眨眼，怕淚水溢出，並從他身邊擠出來。「天哪！太遜了！」

達瑞司對她忽然情緒爆發沒有任何反應，只是看著她大踏步走向床邊。當她遲疑著不知該在床沿坐下，或爬上床，她可以感覺到他的目光一直盯著她。最後，她既沒坐下，也沒上床，因爲這兩種畫面她都不喜歡。全身上下只穿著T恤和內褲站在那裡，她已經覺得自己夠暴露，夠脆弱了。她轉身面向達瑞司。「幹麼？」她氣急敗壞地說。

他敧斜著頭，嘴角泛起一抹苦笑。她覺得這一刻他的眼睛好蒼老，比他臉上其他部位老上幾十歲。「妳父母沒愛過，愛芙羅黛蒂。根據妳跟我說過的話，我想，他們或許無法對任何人有那種感受，包括對妳。」

她抬高下巴，迎視他的目光。「說點新鮮的事情來聽聽。」

「妳跟妳母親不一樣。」他溫柔地說。但她覺得他的話像刀子，深深刺進她的心臟。

「這個我知道！」她說，忽然覺得嘴唇變得冰冷。

達瑞司緩緩走向她。愛芙羅黛蒂心想，他看起來總是那麼優雅，那麼強壯。**他愛她？怎麼可能？為什麼？**難道他不知道她是個可惡的賤女嗎？

「妳真的知道嗎？儘管妳母親沒有能力愛，但妳有。」他告訴她。

**但我有能力被愛嗎？**她想尖叫，喊出這個問題，但她不能。此刻，自尊心比達瑞司體貼的眼神更大聲，阻止她開口。於是，她做出讓自己覺得安全的舉動——採取攻勢。

「我當然知道。不過，我們之間的事還是很遜。你是吸血鬼，而我是人類，頂多只能當你的伴侶，但我連這個也沒資格，因爲我已經跟史蒂薇．蕾那個混蛋烙印——而且，看來我擺脫不掉這個烙印了，即便你也咬了我。」她停頓下來，努力不去回想達瑞司吸吮她時是多麼溫柔（即便她烙印過的血對他而言已經受到污染）。她甚至努力不去想，即使**沒有**發生性關係，依偎在他懷裡的感覺是多麼美妙、安詳。

「我不認爲妳說的都對。妳不止是人類，而且妳和史蒂薇．蕾的烙印也不會影響我們。我認爲，這正足以證明妳對妮克絲的重要性。女神知道史蒂薇．蕾需要妳。」

「但你不需要我。」愛芙羅黛蒂忿忿地說。

「我需要妳。」他語氣堅定地糾正她。

「爲什麼？我們連床都沒上過！」

「愛芙羅黛蒂，妳爲何要這麼說？妳知道我渴望妳，但我們之間不止有肉體和情欲。我們的連結超越了那種關係。」

「我看不出來！」愛芙羅黛蒂再次瀕臨淚水潰堤的邊緣，這讓她更加惱怒。

「我看得出來。」達瑞司靠近她，牽起她一隻手，單膝跪地。「我要請求妳一件事。」

「喔，天哪！什麼事？」難道他要做什麼荒謬的事，比如跟她求婚？

他右手握拳放在心臟位置，凝視她的眼睛。「愛芙羅黛蒂，妮克絲鍾愛的女先知，我請求妳接受我的戰士誓約。我在此對妳立誓，我將以我的心、身和靈保護妳。我誓言屬於妳，做妳的戰士，直到嚥下此生最後一口氣——來生亦然，若蒙女神恩賜來生。妳願意接受我的誓約嗎？」

愛芙羅黛蒂心頭狂喜。達瑞司要當她的戰士！但一想到誓約的意義，喜悅隨即消逝。

「你不能當我的戰士。柔依才是你的女祭司長。如果你要立誓，應該是對她。」愛芙羅黛蒂痛恨自己說這些話，更痛恨自己想到達瑞司單膝跪在柔依面前的畫面。

「柔依是我的，也是妳的女祭司長，但她已有一名誓約戰士。我親眼見到史塔克熱誠地踐履誓約。她不再需要別的誓約戰士跟隨。況且，柔依已經祝福我，同意我向妳立誓。」

「你說她已經怎樣？」

戰士嚴肅地點點頭。「我理應先對柔依說明我的想法。」

「所以，你不是一時衝動？你真的認真思考過？」

「當然。」他對她微笑。「我要永遠保護妳。」

愛芙羅黛蒂直搖頭。「你不可以。」

達瑞司的笑容褪去。「要立誓的人是我，沒人能阻撓我。我雖然年輕，本事卻不小。我向妳保證，我**一定**可以保護妳。」

「我不是那個意思！我知道你很厲害，天殺的超級厲害！而這正是問題所在。」接著，愛芙羅黛蒂沉默不語，開始哭泣。

「愛芙羅黛蒂，我不明白。」

「你爲什麼想要向我立誓呢？我是個徹徹底底的賤女！」

他的臉上再次泛起微笑。「妳很獨特。」

愛芙羅黛蒂搖搖頭。「我會傷害你。我總是會傷害接近我的人。」

「那麼，幸好我是個強壯的戰士。妮克絲眞有智慧，把我許給妳。女神爲我做的選擇，我眞是再滿意不過了。」

「爲什麼？」這會兒，淚水再也克制不住，滑下她的臉頰，從下巴滴落，沾溼T恤。

「因爲妳値得人珍視，珍視妳這個人本身，而不止是看到妳的財富、美貌和地位。現在，我再次請求，妳願意接受我的誓約嗎？」

愛芙羅黛蒂盯著他英俊、堅毅的臉龐，在他眞誠、堅定的眼神裡見到她自己的未來。這時，她心中有什麼東西被釋放了。「願意。我接受你的誓約。」她說。

達瑞司高興得大叫，站起來，將他的女先知摟入懷中。然後，他溫柔地抱著她，直到日落，而她一直哭，解開長久以來捆綁她心靈的，糾結的悲傷、寂寞和憤怒。

# 16 史蒂薇・蕾

史蒂薇・蕾通常沒有睡眠障礙。好吧，這種說法很陳腔濫調，但白天她眞的總是睡得跟，呃，跟死人一樣。可是，這一天不然。今天，她怎樣都無法讓心安靜下來——而沒錯，那是一顆充滿愧疚的心。**她該拿利乏音怎麼辦呢**？毫無疑問，她是應該告訴柔依。

「是啊，然後柔會大驚失色，緊張得像一隻長尾貓，轉來轉去。」她自言自語，在儲藏窖坑道的入口前走來走去。那裡只有她一個人，但她不停左右張望，彷彿生怕有人跟蹤。萬一有人下來找她呢？她又沒做錯什麼事！她只是睡不著罷了。

她希望自己眞的只是睡不著而已。

史蒂薇・蕾停止踱步，凝視著漆黑、寧靜的坑道。**她到底該怎麼處置利乏音**？

她不能告訴柔依。柔依不會了解的。沒人會了解。要命，史蒂薇・蕾自己也不是眞的了解！她只知道她不能背棄他，不能將他交出來。可是，當她不在他身邊，聽不到他的聲音，看不見他眼裡非常人性的痛苦，她就萬分驚慌，深怕藏匿仿人鴉只證明她眞的徹底瘋了。

**他是妳的敵人**！這個念頭一直縈繞在她心頭，像一隻受傷的鳥瘋狂地撲翅盤旋。

「不，現在他不是敵人，他只是一個傷患。」史蒂薇．蕾對著坑道，對著帶給她平靜和力量的泥土說話。

史蒂薇．蕾睜大眼睛，因爲她腦中忽然閃現一個念頭。她陷入這樣的困境，全是因爲他受了傷！如果他毫髮無傷，攻擊她或其他任何人，她絕對會毫不遲疑地保護自己和其他人。**那麼，如果我只是將他安置在一個地方，讓他有機會療傷呢**？對！她不必保護他。她只是不想把他交出去，看著他受死。如果她能把利乏音帶到一個安全的地方，他就有機會好起來。然後，他可以選擇自己的未來。像她！或許他會選擇加入好人這一方，跟他們一起對抗卡羅納和奈菲瑞特。或許他不會。但不管怎樣，那已經不關她的事了。

但該把他安置在哪裡呢？她繼續凝視著坑道，想到一個絕佳地點。而這表示，她必須供認自己的一些祕密。她不知道柔依能否了解她爲什麼要瞞著她。**她一定要了解，她自己有時也必須做出大家不喜歡的決定**。此外，史蒂薇．蕾早就偷偷懷疑，柔依不會被她打算吐露的祕密嚇到。搞不好她已經疑心好一陣子了。

所以，她得把那件事情告訴柔。最起碼，短期內，這可以阻卻大家前往她要安置利乏音的地方。在那裡，他不會是一個人，也無法百分之百安全，但他將會離她遠遠的，不再是她的責任，或負擔。

史蒂薇・蕾終於想到解決的辦法，興奮得有點暈眩。她靜下心來，檢視她永遠精準的內在生物時鐘。離日落還有一個多小時。若是平常的日子，她絕對來不及搞定她打算做的事。不過，她可以感覺到，今天陽光微弱，無法穿透冰寒厚重的雲層。她確定自己在戶外不會燒起來。而此時凍雨依舊下個不停，外頭天寒地凍的，她也確定不會有哪個好事的修女或一般雛鬼四處窺探。至於紅雛鬼，更毋需擔心，從日出到日落肯定都會窩在地下室的睡鋪上。當然，再一個小時大家就會起床。接著，她相信，柔將會馬上召開會議，討論他們的下一步行動，而這代表柔依會希望她在場。史蒂薇・蕾焦慮地咬著指甲。等一下召開會議時，她就必須向柔依和其他人吐露她的祕密。天哪，她實在不怎麼期待這場會議的來臨。

此外，她知道愛芙羅黛蒂又出現靈視了。史蒂薇・蕾不知道她預見什麼，但透過兩人之間的烙印，她感覺得到愛芙羅黛蒂內心出現騷動。此時，愛芙羅黛蒂的心情看來已經恢復平靜，這表示她可能又睡熟了。這樣好，因爲她不希望愛芙羅黛蒂太清醒，察覺她心裡有事。她只盼望，愛芙羅黛蒂目前知道的事情還不太多。

「要不現在做，要不永遠不做。該是面對的時候了。」史蒂薇・蕾喃喃自語。

她不容自己有機會退卻，隨即悄悄地爬上樓梯，到主要地下室。果然，所有的紅雛鬼仍睡得不省人事。漆黑的房間裡傳來達拉斯清晰的打呼聲，聽得她忍不住泛起微笑。

她走到自己的摺疊床邊，拿起上面的毯子，折回儲藏窖，在黑暗中篤定地步向坑道口。然後，她毫不遲疑地進入坑道。啊，眞愛土的氣味及被泥土包圍的感覺。她知道自己要做的事很可能成爲她畢生的最大錯誤，但猶如父母熟悉的擁抱，土撫慰了她焦躁的心。

史蒂薇．蕾走一小段路，來到坑道裡第一個平緩的轉角。她停下腳步，放下毯子，深吸三口氣，集中念力。等她開口說話，聲音低得彷彿耳語，卻帶著驚人的力道，四周的空氣應聲泛起漣漪，宛如夏日柏油路面蒸騰的熱氣。「土，你屬於我，就像我屬於你，我召喚你降臨我。」她周圍立刻瀰漫著牧草地的芬芳，微風吹過樹梢，颯颯作響，腳下有長草拂掠。她感覺得到，圍繞著她的土元素是有靈魂、有意識的實體。

她舉起雙手，指著低矮的坑頂。「請爲我打開。」坑頂顫動，泥土掉落，一開始速度緩慢，但隨著土發出宛如老婦的嘆息聲，史蒂薇．蕾頭頂上的泥土霎時裂開。

她本能地往後跳，躲入陰暗處。不過，她猜得沒錯，這會兒根本見不到，也感覺不到陽光。在下雨嗎？她望向陰霾的天空，感覺到雨打在臉上，但那不是一般的雨，而是凍雨，而且下得不小。這樣更好，更方便她行動。

史蒂薇．蕾將毯子披在肩上，爬上崩落的土堆。她從地面冒出來時，離聖母洞不遠，另一側則是圍繞院區西緣的那排樹。天色陰暗得彷彿太陽已西沉，但史蒂薇・蕾仍不舒服地瞇起眼睛。儘管陽光幾乎不存在，白晝依然讓她覺得自己很脆弱。

她甩掉內心的不安，辨認方位，目光瞥向左方不遠處的工具房。她低下頭，頂著斜劈而來的凍雨，跑向工具房。就跟昨晚一樣，她碰觸門閂時忍不住想著，**拜託，他最好已經死掉……如果他已經死掉，事情就簡單多了……**

工具房裡比她想像的溫暖，但氣味依然怪異。除了刈草機和其他上了油、注滿煤氣的器具的氣味，以及棚架上各種殺蟲劑和肥料的味道，還有一種氣味讓她起雞皮疙瘩。她繞過各種工具的障礙，慢慢走向工具房的後方。這時，史蒂薇・蕾乍然發現，她知道那是什麼氣味。她的腳步踉蹌一下，停了下來。她驚詫得差點倒抽一口氣，但她克制住。

利乏音和他的血的氣味，聞起來就像她當初變成活死人，幾乎喪盡人性時，籠罩著她的黑暗。她想起那段黑暗的時光，想起只有憤怒和需求、暴力和恐懼的日子。

那些紅雛鬼——她還不願意讓柔依知道的**其他**那些紅雛鬼——身上也有這股氣味。嗯，不完全一樣，而且她猜想鼻子不夠靈敏的人根本無法察覺兩者有多近似。但她能夠。同時，她心頭萌起不祥的預感，體內的血液變冷。

「妳又獨自回來找我了。」利乏音說。

# 17 史蒂薇・蕾

利乏音的話語從黑暗中飄來。看不見他的外貌時，他的聲音是那麼人性，令人難忘，令人心碎。昨天，就是這聲音救了他的命。他的人性觸動史蒂薇・蕾，讓她下不了手殺他。但今天他聽起來不一樣，比昨天強壯多了。這讓她寬下心來，但也同時令她憂心。她將憂心拋開。她早已不是無助的孩子，絕對有能耐踹得鳥人屁滾尿流。史蒂薇・蕾挺直背脊。她已經決定幫他逃走，而現在她絕不會退縮。

「不然你以為還會有誰來？約翰・韋恩和他的騎兵隊嗎？」史蒂薇・蕾假裝自己是她母親，正在照顧生病、吵鬧的哥哥。原本蹲伏在工具房後方的一團黑影，現在形狀變得清晰了。她盡可能鄭重地看他一眼。「你沒死，而且坐了起來，想必好多了。」

他偏側著頭，問：「誰是約翰・韋恩和騎兵隊？」

「我只是泛指會趕來救援的好人。不過，別太高興。你只有我，沒別的救兵會來。」

「妳不認為自己是好人？」

他竟然有能力跟她對話，令她非常詫異。她心想，只要閉上眼睛或別開頭，她眞會以爲他是個正常人。當然，她知道實情並非如此。他絕對不正常，無論是人或非人。

「對，我是好人，但我只有一個人。」史蒂薇．蕾讓他知道她在打量他。他看起來仍然很慘，但他不再癱成一團，側躺在地上。他坐著，用沒有受傷的左半身靠在牆上。她留下的毛巾，他已重新調整過，像一張毯子那樣披在身上。他的眼睛明亮機警，一直盯著她的臉。

「所以，你到底是不是覺得好多了？」

「如妳所說的，我還沒死。其他人呢？」

「我告訴過你了，其他仿人鴉都跟卡羅納和奈菲瑞特一起逃走了。」

「不，我是指其他人子。」

「噢，我的朋友啊，多半還在睡覺。但我們的時間不多。我已經想出讓你平安離開這裡的辦法，雖然做起來恐怕不容易。」她停頓一下，克制住咬指甲的衝動。「你能走路嗎？」

「該怎麼做，我就怎麼做。」

「這是什麼意思？是或不是，直接給我一個簡單的答案。這很重要。」

「是～～～」

聽到他發出野獸般嘶嘶的聲音，史蒂薇．蕾嚥了嚥口水，心想，她錯了，即使沒看著他，仍不可能誤以爲他是正常人。「好，那我們走吧。」

「妳要帶我去哪裡？」

「我得把你安置在一個你可以躲藏、療傷的地方。你待在這裡，一定會被發現。喂，你該不會像你老爸那樣，無法待在地底下吧？」

「我比較喜歡在天空～～」他的語氣聽起來很苦澀。

史蒂薇．蕾雙手叉腰，說：「所以，這表示你不能待在地底下嘍？」

「可以選擇的話，我寧可不要。」

「好，你寧可待在地底下，活著；還是留在地上，等著被發現，然後死掉？」

他半晌不說話。她開始納悶，或許利乏音根本不想活。畢竟他的夥伴已經棄他而去，把他留在這個世界等死，而現代世界對他而言又太陌生，全然不同於他古昔蹂躪切羅基族部落時的那個世界。她先前怎麼沒考慮到這一點呢？也許保住他的命，她就已經把事情搞砸了？

「我寧可活著。」

看著他的表情，史蒂薇．蕾心想，或許他也很驚訝自己會做這樣的決定。

「很好。現在，我得把你弄出去。」她朝他靠近一步，然後停住。「我需要再次叫你承諾，絕不會做出不友善的舉動嗎？」

「我太虛弱，傷不了妳。」他簡單地回答。

「好，那我就認爲你上次的承諾仍然有效。只要別幹蠢事，我們應該可以做到的。」

史蒂薇．蕾靠近他，蹲下來。「我最好先檢查你的繃帶，也許動身之前得換過，或重新纏緊。」她按部就班地檢查，同時不停地說話，讓他知道她正在做什麼。「嗯，看來苔蘚還管用，血好像止住了。腳踝很腫，不過應該沒斷，起碼我看不出有斷掉的樣子。」她重新包紮他的腳踝，綁緊其他部位的繃帶，把斷翅留到最後才處理。史蒂薇．蕾把手繞到他背後，開始拉直鬆掉的繃帶。原本安靜不動的利乏音，這時痛得畏縮，呻吟起來。

「啊，糟糕！不好意思，我知道翅膀傷得很重。」

「再多纏點布，綁緊一點。如果不把斷翅牢牢固定住，我無法走路。」

史蒂薇．蕾點點頭。「我盡力。」她把毛巾撕成好幾條布條，然後傾身靠近他，手伸到他背後。她咬著牙，動作盡可能迅速但溫柔。眞恨看到他全身顫抖，壓抑住呻吟的模樣。

她處理好翅膀後，舀水給他喝。見他不再顫抖，她站起來，對他伸出手。「動身吧。」

他點點頭，緩緩伸出雙手，抓住她的手。她咬緊牙關，使勁拉他站起來，給他時間調整重心，穩住身子。終於，他痛得倒抽一口氣，站了起來。但那隻受傷的腳不受力，站不穩。

史蒂薇．蕾繼續握著他的手，給他時間重新熟悉站立的感覺。她一邊擔心他會昏厥，一邊納悶他的手握起來竟如此溫暖，如此像人類，感覺實在很怪。她一向以爲鳥是冰冷、躁動的動物。其實，她從來不喜歡鳥禽。她媽媽養的雞經常會歇斯底里地撲翅，嘎嘎叫，把她嚇得半死。她想起有一回撿雞蛋，一隻壞脾氣的肥母雞衝過來啄她，差點啄到她的眼睛。

史蒂薇．蕾打了個寒顫。利乏音放開她的手。

「你還好嗎？」她趕緊問道，掩飾兩人之間的尷尬沉默。

他痛苦地咕噥一聲，點點頭。

她也點點頭。「等等，在你走路之前，我先看看能不能找到什麼東西幫你。」史蒂薇．蕾掃視屋子裡的各種工具，視線落在一支看起來很結實的木柄鏟子上。她拿著鏟子回到利乏音身邊，比了比他的身高，然後揮手一振，利落地劈掉鐵鍬，將木柄交給他。「拿它當拐杖吧。你知道的，用它承受受傷腳踝那一側的重量。你是可以倚在我身上一會兒，但進了坑道之後，你就得自己走路，肯定用得著拐杖。」

利乏音接過木柄，說：「妳的力氣眞大。」

史蒂薇．蕾聳聳肩。「有這種力氣還挺方便的。」

利乏音拄著木柄，小心翼翼地跨出第一步。他果眞能走路。史蒂薇．蕾看得出來，他很痛。他忍著痛，一瘸一拐地走到門口後，停下腳步，轉頭看著她，似乎在等她進一步指示。

「首先，我要用這個裹住你。我打賭不會有人看見我們。不過，萬一有哪個修女碰巧望向窗外，她只會見到我扶著一個裹著毯子的人。」利乏音點點頭，史蒂薇．蕾用毯子從頭往下裹住他，並將毯子尾端塞入他胸部的繃帶，固定住。她接著說：「我是這麼計畫的——你知道我們以前待在市區舊火車站底下的坑道裡吧？」

「知道。」

「嗯，我把坑道擴充了。」

「我不懂。」

「我可以感應土元素，所以多多少少能控制土。我最近發現，我能移動土，比方說鑿出一條坑道。於是，我鑿了一條坑道，從火車站通到修道院。」

「我父親說到妳時，提過妳有這種法力。」

史蒂薇．蕾完全不想跟他討論他那可怖的父親，也不願意去想為何他會提起她和她的法力。「總之，剛才我在那條坑道頂端鑿了一個洞，從那裡爬出來。那洞口離工具房這裡很近，我現在就帶你到那裡。等進入坑道，我要你沿路走到火車站。那裡有可以休息的地方，還有食物。事實上，那裡還挺舒適的，你可以在那裡休養。」

「妳的夥伴不會發現我在坑道裡嗎？」

「首先，我會把連接火車站和修道院的坑道封起來。然後，我會告訴我的朋友一件事，讓他們至少一陣子不會接近火車站坑道。我希望這『一陣子』的時間夠長，你來得及康復，並在他們開始搜尋之前離開。」

「妳要怎麼跟他們說，他們才不會進入那裡的坑道？」

史蒂薇．蕾嘆一口氣，用手抹了抹臉。「我會告訴他們實話——還有其他紅雛鬼躲在火車站坑道裡，而這些紅雛鬼很危險，因爲他們還沒有選擇良善，摒棄邪惡。」

利乏音沉默了片刻，才開口說：「奈菲瑞特說得沒錯。」

「奈菲瑞特！你這話是什麼意思？」

「她一直告訴我父親，紅雛鬼裡有她的人馬。她指的就是妳剛剛說的那些紅雛鬼。」

「恐怕是，」史蒂薇．蕾難過地說：「雖然我不願意相信。我寧可相信他們最後還是會選擇人性，揚棄黑暗，他們只是需要時間想清楚。不過，我想，也許我錯了。」

「這些紅雛鬼就能讓妳的朋友不靠近坑道？」

「應該吧。不過，眞正阻撓他們接近坑道的人是我。我會爲那些紅雛鬼，也爲你，多爭取一些時間。」她看著他的眼睛。「即便我錯了。」她沒再多說什麼，打開門，靠在他身邊，拉起他的手，環住她的肩膀，兩人一起步入冰冷的暮色。

史蒂薇・蕾知道，從工具房走到洞口的路上，利乏音一定很痛，但除了氣喘吁吁的聲音，他沒發出半點聲響。他重重地倚在她身上，史蒂薇・蕾再次驚訝地發現，他的身體是如此溫暖，他環住她肩膀的手感覺起來竟這麼熟悉，跟人類沒有兩樣。她不停地左右張望，怕有人此時會溜出門。史蒂薇・蕾可以感覺到，被雲層和凍雨遮蔽的太陽即將下山，雛鬼、成鬼和修女馬上會醒來。「你做得很好，一定可以辦到的。我們得加快速度。」她不斷低聲鼓勵他，也安撫自己內心的愧疚和緊張。但沒人在身後叫住他們，也沒人追上來。不消多久，他們已抵達洞口，比史蒂薇・蕾預期的快。

「爬下去吧。不深。我會一直抓著你的手。」

利乏音沒有浪費時間和精力來答話，只點點頭，轉身，將身上的毯子扯掉，然後緩慢地爬了下去。史蒂薇・蕾一直抓著他沒受傷的那隻手，幫他穩住身體。幸好，他雖然看起來高大強壯，體重卻比她輕。史蒂薇・蕾跟著跳進坑道裡。

一進坑道，利乏音靠在土壁上喘息。史蒂薇・蕾真希望可以讓他休息一下，但她頸背上有一種毛髮悚然的感覺，正吶喊著警告她，人們即將醒來，開始尋找她。

「你得繼續往前走，現在就走，離開這裡。」她指著前方的一片漆黑。「裡頭很暗。不好意思，我沒時間幫你準備提燈。你在黑暗中可以行動嗎？」

他點點頭。「長久以來，我一向偏好黑夜。」

「很好，沿著坑道走，直到土壁變成水泥牆，然後右轉。愈靠近火車站，岔路愈多，你可能會搞不清方向。但只管沿著主要的坑道走就對了。裡面應該會有提燈亮著。不管有沒有燈亮著，反正繼續走，你就會見到提燈、食物，以及房間，裡面有床，應有盡有。」

「還有黑暗的紅雛鬼。」

他不是在提問，但史蒂薇．蕾還是回答他：「對。我和其他紅雛鬼住在那裡時，他們會躲開主坑道和我們的房間。不過，我們現在不在那裡，所以我實在不知道他們在幹麼，也不曉得他們會對你怎麼樣。我不認為他們會吃你，畢竟你的氣味聞起來不對，但我不敢保證，因為他們——」她頓住，斟酌字眼——「他們跟我不同，跟我們其他人不同。」

「他們屬於黑暗。我說過，我熟悉黑暗。」

「好，我只能相信你不會有事。」史蒂薇．蕾再次頓住，不知道該說什麼。最後，她衝口而出，說：「好，我想，那就改天見嘍。」

他一直盯著她，不發一語。史蒂薇．蕾坐立不安起來。「利乏音，你得走了，現在。等你走遠，我會立刻讓這一段坑道坍塌，封住路。不過，你動作還是得快。」

「我不懂，為什麼妳要背叛妳的夥伴來救我。」他說。

「我沒背叛任何人，我只是不想殺害你。」她不自禁地高聲說，但隨即降低音量。「爲什麼讓你離開就一定代表我背叛朋友呢？這難道不能只是代表我選擇生命，而非死亡嗎？聽著，我選擇了良善，而非邪惡。我讓你活著，難道不也是這樣的選擇嗎？」

「妳有沒有想過，妳決定救我其實就選擇了妳所謂的邪惡？」

史蒂薇·蕾凝視他久久，才回答說：「你的生命由你自己決定。你老爸走了，其他仿人鴉也走了。我小時候，如果搞砸了什麼事情，或受了傷，我媽就會對我唱一首有點蠢的歌，內容是說我必須自己爬起來，拍掉身上的灰塵，重新再來。你現在需要做的也一樣。我只是給你一個機會罷了。」她對他伸出手。「那麼，希望下次再見時，我們不是敵人。」

利乏音看看她伸出來的手，再看看她的臉，又把目光移回她的手，然後才慢慢地、猶豫地抓住她的手。不是像現代人那樣握手，而是依照吸血鬼的傳統，抓住對方的前臂。

「我欠妳一條命，女祭司。」

她覺得臉頰發燙。「叫我史蒂薇·蕾就行了。我一點都不覺得自己像女祭司。」

他鞠躬說：「那麼，我欠史蒂薇·蕾一條命。」

「用你的命去做正確的事，我就會覺得我做的這一切很值得。」她說：「歡喜相聚，歡喜散場，期待歡喜再聚，利乏音。」

她想抽回被他抓住的手，但他緊抓不放。「他們都跟妳一樣嗎？妳那夥人？」他問。

她笑了。「喔，未必。我比他們多數人怪。我是第一個紅吸血鬼，有時我覺得自己像個實驗品。」

他仍抓著她的前臂。「我是我父親的第一個兒子。」

他一直盯著她，她卻看不懂他的表情。在晦暗的坑道裡，她只見到他那雙人眼，以及它們透出的怪誕紅光——同樣的紅光，屢屢出現在她夢裡，有時甚至影響她的視覺，讓她所看到的一切都染上猩紅、憤怒和黑暗。她搖搖頭，但主要是對自己搖頭。「當第一個很累。」

他點點頭，終於放開她的手。他沒再多說什麼，轉身，一瘸一拐地走進黑暗裡。

史蒂薇．蕾慢慢地數到一百，然後舉起手。「土，我再次需要你。」她的元素立刻回應，坑道裡瀰漫著春天草原的氣息。她深吸一口氣，繼續說：「讓坑頂坍塌，堵住這一段坑道。封閉你爲我開啓的洞，塡滿它，讓任何人都無法通過。」她往後退，看著前方和頭上的土開始鬆動，接著崩塌，移位，塡實，直到眼前只剩一道結實的土牆。

「史蒂薇．蕾，妳在這裡做什麼？」

她迅速回身，手壓在胸口。「達拉斯！你嚇死我了！該死，我心臟病眞的要發作了。」

「對不起，妳這麼機警，我以爲妳一定知道我在這裡。」

史蒂薇·蕾的心臟跳得更厲害。她搜尋達拉斯的臉，但看不出他有任何起疑、生氣或覺得被背叛的跡象。他只是有點好奇，有點難過。他接下來說的話更證實他才到，沒看見利乏音。「妳把這裡封起來，是爲了不讓其他紅雛鬼跑到修道院，對不對？」

史蒂薇·蕾點點頭，努力不顯露鬆了一口氣的心情。「對。讓他們可以輕易接近修女，恐怕不妥。」

「對他們來說，這裡可眞像有一道道老太婆自助餐。」達拉斯眼裡閃爍著促狹的目光。

「嘴巴別這麼壞。」她說，但仍忍不住對他微笑。達拉斯就是這麼可愛。他算是她的非正式男友，擅長水電，凡是居家修繕的工作幾乎無所不能。

他也咧嘴對她微笑，靠近她，拉了一下她的一綹金色鬈髮。「我不是嘴巴壞，我是說話實在。妳該不會告訴我，妳從沒想過要咬那些修女吧？」

「達拉斯！」她瞇起眼睛怒視他，沒想到他會說這種話。「我從沒想過要吃修女！光想就覺得不對。而且，我告訴過你們，不要老想著要吃人，這樣對你不好。」

「嘿，小姐，放輕鬆，我只是跟妳鬧著玩。」他瞥向她身後的土牆。「那麼，妳要怎麼跟柔依和其他人解釋？」

「我會做之前就該做的事，跟他們說實話。」

「我還以爲妳想繼續隱瞞，畢竟妳一直期望他們會改變，變得跟我們一樣。」

「唉，這麼說吧，我開始覺得我做錯了一些決定。」

「好吧，隨便妳。妳是我們的女祭司長，想告訴柔依他們什麼，就告訴他們吧。事實上，妳馬上就可以告訴他們，因爲柔依現在要大家到餐廳聚會，我就是來叫妳的。」

「你怎麼知道可以在這裡找到我？」

他再次微笑看著她，伸手搭在她的肩膀上。「我了解妳啊，小姐。」

兩人一起步出坑道時，史蒂薇．蕾摟著達拉斯的腰，依偎在他身上，眞高興身旁的他感覺起來這麼正常。覺得她的世界此刻又回復原先的狀態，她不由得鬆了一口氣。此時，她已將利乏音拋在腦後。她不過是幫了一個受傷的人，如此而已。而現在，她跟他已經沒有牽扯了。說眞的，他只是一個身受重傷的仿人鴉，能惹出多大麻煩呢？

「你了解我啊？」她用臀部撞了一下他。

「噢，我還想更了解妳一點呢，小姐。」他也用臀部撞了回來。

史蒂薇．蕾咯咯笑，假裝沒注意到自己爲了表現正常而顯得太刻意。

也假裝沒聞到利乏音留在她身上的黑暗氣味。

# 18 柔依

他攬住我，貼緊我時，我處於半睡半醒的恍惚狀態。他是這麼高大、強壯、結實，與他親吻我頸窩時呼吸搔癢的輕柔、甜蜜，恰成強烈對比，我不禁打了個哆嗦。

我基本上是睡著了，而且我還不想醒來。但我還是舒服地嘆口氣，伸展軀體，好讓他更方便磨蹭我的頸部。他的手抱住我，感覺起來是那麼對勁。我心裡想著，能有史塔克當我的戰士眞好。我迷迷糊糊地嘟噥著：「你一定覺得好多了。」

他的撫摸變成挑逗，愈來愈粗魯。我再次打了個寒顫。

接著，我昏昏沉沉的心智同時注意到兩件事。第一，我喜歡他撫摸我，但我顫抖不止是因爲我喜歡他觸摸，更是因爲他的觸撫是如此**冰冷**。第二，貼緊我的這副身軀太高大了，不可能是史塔克。就在這時，他喃喃地說：「了解了吧，妳的靈魂是多麼渴望我？妳一定會來找我，妳命中注定要來找我，而我注定要等妳。」

我倒抽一口氣，瞬間清醒，坐起身來。

我孤孤單單一個人在床上。

**冷靜……冷靜……冷靜……卡羅納不在這裡……一切都沒事……這只是夢……**

我壓抑住內心的驚恐，隨即開始調整呼吸，平撫情緒。史塔克不在房裡，但我並沒有真正遭遇危險。我不希望見到他因爲察覺我心裡的恐懼，而衝回我身邊。有很多事我或許不確定，但我明白一件事：我不想讓史塔克以爲，他必須寸步不離地跟著我。

沒錯，我很喜歡他，也很高興我們之間有誓約的連結。但我不希望他以爲，沒有他，我就會癱瘓。他是我的戰士，但我不要他一天到晚呵護我，窺伺我。萬一他認爲他必須隨時盯著我，連我睡覺時也得睜大眼睛盯著我……

這時，跟隔壁客房共用的小浴室的門打開，史塔克大踏步走入房裡，目光直視著我。他穿著牛仔褲和「流浪貓之家」的黑色T恤，正在用毛巾擦乾溼答答的頭髮。我猜想，我這時的情緒已經鎮定下來，而且臉上的驚恐表情也已恢復平靜。所以，當他看見我一個人坐在床上，平安沒事，他焦慮的容顏立時泛起微笑。

「嘿，妳醒了。還好嗎？」

「嗯，好極了。」我隨即回答。「我差點滾下床，把自己嚇醒。」

他的微笑轉變成他招牌的冷傲笑容。「看來妳太想念我和我的身體了，才會翻來覆去，差點掉下床。」

我對他揚起一道眉毛。「當然不是這樣。」聽到他提及自己的身體，我不禁多看他一眼。對，他確實很帥，而不止是可愛和性感。但我絕不讓他以爲我垂涎他的身體。此時，他的臉色已經不像我們睡覺前那麼蒼白，腳步也很穩定。「你看起來好多了。」

「我是好多了。達瑞司說得沒錯，我復原得很快。睡足八個小時，加上妳還在打呼時灌下三袋血，我現在眞的好多了。」他走到床邊，俯身輕吻我。「還有，加上我知道自己可以阻止卡羅納進入妳的夢，我現在可說是天不怕地不怕了。」

「我才沒打呼。」我反駁他。然後，我嘆一口氣，雙手抱住他的腰，依偎在他身上，讓他身體的力量驅走卡羅納殘餘的夢魘。「我眞高興你好多了。」

我該告訴史塔克，即使他離我這麼近，一心一意保護我，卡羅納仍潛入我的夢裡嗎？或許吧。但我隨即想到，不該耗損他剛恢復的體力，所以我只是靜靜地倚在他的懷裡。接著，我想起我牙還沒刷，頭還沒梳。我用手指梳了梳一頭醜不拉嘰的亂髮，並別開臉，免得剛起床的口氣薰到史塔克。我掙脫他的懷抱，邊衝向浴室，邊回頭告訴他：「嘿，我沖澡時，你可以幫我一個忙嗎？」

「當然。」他又露出得意的笑容，讓我感應到他眞的好多了。「要我幫妳擦背嗎？」

「噢，不，謝了。」老天，男孩子滿腦子都是這種事！「我要你幫我召集紅、藍雛鬼，還有愛芙羅黛蒂、達瑞司、安潔拉修女、我阿嬤，以及任何你認為需要參與的人，一起討論我們該何時、如何回夜之屋去。」

「我寧可幫妳擦背。不過，沒問題，謹遵吩咐。」他握拳在胸，向我鞠躬。

「謝謝。」我的聲音頓時變輕柔。他尊敬和信任的表情，害我突然好想哭。

「嘿，」他的笑容隨即褪去，「妳看起來有點難過。妳還好嗎？」

「我只是很高興你當我的戰士。」我說的是實話，雖然不是全部的實話。

他臉上馬上又漾起笑容。「妳是個幸運的女祭司長。」

看他又得意起來，我不禁搖頭嘆息。「反正，幫我把大家找來，可以嗎？」

「當然。約在地下室碰面嗎？」

我蹙起眉頭。「不要。你問安潔拉修女，我們可不可以在餐廳開會？這樣，大家就可以邊吃邊談。」

「遵命。一會兒見，我尊貴的小姐。」他眼睛發亮，恭謹地再次鞠躬，轉身離開。

我拖著腳步，慢慢走入浴室，心不在焉地刷牙、進淋浴間，呆站在那裡，任由熱水澆灌。然後，就在我覺得自己情緒已經恢復平穩時，我再次想起卡羅納。

**我在他懷裡真的好放鬆**。我並未想起埃雅的記憶，也沒被他催眠，但當他碰觸我，我確實很放鬆。這讓我害怕，但也透露了我不願承認的眞相：跟他在一起的感覺好自在——自在到我誤認他是我的誓約戰士！而且那感覺不像做夢。我是醒著的，非常清醒。卡羅納這次造訪眞的嚇到我了。「不管我多麼努力抗拒，我的靈魂認得他。」我喃喃自語。然後，我開始哭，淚水和著熱水從我臉上奔流而下。

我跟著嗅覺和聽覺找到餐廳。在通往餐廳的走廊上，我聽見熟悉的談笑聲，以及杯盤、銀器碰撞的聲響，不禁納悶，突然有這麼一票雛鬼入侵，修女們是否眞受得了。我在敞開的拱門外停下腳步，察看修女怎麼跟這幫小鬼互動。餐廳很大，排了三張長桌。我原本以爲，修女會聚在一起，與我們區隔開來。沒想到，其實不然。沒錯，她們三三兩兩坐在一起，但她們四周全圍繞著紅、藍雛鬼，自在地和大家聊天。這景象徹底顚覆了我腦袋裡的刻板印象：修道院用膳堂是一個靜謐的，用來祈禱和省思的地方。

「妳要繼續在這裡逗留，還是要進去？」

我轉身，看見愛芙羅黛蒂和達瑞司站在我背後，手牽著手，容光煥發。「歡喜相聚，柔依。」達瑞司對我行禮，但他的微笑讓恭敬的態度多了一分溫暖、自在的感覺。

我先對愛芙羅黛蒂使了個看人家多禮貌的眼色，然後對戰士微笑回禮。「歡喜相聚，達瑞司。兩位看起來心情很好，想必昨晚找到不錯的地方睡了個好覺。」我頓住，把目光移向愛芙羅黛蒂。「睡了個好覺，或者做了什麼好事。」

「他們跟我保證，他們眞的是在睡覺。」安潔拉修女走過來，特別強調最後兩個字。愛芙羅黛蒂對修女翻了翻白眼，但沒吭聲。修女緊跟著說出重點：「達瑞司告訴我，那個墮落天使又侵入妳的夢，而史塔克似乎能阻止他打擾妳。」

「史塔克怎樣？」西斯衝過來，給我一個熊抱，還直接吻我的嘴唇。「要我踹他屁股嗎？」

「你不可能踹得了我。」史塔克從餐廳裡走出來。他不像西斯那樣一把抱住我，但那眼神是如此溫暖、親暱，勝似西斯的擁抱。

忽然，我心頭升起一種被男孩子圍繞的幽閉恐懼。我的意思是，在想像中，有成群男孩圍繞似乎很不賴，其實不然，就像設計款的直筒牛仔褲，好看但不好穿。彷彿為了強化我的恐懼，艾瑞克挑在這個時候現身。而維納斯，也就是曾跟愛芙羅黛蒂同寢室的那個紅雛鬼，像魔鬼氈一樣緊緊黏在他身邊。噁，眞是噁。

「嗨，大家好。天哪，我餓死了！」艾瑞克說，露出電影明星般的燦爛笑容。以前，我居然爲他這種笑容著迷。

我從眼角瞥見西斯和史塔克瞠目結舌地望著艾瑞克和維納斯，才想起他們兩人都還不知道我甩了艾瑞克。我既未不悅地嘆氣，也沒有冷冰冰地不理睬他，而是扮出笑容。「嗨，艾瑞克、維納斯。如果兩位餓了，那就來對了地方。這裡每樣東西聞起來都香極了。」

艾瑞克的笑容僵住，但他精湛的演技立刻發揮作用，彷彿跟我分手十五秒鐘，他就已恢復正常。「嗨，柔依，我剛才沒注意到妳。妳四周還是圍繞著男孩子啊。天哪，妳身邊真是太擠了。」然後，他發出譏諷的呵呵笑聲，從我身邊擠過去，還用肩膀撞了史塔克一下。

「如果我心裡想著一個混蛋的屁股，然後射出箭，萬一射中艾瑞克，妳應該不會太訝異吧？」史塔克裝出滿不在乎的愉悅語氣問我。

「我不訝異。」西斯說。

「兩位**先生**，我可以告訴你們，根據我個人的體驗，艾瑞克的屁股確實很可愛。」維納斯跟在艾瑞克後面走入餐廳時說。

「嘿，維納斯，我有幾個字送妳。」愛芙羅黛蒂說。維納斯遲疑了一下，轉頭看她的前室友。愛芙羅黛蒂露出超級惡毒的譏諷笑容，說：「妳當了人家的・安・慰・劑。」她頓住，幸災樂禍地繼續說：「祝妳好運。」

這時，我注意到餐廳裡突然鴉雀無聲，每雙眼睛都瞄向我們。艾瑞克不耐地回頭招手，維納斯立刻小跑步跟上去，挽住他的手，胸脯撞上他的手肘。然後，彷彿有人劃亮火柴，點醒眾人，大家開始竊竊私語。**「艾瑞克和柔依分手了！」「艾瑞克和維納斯在一起！」**

唉，要命。

# 19 柔依

「我向來都不喜歡他。」西斯親我的額頭，還搓了搓我的頭髮，當我是兩歲小娃娃。

「你明知我不喜歡你這樣！」我說，伸手試著撫平蓬亂的頭髮。

「我也從沒喜歡過他。」史塔克抓起我的手親吻，然後直視西斯的雙眼，說：「我也不喜歡你和柔依烙印，但我對你沒什麼意見。」

「我看你也還算順眼，老兄。」西斯說：「不過，我不喜歡你和小柔睡在一起。」

「喂，這是身爲誓約戰士的職責之一，要確保她平安沒事。」

「噁，吐。」愛芙羅黛蒂說：「你們兩個血氣方剛的蠢蛋啊，應該要知道，柔甩了艾瑞克——雖然他表現得好像他甩了她。記住啊，如果你們太惹人厭，她照樣會甩了你們。」她鬆開環抱住達瑞司的手，走向我，直視我的眼睛。「要進去面對那群討厭鬼了嗎？」

「等一下。」我轉向安潔拉修女。「阿嬤今早的狀況如何？」

「很疲憊。我看她昨天眞的累壞了。」

「她沒事吧？」

「她不會有事的。」

「或許我該去看看她——」

我轉身準備走開時，愛芙羅黛蒂抓住我的手腕。「阿嬤不會有事的。我敢跟妳保證，現在她寧可妳花時間想清楚下一步該怎麼做，也不希望妳爲她擔憂。」

「擔憂？誰在擔憂什麼？」史蒂薇．蕾從走廊轉角跑出來，旁邊跟著達拉斯。「嘿，柔！」她給我一個大擁抱。「對不起，之前對妳大吼大叫。我想，最近我們兩人壓力都很大。原諒我吧？」她壓低聲音說。

「當然。」我低聲回應，努力不皺起鼻子。她聞起來像地下室，像泥土，但還有一種不知道是什麼的臭味。接著，我繼續壓低聲音說：「嘿，我甩了艾瑞克，他現在搭上維納斯，還當眾黏在一起。」

「這就跟妳媽忘了妳的生日一樣爛。」她大聲說，沒理會旁邊有聽眾。

「對，」我說：「的確很爛。」

「妳要進去面對他，還是夾著尾巴落跑？」她問我，露出促狹的可愛笑容。

「妳覺得呢？」愛芙羅黛蒂說：「柔不會落跑的。」

安潔拉修女清了清喉嚨，掩飾發笑的衝動。「該吃早餐了吧？」她笑著走進餐廳。

我嘆一口氣，眞想尖叫，朝走廊另一個方向逃掉。

「來，柔，我們進去吃點東西吧，而且我有事情要告訴妳。相較於我這件事，男孩子的問題根本不算一回事。」史蒂薇．蕾抓起我的手搖晃，將我拉進餐廳，史塔克、西斯、達瑞司、愛芙羅黛蒂和達拉斯緊跟在後。我們在安潔拉修女旁邊就坐，同桌的還有早已坐定的戴米恩和傑克，以及孿生的。

「嘿，柔！妳終於來了！妳得嘗嘗修女做的鬆餅，好吃到不行。」傑克說。

「鬆餅？」我的世界頓時明亮起來。

「對！一盤又一盤的鬆餅，還有培根和薯餅。比『國際鬆餅屋』的好吃呢！」他瞄向長桌另一端，大聲喊道：「喂！麻煩把鬆餅遞過來！」

鬆餅盤哐噹響，遞向我們，我嘴裡開始冒出口水。我眞愛鬆餅啊。

「我們比較喜歡法式吐司。」簫妮說。

「是啊，沒那麼軟爛。」依琳接腔。

「鬆餅才不軟爛呢。」傑克說。

「歡喜相聚，柔。」戴米恩扯開嗓門說，隨即平息這場鬆餅爭論。

「歡喜相聚。」我微笑回應他。

「嘿，除了那頭亂髮，妳看起來比之前好多了。」傑克說。

「眞多謝啊。」我說，嘴裡嚼著一口鬆餅。

「我覺得她看起來好極了。」坐在同桌稍遠處的史塔克說。

「我也這麼覺得，我喜歡柔依剛起床的髮型。」西斯咧嘴對我傻笑。

我對他們兩人翻了翻白眼。這時，艾瑞克的聲音從餐廳另一頭傳過來。「那邊眞的、**真的**好擠唷。」他背對著我們，但聲音照樣惹人厭。

爲什麼分手不能平和些？爲什麼艾瑞克非得當個討厭鬼不可？**因為妳真的傷了他的感情**，這句話掠過我心頭，但我實在厭煩了擔心艾瑞克的感受。他是個占有欲特強的混蛋！還是個天殺的僞君子。他說我是騷貨，但他自己跟我分手不到一天就釣上別人。老天！

「等等，艾瑞克跟維納斯在一起？」傑克的聲音喚回我的注意力。

「我們昨晚分手了。」我說，漫不經心地用叉子叉了一塊鬆餅到我的盤子裡，並揮手要依琳將一盤培根遞過來。

「對，愛芙羅黛蒂已經跟我們說了。不過，他馬上跟維納斯在一起？就這樣？」傑克重複他的問題，直盯著艾瑞克及維納斯——她像一隻蜘蛛猴攀在他身上，我眞詫異他這樣子有辦法吃東西。「我還以爲他人很好。」傑克一副稚嫩、失望的語氣，彷彿艾瑞克剛剛打破了他心目中完美男人的夢幻典範。

我聳聳肩。「不要緊，傑克。艾瑞克人其實不壞，只是我們不適合在一起。」我眞不想看到傑克這麼難過，趕緊改變話題。「愛芙羅黛蒂又出現靈視了。」

「這回妳看到什麼？」戴米恩問她。

愛芙羅黛蒂瞥我一眼，我若有似無地點點頭，說：「卡羅納焚燒吸血鬼和人類。」

「**焚燒**？」簫妮立刻高聲嚷嚷。「我應該能阻止這種事發生吧？我可是火小姐欸。」

「說得對，孿生的。」依琳說。

「兩位共用腦袋的女人啊，妳們沒出現在靈視裡啦。」愛芙羅黛蒂用沾了糖漿的叉子指著孿生的。「靈視裡有火、血、驚恐之類的，就是沒有妳們。妳們八成跑去逛街血拼了。」

簫妮和依琳瞇起眼睛怒視愛芙羅黛蒂。

「那柔依呢？」戴米恩問。

愛芙羅黛蒂的目光移回我的眼睛，說：「柔依在，但有時是好事，有時不怎麼妙。」

「什麼意思？」傑克問。

「這次的靈視令人迷惑，我彷彿看到一把雙刃劍。」

我看得出她在拖延時間，正想開口叫她儘管說下去，把所有事情告訴大家時，坐在我右手邊遠處的克拉米夏舉起手，揮舞著一張紙。「我知道這是什麼意思，」她說：「至少部分知道。昨晚上床前我剛好寫下這個。這是給柔依的，傳過去給她吧。」

那張紙傳到我手中時，我差一點嘆氣，因爲這準是克拉米夏的詩。愛芙羅黛蒂彷彿看穿了我的心思，說：「拜託，別告訴我這又是一首預言詩。天哪，想到就頭痛。」

「最好多儲備些頭痛藥。」我低頭看到第一行詩句時，吃驚地眨了眨眼，抬頭看愛芙羅黛蒂。「妳剛剛說什麼來著？什麼劍？」

克拉米夏搶先回答：「她說，妳跟卡羅納一起出現，就像一把雙刃劍。就是聽到她這句話，我才決定現在把這首詩交給妳。我本來是打算私底下有機會再拿給妳的。」然後，她狠狠地瞪著艾瑞克，說：「我可不像某些人，沒有大腦，不知道有些事情不適合公開。」

「這首詩的第一行就是『一把雙刃劍』。」我說。

「眞讓人毛骨悚然。」史蒂薇．蕾說。

「對，」我盯著紙上的詩句，「妳形容得很貼切。」

「妳打算怎麼做？」戴米恩問我。

「我打算跟大家一起解讀它的意思，但我想回家再這麼做。」我直截了當地說。

戴米恩微笑點頭。「回家，聽起來很棒。」

我看著愛芙羅黛蒂。「妳覺得呢？」

「我很想念我寢室裡的維琪浴設備。」她說。

「達瑞司呢？」我問。

「我們得先回家，才能專心思考接下來該怎麼做。」

「簫妮和依琳？」

她們互看一眼，然後依琳說：「當然要回家。」

「史蒂薇．蕾？」

「嗯，在妳做出任何重大決定前，我有件事情要告訴你們大家。」

「說吧。」我說。

我看見史蒂薇．蕾深吸一口氣，然後緩緩地吐氣，彷彿在做氣喘測試。接著，她用清晰而洪亮的聲音，告訴滿室的人：「除了在場的紅雛鬼，其實還有別的紅雛鬼。我們這些人改變時，他們並沒有跟著改變，依然很邪惡。我想——我想，他們恐怕仍跟奈菲瑞特有牽扯。」她轉向我，以眼神祈求我諒解。「我隱瞞妳這件事，是因爲我想給他們一個機會。我以爲，如果不去打擾他們，讓他們有時間自己想清楚，或者透過我的幫助，他們會找回人性。對不起，柔，我不是有意製造麻煩，更沒想過要對妳撒謊。」

我無法生她的氣。她終於肯告訴我眞話，我應該感到如釋重負。「有時我們就是無法對朋友說出想說的話。」我說。

史蒂薇．蕾再吐出一口氣時，聲音有些哽咽。「噢，柔！妳不氣我？」

「當然不氣妳。」我說：「我也曾隱瞞一些差勁的祕密，所以我了解。」

「他們在哪裡？」戴米恩的問題很直接，但他聲音輕柔，溫暖的褐色眼眸充滿諒解。

「他們在火車站的坑道裡，所以我剛才把那條從火車站通到修道院的土坑道給封起來了。我不希望他們任何人跟著我們來這裡，給修女製造麻煩。」

「妳昨晚就應該警告大家，」達瑞司說：「好讓我們睡覺時派人守衛。」

「坑道另一頭有危險的紅雛鬼？」安潔拉修女的手不自主地摸著掛在脖子上的念珠。

「喔，修女，妳們不會有危險的。達瑞司，我們不必派人守衛，眞的！」史蒂薇．蕾趕緊說：「那些孩子很容易受日光影響。日出以後，他們絕不會四處走動，包括在坑道裡。」

達瑞司皺著眉頭，顯示他仍認爲應該派人守衛。安潔拉修女沒再說什麼，但我看見她的手指焦慮地捻著念珠。這時，我注意到沒半個紅雛鬼說話。我瞥向唯一的另一位紅成鬼。

「你知道那些紅雛鬼的事嗎？」

「我？當然不知道。如果知道，我一定會立刻告訴妳。」史塔克說。

「我是應該立即告訴妳的。對不起。」史蒂薇・蕾說。

「有時，眞相一被掩埋，我們會不知道如何再說出口。」我告訴她，然後環顧餐廳裡的紅雛鬼。「你們都知道這件事，對不對？」

克拉米夏率先開口。「知道。我們都不喜歡他們，他們眞的很糟糕。」

「他們的味道也很難聞。」坐在長桌遠端的夏儂康普頓說。

「他們爛透了，」達拉斯說：「讓我們想起自己以前的樣子。」

「我們一點也不想回憶那段日子。」肌肉男強尼說。

我把注意力轉回史蒂薇・蕾。「妳還有其他事要告訴我嗎？」

「我想，現在回火車站坑道恐怕不妥。所以，我也覺得應該回夜之屋。」

「那就這麼決定，我們回家。」我說。

# 20 柔依

「我完全贊成回我們自己的地方，但妳阿嬤應該留在這裡。」愛芙羅黛蒂忽然發表看法。「因爲我們不知道回夜之屋後會面臨什麼狀況。」

「妳的靈視還顯示什麼別的事嗎？」我問，發現她盯著史蒂薇·蕾，而不是看著我。

愛芙羅黛蒂緩緩地搖頭。「沒有，我看見的都告訴妳了。我只是有一種不祥之感。」

史蒂薇·蕾緊張地笑笑。「愛芙羅黛蒂，這也難怪啦，大家最近都很緊張、煩躁。我們畢竟才剛趕走可怕的怪物。不過，沒有理由嚇柔依啦。」

「鄉巴佬，我不是嚇柔依。」愛芙羅黛蒂說：「我只是比較謹慎。」

「的確有必要多提防點。」達瑞司若有所思地說。

小心一點總是好的，我正準備開口附和他們倆，史蒂薇·蕾卻冷冷地告訴達瑞司：「就算你對她立了戰士誓約，也不代表你必須同意她說的每句話。」

「什麼？」史塔克說：「你把你的誓約獻給了愛芙羅黛蒂？」

「哇，太酷了。」傑克說。

坐在另一桌的艾瑞克哼了一聲，說：「我眞驚訝柔依會同意你這麼做。我還以為她會把你據為己有，將你納為她的私人收藏品之一呢。」

這時，我受夠了，開口怒罵道：「你下地獄去吧，艾瑞克！」

「柔依！」安潔拉修女驚愕地倒抽一口氣。

「對不起。」我喃喃道歉。

「不用對不起。」愛芙羅黛蒂怒視著史蒂薇．蕾，說：「地獄又不是髒話，只是一個地方。有些人確實該下地獄。」

「什麼？」史蒂薇．蕾以無辜的口吻說：「妳不想讓大家知道妳和達瑞司的事嗎？」

「那是**我自己**的事。」愛芙羅黛蒂說。

「就像我剛才說的，」克拉米夏點點頭，一副老成的模樣，「私事不應該公開講。」她的深色眼眸轉向史蒂薇．蕾。「我知道妳是我們的女祭司長，所以我無意對妳不敬，但我以為妳的家教應該要好一些。」

史蒂薇．蕾立刻顯得很懊惱。「妳說得對，克拉米夏。我原本以為，這沒什麼大不了的。我是說，反正大家遲早會知道。」她對我微笑，聳聳肩。「戰士誓約是藏不住的。」接著，她看著愛芙羅黛蒂。「對不起，我不是故意的。」

「我對妳的道歉沒興趣。我不是柔依，不會毫無保留地相信妳說的每句話。」

「**夠了**！」我咆哮道。憤怒和沮喪讓我的話語充滿力道，我看到好幾個人畏縮了一下。「你們全都給我聽著，如果大家繼續吵吵鬧鬧，我們就不可能對抗想毀滅世界的大惡魔！史蒂薇・蕾和愛芙羅黛蒂，接受妳們互相烙印的事實，學著不要讓對方難堪吧。」我看見愛芙羅黛蒂露出受傷的眼神，而史蒂薇・蕾一臉震驚，但我不管。「史蒂薇・蕾，別再對我隱瞞任何重要的事，即使妳自以為理由充分。」接著，我直視已經轉身盯著我的艾瑞克。「艾瑞克，比起你因為被我甩掉而不爽，我們還有許多更嚴重的難題。」我聽見史塔克咯咯笑，於是把砲火轉向他。「你的皮也要繃緊。」

史塔克舉起雙手，做投降狀。「我只是笑偉大的艾瑞克也會被人修理。」

「你、艾瑞克和西斯的事情讓我有多難過，你都可以感受到，卻還這樣，實在差勁。」

史塔克得意的笑容瞬間收斂。

「達瑞司，外頭盡是冰雪泥濘，你想，你有辦法開那輛悍馬回夜之屋嗎？」我問。

「可以。」戰士說。

「誰會騎馬？」好幾隻手立刻高高舉起，彷彿我是個嚴厲的老師，他們深怕惹火上身。

「簫妮，妳和依琳就騎載妳們來這裡的那匹馬吧。」我環顧仍舉著手的其他人。「強尼，你可以和克拉米夏共騎另一匹馬嗎？」

「可以。」他說。克拉米夏迅速點了個頭，兩人放下手。

「史塔克，我們共騎普西芬妮，你坐在我後面。」我說，眼睛沒看他。「戴米恩、傑克、愛芙羅黛蒂、夏儂康普頓、維納斯，還有……」我看著那個深褐色頭髮的紅雛鬼，完全想不起她的名字。

「蘇菲。」史蒂薇・蕾怯怯地說，彷彿怕又挨我的罵。

「還有蘇菲。你們幾個跟達瑞司坐悍馬車回去。」我看著史蒂薇・蕾。「妳能確保其他紅雛鬼和艾瑞克平安回到夜之屋嗎？」

「如果妳要我這麼做，我就一定做到。」她說。

「很好，吃完早餐後我們就回去。」我站起來，環顧所有的修女。「妳們的幫助，我衷心感激，千言萬語道不盡。只要我活著，永遠有一位女祭司長是本篤會修女的朋友。」語畢，我轉身離座。經過史塔克身旁時，我看見他準備起身跟上來，但我看著他的眼睛，搖搖頭說：「我要去跟阿嬤道別，自己一個人去。」我看得出他受傷的神情，但他還是恭謹地對我行禮，說：「遵命，我尊貴的小姐。」

我無視於一屋子人鴉雀無聲，一個人走出餐廳。

「**嗚威記阿給亞**，所以，妳把所有人惹毛了？」阿嬤聽我發完牢騷後說。

「不是所有人啦。有些人沒被我惹毛，而是被我傷害了。」我在她床邊來回踱步。

阿嬤端詳我久久，終於開口說：「這不像妳。所以，妳表現得這麼失常，一定有很好的理由。」她說話依然是這麼簡單，卻直指要害。

「我很怕，又很迷惘。我昨天還覺得自己像個女祭司長，今天卻又覺得自己只是個孩子。我有感情困擾，最要好的朋友又有事情瞞著我。」

「這只代表妳和史蒂薇・蕾都不完美啊。」阿嬤說。

「但我怎麼知道眞的只是這樣？萬一我眞是膚淺的騷貨，而史蒂薇・蕾變邪惡了呢？」

「只有時間能證明妳是否看錯史蒂薇・蕾。另外，妳不需因爲自己不止喜歡一個男孩，就苛責自己。妳對感情問題的判斷一向很好。照妳的說法，艾瑞克確實是太霸道、蠻橫了。很多年輕女孩都忽略了這一點，只因爲他——妳們是怎麼說的——**帥斃了**！」阿嬤學得還眞不像。「一如許多女祭司長，妳將學會在西斯和史塔克之間取得平衡。如果妳做不到，這表示妳終究會決定只跟一個人定下來。不過，小寶貝，妳還有好多、好多年可以慢慢決定。」

「我想妳說得對。」我說。

「當然，我歲數一大把了。我還看得出妳心煩不止因爲這個。怎麼了，柔依鳥兒？」

「我擁有埃雅的記憶，阿嬤。」

阿嬤內心顯然深感震驚，但她只急促地吸一口氣。「那個記憶裡有卡羅納嗎？」

「有。」

「那段記憶愉快嗎？還是不愉快？」

「都有！一開始很可怕，但隨著我與埃雅愈來愈貼近，情況就變了。她愛他，阿嬤，我感覺得到。」

阿嬤點點頭，徐徐地說：「我懂，**嗚威記阿給亞**，畢竟埃雅是被造來愛他的。」

「我嚇死了，深怕自己會失控！」我激動地提高音量。

「噓，柔依鳥兒。」阿嬤安撫我。「我們每個人都會受到過去的影響，但我們有力量不讓過去左右我們的未來。」

「如果過去存在於靈魂深處呢？」

「特別是這種情況。問問妳自己，妳最大的天賦來自何處。」

「嗯，來自妮克絲。」我說。

「女神是把天賦賜給妳的身體，還是妳的靈魂？」

「當然是我的靈魂，身體只是靈魂的軀殼。」我的語氣是如此堅定，我驚訝得直眨眼。

「我必須記住，現在這是**我的**靈魂，而我應該將埃雅當成過去的一段記憶。」

阿嬤露出笑容。「瞧，我就知道妳會再次找到自己的核心。如果犯了錯，不管是這輩子或任何一輩子的錯，要從中學習，然後錯誤就會變成機會。」

**萬一我犯下的錯誤，是讓卡羅納焚毀世界，那就不一樣了**！我心想，差點說出口，但這時阿嬤閉上了眼睛。她看起來好疲憊，傷好重，而且好**蒼老**。我的胃揪緊，心裡很難過。

「阿嬤，對不起，我不該把垃圾倒給妳。」我說。

她睜開眼睛，拍拍我的手。「別因爲跟我說心事而感到抱歉，**嗚威記阿給亞**。」

我輕輕地吻阿嬤的額頭，小心沒弄痛她的傷口和瘀青。「我愛妳，阿嬤。」

「我也愛妳，**嗚威記阿給亞**。要與女神同行，並帶著我們祖先的祝福。」

就在我的手碰觸到門把時，她的聲音再度響起，堅定、有力、睿智，一如以往。「說眞話，**嗚威記阿給亞**。絕不要忘記，我們族人堅信，說出眞相的話語具有最深沉的力量。」

「我會盡力的，阿嬤。」

「這就是我對妳的唯一要求啊，柔依鳥兒。」

# 21 柔依

返回夜之屋的路程緩慢、詭異、尷尬。

緩慢，因爲儘管簫妮和我引導火來溫暖馬蹄，馬兒得以沿著第二十一街一路小跑步，抵達尤帝卡街轉角那盞依然完全漆黑的街燈，這仍是一趟滑溜、酷寒、艱難的路。

詭異，因爲放眼望去盡是漆黑一片。城市一旦失去電力，怎麼看就是不對勁。我是黑夜的子女，這樣說委實過度簡化，但失去一切燈光後，世界看起來已不是原來的樣子。

尷尬，因爲學生的不時轉頭瞄我，彷彿我是隨時會爆炸的炸彈。強尼和克拉米夏幾乎沒跟我交談，而史塔克雖然跟我共騎普西芬妮，坐在我背後，卻連手都不敢抱住我的腰。

而我？我只想著要回家。

達瑞司開著悍馬跟在我們後面，其他紅雛鬼則在史蒂薇．蕾和艾瑞克帶領下殿後。儘管馬兒總算步伐穩定，我確定達瑞司一定覺得像在蝸行。除了車聲和馬蹄聲，黑夜幾乎一片死寂。偶爾，因爲承受不住冰雪的重量，一根樹枝，甚至一整棵樹斷裂，發出駭人的聲響。

左轉踏上尤帝卡街時，我打破沉默。「所以，你們都不跟我說話了？」我問史塔克。

「我會跟妳說話呀。」他說。

「那爲什麼我覺得你話尾還有個但書？」

他遲疑著，我可以感覺到他緊張的心情。終於，他長長嘆一口氣，說：「我不知該對妳生氣，還是該爲餐廳裡那場鬧劇跟妳說對不起。」

「餐廳裡的事不是你的錯，起碼你不是罪魁禍首。」

「對，這個我知道，但我也知道艾瑞克的事讓妳很受傷。」我不知道該說什麼，只好保持緘默。一會兒後，史塔克清了清喉嚨，繼續說：「剛才妳對大家好凶。」

「我必須阻止大家繼續鬥嘴。這似乎是最快的方法。」

「下次妳不妨換個方式，譬如，妳可以說，『各位，別再吵了。』我不曉得啦，可能只有我這麼覺得。不過，這總比對朋友發飆好吧。」

我很想回嘴，但我忍住，想了一下他的話。或許他說得沒錯。對每個人怒吼，其實我自己也不舒服——尤其這一票「每個人」是我的朋友。「我下次會注意。」我終於回他話。

史塔克沒因此跩起來，也沒變得態度強硬，或看輕我。他只是把雙手搭在我肩上，捏了捏，說：「我最喜歡妳的一點，就是妳願意聽別人說。」

他突如其來的讚美，害我臉頰發燙。「謝謝，」我輕聲說。我的手指摩挲著普西芬妮溼冷的鬃毛，眞愛她回應時耳朵往後搐動的模樣。「妳眞是個好女孩。」我柔聲讚美她。

「我以爲妳注意到了，我不是女孩子。」史塔克的語氣，讓我覺得他又戴上冷傲笑容。

「我注意到了。」我哈哈大笑，兩人之間的緊張氣氛頓時冰釋。孿生的、強尼和克拉米夏怯怯地對我們露出微笑。「那麼，呃，你和我沒事了吧？」我問史塔克。

「妳和我**當然**沒事。我是妳的戰士，妳的保護者。不管發生什麼事，我永遠守著妳。」

我忍住哽咽，等終於有辦法開口時，我說：「當我的戰士有時會很慘。」

他大笑，聲音洪亮、持久，雙手抱住我的腰，說：「柔依，當妳的戰士確實很慘。」

我原本打算回嘴，說他**媽媽**才慘呢，但他的手好溫暖，撫觸好貼心。結果，我只嘟囔著說他滿嘴屁話，整個人放鬆，背靠著他。

「如果可以忘記冰風暴造成的損害，以及卡羅納和奈菲瑞特帶來的災難，冰天雪地其實挺酷的，彷彿可以讓人抽離現實世界，進入一個奇妙的冬季國境。」他說：「妳知道，像是白女巫會喜歡的那種地方。」

「喔~，《納尼亞傳奇：獅子、女巫、魔衣櫥》！很棒的電影。」

他咳了幾聲，說：「我沒看。」

「你沒看?」我睜大眼睛，轉頭瞥了他一眼。「你讀了書?」

「讀了，全部。」他說：「C·S·路易斯寫的《納尼亞》系列有好幾本。」

「你全讀了?」

「全讀了。」他說。

「哇。」我驚歎，一時呆若木雞（我這是借用阿嬤的用語來形容）。

「有什麼問題嗎?看書是好事啊。」他替自己辯解。

「我知道!你會看書，眞是太酷了。不，是帥斃了。」確實如此，我喜歡帥哥有腦袋。

「是嗎?那妳應該有興趣知道，我剛讀過探討種族正義的《梅岡城故事》。」

我微笑，用手肘撞他一下。「美國的中學生都讀過這本書啊。」

「我讀了五次。」

「不會吧?」

「眞的，我還記得書裡的一些話。」

「鬼扯。」

於是，我這位勇猛的壞男孩戰士拉高嗓門，模仿美國南方小女孩的腔調，慢條斯理地說：「傑克叔叔?妓女是什麼呀?」

「我不認爲這是書裡最重要的話。」我說，但還是被他逗得大笑。

「好吧，換一句：『沒有哪個乳臭未乾的婊子老師能逼我做任何事！』覺得如何？這可是我最愛的一句話。」

「你眞變態，史塔克。」我笑著說，心頭暖暖的，好快樂。這時，我們轉入通往夜之屋的長長車道，心想，眞是太奇妙了，學校竟然這麼亮，彷彿在歡迎我們回家。但我隨即想到，學校的備用發電機和老式煤氣燈不可能發出這樣的亮光。接著，我發現，這亮光不是來自學校裡任何一棟建築，而是從妮克絲神殿和主校舍之間的空地散發出來。

我感覺到史塔克頓時全身緊繃。「怎麼了？」我問。

「叫馬停步。」他說。

「咳！」我拉住韁繩，要普西芬妮止步，並叫喚簫妮和強尼也停住馬。「怎麼回事？」

「提高警覺，隨時準備騎回修道院。我若叫你們走，你們就要快馬加鞭，盡速離開，不要等我！」史塔克說完就滑下普西芬妮的背，奔向我們後面的悍馬車。

我轉頭，看見達瑞司已經下車，西斯接替他坐到方向盤後方。兩位戰士簡短交談後，達瑞司叫艾瑞克、史蒂薇．蕾，和所有男性紅雛鬼到他身邊。我正準備要普西芬妮轉身走向悍馬車，史塔克跑回來找我。「怎麼了？」我問。

「校園裡著火了。」

「妳知道哪裡起火嗎？」我問簫妮。

「不知道。」簫妮說，蹙起額頭，集中念力。「但感覺起來很神聖。」

**神聖**？**搞什麼鬼呀**？

史塔克抓住普西芬妮的轡頭，引我的注意。「看那邊樹底下。」

我望向小徑右側的那排鹿梨樹，樹下有層層疊疊的一堆陰影。我察覺那是什麼東西時，開始反胃。「仿人鴉。」我說。

「他們死了。」克拉米夏說。

「最好過去查看，確定一下。」史蒂薇．蕾說，跟幾名男性紅雛鬼和艾瑞克走上前來。

「走吧。」達瑞司說著，兩手各從皮夾克內側抽出一把刀子，然後告訴史塔克：「你在這裡陪柔依。」他對史蒂薇．蕾和艾瑞克點點頭，示意他們跟著他，然後便朝那排樹走去。

「都死了。」達瑞司在樹下每個身軀旁駐足片刻後，大聲喊道。

他們回來時，我不由自主地注視著史蒂薇．蕾慘白的臉色。「妳還好嗎？」我問她。

她抬頭看我，眼神驚恐。「沒事，」她趕忙說：「只是……」她聲音變小，視線瞥回樹下那一團團駭人的身軀。

「只是他們的氣味很難聞。」克拉米夏說，大家全都看著她。「眞的，他們仿人鴉的血液裡有什麼東西很噁心。」

「他們的血確實聞起來不對勁。在修道院時，達瑞司從半空中射下了幾個仿人鴉，我去清理過他們的血跡。」史蒂薇・蕾一口氣匆匆說完，彷彿這個話題讓她很不安。

「原來我在妳身上聞到的就是這個氣味！」終於知道她那古怪氣味的來源，我鬆了一口氣。

「現在大家必須提高警覺，留意周遭的狀況。」達瑞司說：「我們不知道那裡面到底發生什麼事。」他伸手指向校園和照亮校區中央地帶的搖曳火光。

「那到底是什麼？難道學校眞的著火了嗎？」史蒂薇・蕾說出我們心中的疑慮。

「我可以告訴你們那是什麼。」小徑左側突然有人說話。除了我們騎乘的三匹馬，大家全嚇了一跳。其實，從馬兒神態自若的反應，我早該知道，站在室內田徑場校舍外陰影下的人是誰。「那是火葬柴堆。」我們的馬術老師蕾諾比亞說。她是卡羅納和奈菲瑞特接管學校後，少數跟我們站在一起的成鬼之一。

她幾乎無視於我們的存在，徑直走向馬兒，跟她們打招呼，檢查她們，直到確定她們安然無恙，才邊撫摸著普西芬妮的口鼻，邊抬頭看我，說：「歡喜相聚，柔依。」

「歡喜相聚。」我怔怔地回應。

「妳殺死他了嗎？」

我搖搖頭。「我們趕走他了。克拉米夏的詩說得沒錯，當我們五個人會合，就能憑藉愛的力量驅逐他。不過，那是誰的——」

「奈菲瑞特死了嗎？還是跟他一起逃走了？」她打斷我的問題。

「逃走了。那是誰的葬禮？」我等不及要問個明白。

蕾諾比亞美麗的藍灰色眼眸凝視著我。「安娜塔西亞．藍克福特死了。你們前往修道院時，卡羅納的愛子利乏音吆喝他的兄弟去追你們之前，最後做的一件事，便是劃開她的喉嚨。」

# 22 柔依

我聽見史蒂薇．蕾和周圍所有人都驚愕地倒抽一口氣，唯有達瑞司毫不遲疑地追問：「還有活著的仿人鴉留在這裡嗎？」

「沒有。願他們的靈魂永遠在另一個世界的最深處腐朽。」蕾諾比亞忿恨地說。

「還有別人喪命嗎？」我問。

「沒有，但有幾個人受傷。現在他們擠滿了醫護室。奈菲瑞特是我們唯一一個眞正的療癒師，而既然她……」蕾諾比亞說不下去。

「那麼，柔依得去照料傷患。」史塔克說。

蕾諾比亞和我疑惑地蹙眉看著他。「我？可是我——」我才開口，就被史塔克打斷。

「妳是目前這裡最接近女祭司長身分的人。在夜之屋，無論雛鬼或成鬼，一旦受傷，都需要女祭司長。」他直截了當地說。

「特別是能感應靈的女祭司長。妳絕對可以撫慰傷患。」達瑞司補充。

「沒錯，你們說得對。」蕾諾比亞說，將散落在臉上的金白色長髮往後捋。「對不起，安娜塔西亞的死對我打擊太大，我一時沒能想清楚。」她試著對我微笑，但那嘴角勉強上揚的表情極其苦澀。「柔依，傷患確實需要妳幫忙。」

「我盡力。」我努力說得彷彿很有信心。事實上，光是想到傷患，我的胃就揪緊。

「我們都會幫妳的。」史蒂薇．蕾說：「如果一種感應力有所幫助，或許五種感應力會有五倍的效果。」

「或許吧。」蕾諾比亞說，仍顯得很頹喪，一臉哀傷。

「我們可以讓這裡重新燃起希望的。」

我驚訝地轉頭，看見愛芙羅黛蒂走到達瑞司身邊，挽起他的手。蕾諾比亞對她露出疑惑的表情，說：「愛芙羅黛蒂，我想，妳很快就可以看到夜之屋已經變了。」

「沒關係，我們很擅長處理改變。」愛芙羅黛蒂說。

「是啊，我們對改變早就習以爲常啦。」克拉米夏說，好幾個孩子跟著喃喃附和。

我眞以他們爲傲，感動得差點哭出來。「我想，我們已準備好要回家了。」我說。

「家。」蕾諾比亞悲傷、輕柔地說：「那麼，大家跟我進去看這個家變成什麼樣子吧。」她轉身，嘴裡彈舌發出喀喀聲，三匹馬未經我們下達任何指令，立刻跟著她走。

我們從校門口走到停車場時，達瑞司示意西斯將悍馬車停在這裡。大家分別下馬和下車，重新集合。教師宿舍和醫護室所在的那棟建築遮住視線，我們只看得到火焰投射的幢幢影子，令人惶悚。除了火舌吞噬木頭發出的爆裂聲，學校裡一片死寂。

「不妙。」簫妮輕聲說。

「什麼意思？」我問。

「透過火焰，我感覺到哀傷。眞不妙。」她說。

「簫妮說得沒錯。」蕾諾比亞說：「我帶馬回馬廄。你們要跟我來，還是想……」她頓住，目光不自禁地飄向校園中央在老橡樹枝椏間跳動的火光和影子。

「我們去那邊。」我說，指著校園中央的空地。「早晚要面對的。」

「安頓好馬兒後，我便過去。」蕾諾比亞說，轉身消失在陰暗處，三匹馬跟在她身後。

史塔克的手搭在我肩上，給我帶來溫暖和穩定的感覺。「記住，卡羅納和奈菲瑞特離開了，現在妳只需面對雛鬼和成鬼。在經歷過那些事後，這應該不難。」

西斯走過來，站在我的另一邊，說：「沒錯，即使得照料受傷的雛鬼和成鬼，也不會像對付卡羅納和奈菲瑞特那麼可怕。」

「不管發生什麼事，這裡是我們的家。」達瑞司說。

「對，家。現在該是把家奪回來的時候了。」愛芙羅黛蒂說。

「來看看奈菲瑞特留下什麼災難吧。」我鼓起勇氣，邁開步伐，帶領大家踏上人行道，繞過美麗的噴泉和花園，行經塔樓造型的視聽圖書館。終於，校園中央的空地映入眼簾。

「喔，我的天哪！」愛芙羅黛蒂驚呼。

我不由自主地停下腳步。眼前的景象怵目驚心，我無法再往前走。一張木頭野餐長椅底下和四周放置了許多柴火，構成好大一團火葬堆。我知道那是野餐長椅，因為即使火正在燒，它的形貌依然清晰可辨。躺在長椅上的，便是擊劍老師龍·藍克福特的美麗妻子，安娜塔西亞老師。她身穿飄逸的長袍，覆蓋著白色亞麻布，雙手交叉放在胸前，長髮垂到地面，在火焰中飛揚、燃燒。

一道駭人的聲音劃破黑夜，宛如心碎的孩子在哭號。我呆呆望著火葬堆的目光，移向長椅前頭。龍老師就跪在那裡，低著頭，長髮披垂在前面，遮住了他的臉。但我看得出他在哭。一隻大貓倚在他身旁，仰頭看著他。我認出那是龍老師的緬因貓，影疾。在他的懷裡，他緊緊抱著一隻柔弱的小白貓。白貓引首哀號，不斷掙扎，似乎企圖投身火葬堆，去陪伴她的吸血鬼主人。

「圭妮亞。」我喃喃地說。接著，我必須摀住嘴巴，才能壓抑住湧到嘴邊的哭聲。

簫妮突然脫隊，迅速走上前去，站在火葬堆旁。同時，依琳走到龍老師身邊。簫妮舉起雙手，大聲呼喊：「火！降臨我！」我聽見依琳輕聲召喚水降臨她。緊接著，火勢迅速加大，熊熊烈焰吞沒了柴堆和屍體，而龍老師卻被一團沁涼的霧氣所籠罩。

戴米恩走到依琳身邊，說：「風，降臨我。」我看見他指引一道微風吹走屍體燃燒發出的惡臭。接著，史蒂薇．蕾加入戴米恩，說：「土，降臨我。」霎時，吹散死亡氣味的微風飄送來草原的芳香，令人想起春天萬物滋長的景象，以及女神的綠野平疇。

我知道，接下來輪到我了。我忍著滿懷的哀傷，走到龍老師身邊，一隻手輕輕按住他隨著哭泣而上下起伏的肩膀，另一隻手高高舉起，說：「靈，降臨我。」當我感覺到靈輕柔悸動，回應我的召喚，我繼續說：「靈，請觸摸龍老師，撫慰他，也撫慰圭妮亞和影疾，幫助他們承受哀慟。」然後，我凝神引導靈貫穿我，進入龍老師和兩隻傷心欲絕的貓。終於，圭妮亞不再哀號。龍老師的身體抽搐著，緩緩抬起頭，迎視我的目光。他的臉到處是抓傷的痕跡，左眼上方有一道很深的傷口。我想起上一次見到他時，他正在跟三個仿人鴉搏鬥。「祝福滿滿，龍老師。」我輕聲說。

「這樣的哀慟怎麼承受啊，女祭司？」他聲音沙啞，彷彿整個人已經崩潰。

一時間，我驚慌起來。**我才十七歲！我怎麼幫得了他呢**？這時，彷彿循著一道完美的圓圈，靈從龍老師身上竄出，穿過我，又回到他體內。藉著靈的力量，我說：「你會再跟她見面的。她現在跟妮克絲在一起，也許會在女神的草原等你，也許會重生，在這一生找到你。你可以承受的，因爲你知道靈永無止息——我們的生命永遠不會眞的結束。」

他的目光在我臉上梭巡，我始終盯著他的眼睛。「妳打敗他們了嗎？那些生物全都離開了嗎？」他問。

「卡羅納和奈菲瑞特走了，仿人鴉也是。」我語氣堅定地告訴他。

「很好……很好……」龍老師低下頭。我聽見他輕聲對妮克絲祈禱，請求女神看顧他的摯愛，直到他們再相見。

我捏了捏他的肩膀，往後退開，留給他哀傷的私人空間。

「祝福滿滿，女祭司。」他說，依舊低著頭。

或許我該說點什麼成熟、睿智的話來回應，但我情緒激動得說不出話。史蒂薇．蕾忽然出現在我旁邊，戴米恩則走到她身邊。接著，依琳也退開，來到我的另一邊，而簫妮則站在她旁邊的位置。我們一行人就這樣默默地、恭敬地站在那裡，形成一個尚未設立的守護圈，看著簫妮讓火焰神奇地增強，帶走安娜塔西亞剩下的軀殼。

四周一片靜默，只聽得到烈火燃燒的聲音和龍老師的喃喃祈禱聲。我忽然想到一件事。

我環顧火葬堆周遭，發現把柴堆放置在妮克絲神殿和主校舍之間環狀車道的中央，是個很好的選擇——這裡有足夠的空間讓火燃燒，也有足夠的地方容納其他老師和雛鬼。他們可以在這裡陪伴龍老師，在不干擾他的狀況下，爲安娜塔西亞和她的配偶向妮克絲祈禱，默默地表達他們對他的愛和支持。然而——

「沒有人在這裡陪他。」我悄聲說，不想讓龍老師聽見我憤慨的口吻。「大家到底都跑去哪裡了？」

「他不該獨自一人在這裡。」史蒂薇．蕾說，伸手抹去臉上的淚。「這樣不對。」

「在察覺馬匹到來之前，我一直陪著他。」蕾諾比亞說，跑步過來加入我們。

「那其他人呢？」我問。

她搖搖頭，我從她的表情看得出她跟我一樣憤慨。「雛鬼待在宿舍裡，老師們在自己房間。至於那些會想要陪伴他的人，都在醫護室。」

「這沒有道理呀。」我無法理解。「他的學生和其他老師怎會不想陪伴他？」

「卡羅納和奈菲瑞特或許離開了，但他們施放的毒還在。」蕾諾比亞意有所指地說。

「妳該去醫護室了。」愛芙羅黛蒂出現在我們背後。我注意到她強自克制，不讓目光移向火葬堆和龍老師。

「去吧，」蕾諾比亞說：「我會留在這裡陪他。」

「還有我們。」強尼說：「以前他是我最喜歡的老師，妳知道的。」

我的確知道。強尼是指他死而復活之前。

「我們都會在這裡陪他。」克拉米夏說：「他不該自己一個人。妳和妳的守護圈去忙自己的事吧。」她的眼睛瞥向醫護室的方向。「來吧。」她喊一聲，其他紅雛鬼紛紛從陰暗處現身，走到龍老師身邊，圍著火葬堆形成一個圓圈。

「我也會留在這裡。」傑克說。他一直在哭，但他毫不猶豫地走進紅雛鬼形成的圓圈站定。女爵緊挨著他，尾巴和耳朵低垂，彷彿她真的了解。艾瑞克不發一語，站到傑克旁邊。接著，出乎我意料，西斯走到艾瑞克身旁。他表情嚴肅地對我點點頭，然後低下頭。

我怕控制不了自己的聲音，所以我沒說話，逕自轉身，在我的守護圈成員，以及愛芙羅黛蒂、史塔克和達瑞司陪同下，再次走入夜之屋校舍。

# 23 柔依

醫護室不大。其實，它位於教師宿舍大樓中的一個樓層，只有三間病房。所以，如果受傷的學生太多，擠到病房外，也不足爲奇。只是，看到走廊上多了三張床板，各躺著一名雛鬼，我依然心頭一震。受傷的學生見到我們一夥人站在門口，都驚訝地眨著眼睛。我則強迫自己不盯著他們看，也不去聞瀰漫在空氣中的血腥味。

「柔依？」聽到有人叫我，我抬起頭，看見兩名成鬼匆匆朝我走來。我認出她們是奈菲瑞特的助理，擔任類似護士的角色。但我絞盡腦汁，才想起金髮高個兒叫賽菲兒，矮個子的亞裔女孩叫瑪格瑞塔。「妳也受傷了嗎？」賽菲兒問，快速打量著我。

「沒有，我沒事，我們都很好。」我要她安心。「其實我們是來這裡幫忙的。」

「沒有療癒師，能做的我們都做了。」瑪格瑞塔直截了當地說：「他們沒有立即的生命危險，但誰都不知道這些傷勢會不會影響到蛻變，所以，很有可能會有幾個人——」

「好，我懂。」我打斷她，免得她在這群可能死去的孩子面前說出「死」字。

「我們來這裡，不是因爲我們懂醫術，」戴米恩解釋道：「而是因爲我們的守護圈力量強大，應該可以撫慰受傷的人。」

「沒有受傷的雛鬼不應該待在這裡。」賽菲兒說，彷彿這也算是我們不該來的理由。

「但我們是對元素具有感應力的雛鬼。」我說。

「眞的，能做的我們都做了。」瑪格瑞塔冷冷地又說了一次。「少了女祭司長——」

這次，換史塔克打斷她。「我們有女祭司長。所以，現在請妳們退開，讓她和她的守護圈幫助這些學生。」

「沒錯，可以閉嘴了吧？」愛芙羅黛蒂衝著瑪格瑞塔的臉說道。

這兩名成鬼果然閉嘴，但我可以感覺到她們冰冷、不滿的眼光盯著我們。

「她們有什麼毛病啊？」我們跨進走廊時，愛芙羅黛蒂壓低聲音問我。

「不知道。」我說：「我根本不太認識她們。」

「我認識她們。」戴米恩輕聲說：「我三年級時曾在醫護室當志工。她們一向都比較冷峭。我想，這是因爲她們得處理雛鬼死亡的事。」

「冷峭？」簫妮問。

「史蒂薇．蕾，翻譯一下，好嗎？」依琳說。

「大概是說做人冷酷、冷漠、刻薄之類的。妳們眞該多讀點書。」

「我正想這麼說。」史塔克幫腔。

戴米恩嘆一口氣。

不可思議地，我竟差點想笑。狀況很糟，但我這夥朋友仍是原來的德性，這似乎讓一切變得好過了些。

「史蒂薇．蕾？」走廊前頭那張床板上的男生喊道。

「德魯？」史蒂薇．蕾說，疾步走到他床邊。「德魯，你還好嗎？發生了什麼事？你的手斷了嗎？」

德魯的一隻手用三角巾吊著，一隻眼睛瘀青腫脹，嘴唇撕裂，但仍對史蒂薇．蕾擠出笑臉。「我眞高興妳沒死。」

她綻出笑容。「嘿，我也很高興。告訴你，死去活來這種事可不好玩，所以你要好起來。」然後她嚴肅地查看他的傷勢，迅速接著說：「不過，你會沒事的，不必擔心。」

「沒什麼大不了的。我的手沒斷，只不過在跟一隻仿人鴉扭打時脫臼了。」

「他想救安娜塔西亞。」德魯旁邊的病房裡傳來一個女孩的聲音，我循聲望過去。房間的門開著，我看見一個雛鬼斜倚在床上，一隻手靠在病床附屬的鋁架上，額頭包紮著厚厚的紗布，頸側有一道駭人的傷口往下延伸到病袍底下。「德魯差一點救了她。」

「差一點就是沒做到。」德魯忿忿地說。

「總比多數學生好。」女孩說：「至少你努力過了。」

「到底發生了什麼事，黛諾？」愛芙羅黛蒂問，擦過我身邊，走進女孩的房間。我忽然想起那女孩是誰。她和她的兩個好姊妹依奈荞和彭菲瑞多，曾是愛芙羅黛蒂的狐群狗黨。但自從愛芙羅黛蒂不再受奈菲瑞特寵愛，我取代她成爲黑暗女兒的領導人，她那些所謂「朋友」就不再當她是朋友。我綳緊神經，等著聽黛諾對愛芙羅黛蒂口出惡言。幸好，黛諾的回應一點都不惡毒，反而聽來很沮喪、懊惱。

「本來也不會發生什麼事啦，除非你挺身對抗那些鳥人。偏偏我們——」她那隻沒受傷的手一揮，涵蓋這裡的所有學生——「我們挺身對抗他們。龍老師和安娜塔西亞也是。」

「龍老師在小徑上跟一群鳥人搏鬥時，他們攻擊安娜塔西亞老師。他離她太遠，看不見發生什麼事，更不可能來得及救她。」德魯說：「我抓住攻擊她的一隻鳥人，把他拉開，但馬上有另一隻從後面攻擊我。」

「我趕過去抓住那一隻。」黛諾指著走廊對面，繼續說：「當那隻鳥人回身攻擊我，伊恩趕來幫我。但那隻仿人鴉折斷他一條腿，像折斷樹枝那樣。」

「伊恩‧包瑟？」我問，把頭探進黛諾所指的那間病房。

「對，是我。」裡頭那個瘦巴巴，但還算可愛的男生說道。他一條腿架得高高的，從腳到大腿都裹著石膏。他的臉襯著漂白的被單，顯得更是蒼白。

「看起來好痛啊。」我說。我是在戲劇課認識他的，他超級愛慕那堂課的諾蘭老師。

「我覺得好多了。」他說，試圖擠出笑容。

「是啊，我們都好多了。」走廊再過去一點的那張床板上，傳來一個女孩的聲音。

「漢娜‧哈尼亦格！我沒看到妳在那兒。」戴米恩說，繞過我身邊走向那個女孩。我可以想見爲什麼在她開口之前，他沒注意到她。她蓋著一件白色的棉被，而她膚色太白，整個人幾乎融入棉被裡。你知道的，有些金髮女孩，皮膚非常白皙，臉頰酡紅，經常顯得很害羞或很驚訝。我是因爲曾經聽到戴米恩跟她討論花的問題，才知道她的。這女孩顯然對任何會開花的植物都很懂。對於她，我大概只記得這麼多。喔，還有，大家習慣連名帶姓稱呼她。

「妳怎麼了，親愛的？」戴米恩蹲在她身邊，握住她的手。紗布綁帶裹住她的頭，前額還滲出血。

「安娜塔西亞老師被攻擊時，我對著仿人鴉放聲尖叫，叫得很大聲。」她說。

「對，她眞的好會尖叫。」最後一間病房傳出一個男生的聲音。

「看來仿人鴉不喜歡尖叫聲。」漢娜．哈尼亦格說：「其中一隻把我打昏了。」

「等等。」依琳快步走向那間病房。「是你嗎，堤杰？」

「依琳！」

「喔，我的天哪！」依琳尖叫，衝進他的房間。

簫妮緊跟在她身後，喊道：「克爾呢？那克爾人呢？」

「他沒有站出來對抗他們。」堤杰回答，聲音緊繃。簫妮一聽，在他房門口戛然站住，彷彿臉上被摑了一巴掌。

「沒有站出來？可是……」簫妮講不下去，似乎完全不能理解。

「啊，糟糕，看看你的手！」依琳的驚呼聲從堤杰的房間傳出。

「手？」我說。

「堤杰是個拳擊手，去年夏季運動會上甚至打敗成鬼，贏得獎牌。」德魯解釋道：「他原本想一拳擊昏利乏音，不料他的手反而被那傢伙撕裂。」

「**喔，天哪，不！**」我聽見史蒂薇．蕾輕聲驚呼，語氣惶恐。

看到簫妮站在堤杰的病房外，一副不知所措的樣子，我心裡好難過。克爾和堤杰是好友，分別跟簫妮和依琳交往，兩對情侶經常玩在一起。我不禁想：「怎麼會一個站出來對抗仿人鴉，另一個沒有呢？」

「這也正是我想知道的。」達瑞司說。我這才發現，我又不小心說出心裡想的話。

走廊尾端最後那張床板上的女生回答了我們的問題。「事情偏巧就是這樣吧。馬廄起火，奈菲瑞特和卡羅納抓狂，仿人鴉全像瘋了。但如果不擋他們的路，他們不會對你怎樣。原本我們都閃得遠遠的，直到有隻仿人鴉抓住安娜塔西亞，我們有些人才上前幫她。但大多數雛鬼都跑回宿舍躲起來。」

我看著這個女生。她有一頭漂亮的紅髮，美麗的湛藍雙眼澄淨明亮，兩隻手臂的二頭肌都裹著紗布，半邊臉瘀青腫脹。我發誓我從未見過她。「妳是哪位？」我問。

「我是紅色。」她靦腆地微笑，聳聳肩。「對，我的名字就是紅色。你們不認識我，是因為我才剛被標記，就在冰風暴來襲前。安娜塔西亞是我的導師。」她用力嚥了嚥口水，眨著眼睛，忍住淚水。

「我很遺憾。」我說，心想她才剛被標記，從熟悉的環境連根拔起，就忽然掉進這一團混亂的漩渦，肯定很難捱。

「我也想幫她。」紅色說，淚水撲簌簌滑落臉頰。她抬手抹去眼淚，但這個動作扯痛她的手臂，痛得她畏縮了一下。「可是，那隻巨大的仿人鴉劃傷我的手臂，還抓起我，將我往一棵樹幹上砸。我無能爲力，只能眼睜睜看著他——」她的聲音因啜泣而哽住。

「沒有一個老師出來幫忙嗎？」達瑞司問，語氣嚴厲，但憤怒顯然不是衝著紅色而來。

「老師們知道仿人鴉只是情緒激動，因爲奈菲瑞特和她的伴侶很不高興。我們知道最好別激怒他們。」賽菲兒說，聲音刺耳。她和瑪格瑞塔仍站在醫護室走廊的入口。

我不敢相信有人會說這種話，轉身看著她。「**他們只是情緒激動**？妳在開玩笑嗎？這些生物攻擊夜之屋的雛鬼，而你們這些成鬼袖手旁觀，只因怕激怒他們？」

「不可饒恕！」達瑞司狠狠地怒斥道。

「那龍老師和安娜塔西亞呢？他們顯然不相信妳這套別激怒他們的說法。」史塔克說。

「詹姆士·史塔克，你不是應該比任何人知道怎麼回事嗎？我記得你跟奈菲瑞特和卡羅納走得很近，我甚至記得看見你跟著他們離開學校。」瑪格瑞塔伶牙俐齒地說。

史塔克朝她走過去，雙眼露出凶狠的紅光。我抓住他的手。「別這樣！我們不是靠好勇鬥狠打贏的。」然後，我將砲口轉向她們。「史塔克跟奈菲瑞特他們一起離開，是因爲他知道他們要來追殺我，**以及**愛芙羅黛蒂，**以及**戴米恩，**以及**簫妮，**以及**依琳，**以及**修道院裡的所有修女。」每說一次「以及」，我就往賽菲兒和瑪格瑞塔逼近一步。我可以感覺到靈的元素力量在我身邊氣勢洶洶地盤旋。這兩個成鬼也感受到了，因爲她們往後踉蹌了幾步。我停下腳步，壓低聲音和血壓。「他和我們一起**對抗**他們。奈菲瑞特和卡羅納不是妳們所以爲的那樣。他們會危害所有人。但我現在沒時間說服妳們——雖然，卡羅納在血泊中從地底竄出時，事情應該就很明顯了。我來這裡是爲了幫助這些孩子，而既然兩位有意見，那我建議妳們滾回房間去，就像其他人那樣。」

兩位成鬼一臉震驚，退出門口，倉皇地爬上通往教師宿舍的樓梯。我嘆了一口氣。我告訴史塔克不要好勇鬥狠，自己卻出言恫嚇她們。不過，當我轉身面向醫護室裡這一小群人，竟看到大家對我微笑、歡呼和鼓掌。

「一來到這裡，我就想叫那兩隻母牛滾出去。」黛諾說，對我露出燦爛的笑容。

「而她們居然好意思叫她**可怕**。」愛芙羅黛蒂說，顯然是指黛諾一名的希臘文原意。

「我只是擅長感受別人的感覺。至於用什麼元素扁人，沒辦法啦。」黛諾說，無意識地搓著受傷的那隻手，然後將注意力轉向愛芙羅黛蒂。「喂，我過去兩個月不該對妳那麼壞。對不起。」

我以爲愛芙羅黛蒂會囂張起來，數落她一頓。但是，出乎我意料，她說：「喔，我們每個人都難免偶爾會幹些蠢事。算了吧。」

「妳聽起來像是長大了。」我告訴她。

「妳不是有個守護圈要設立嗎？」她說。

我咧嘴對她微笑，因為，我發誓，她真的臉頰泛紅。「沒錯。」我轉身看史蒂薇·蕾、戴米恩和簫妮，然後大聲喊道：「依琳，妳可以停止扮演護士，來加入守護圈嗎？」

依琳像是彈出盒子的小丑傑克，砰地從堤杰的房間跳出來。「當然，小事一樁。」我注意到她和簫妮沒有像往常那樣互望一眼，但我實在沒時間或精力處理她們兩人的問題。

「好，那麼，土小姐，哪裡是北方？」我問史蒂薇·蕾。

她大步走到面對走廊入口的位置站好。「這邊就是北方。」

於是，大家分別就位：風的東方、火的南方，以及水的西方。然後，我走到圓圈的正中央就定位。由戴米恩的東方開始，我依聖圈方向，逐一召喚元素降臨守護圈。整個過程中，我一直閉著眼睛，等最後召喚靈降臨，完成守護圈的設立，才睜開眼睛，見到一條發亮的銀線串起我們五人。在五元素觸撫下，我頭往後仰，高舉雙手，喜悅地大喊：「回家真好！」

我的朋友被各自的元素充滿，開心地大笑，霎時間忘了我們所處的混亂與艱困境遇。但痛苦是無法忘記的。即便五元素輕易就讓我陷入狂喜的狀態，我不可能忘了設立這個守護圈的原因。

我集中意念，鎮定下來，以自信、洪亮的聲音開始說話。「風、火、水、土、靈——

我召喚你們，有一個特定的目的。我們在夜之屋的雛鬼朋友受傷了。我不是療癒師，嚴格來說，也不是女祭司長。」我頓住，瞥向守護圈外，跟史塔克四目相望。他對我眨了眨眼，我微笑，繼續說：「但我的目的很清楚，我要請你們來撫觸受傷的孩子。我無法治癒他們，但我請求你們撫慰他們，給他們力量，好讓他們能自行痊癒。事實上，我想，我們每個人都需要有機會來療癒自己。以妮克絲之名，請元素的力量充滿這些雛鬼！」我集中我的身、心、靈，揮出雙手，想像我將元素從我身上拋出，擲向受傷的孩子。

當五元素環繞整間醫護室，充盈雛鬼，我聽見驚歎和歡喜的聲音，以及偶爾浮現的痛苦喘息聲。我站立不動，成爲元素的活生生的導管，好讓他們流向受傷的雛鬼，直到雙手痠疼，汗流浹背。

「柔依！我說『夠了』，妳已經幫到他們了。解除守護圈吧。」

我聽見史塔克在叫喚，這才發現，他已經跟我說了好一會兒話，但我太專心，他必須大聲吼叫，我才終於聽見。

我筋疲力竭地放下雙手，喃喃向五元素道謝並道別。接著，我雙腿一軟，一屁股跌坐在地上。

# 24

## 柔依

「不，我不需要病床。」我第三遍告訴史塔克，但他仍守在我身邊，一臉憂心。「何況沒有多餘的床。」

「嘿，我好多了。」黛諾喊道。「柔依，我這張床可以給妳。」

「謝啦，眞的不用。」我告訴她，然後抬頭看著史塔克。「扶我起來，好嗎？」

他皺起眉頭，猶豫地看著我，但還是伸手扶我起來。我一動也不動地站著，不讓他們察覺，對我來說，這整個房間旋轉得像個強烈的迷你龍捲風。

「我覺得她看起來比我還糟。」躺在床板上的德魯說。

「她聽得見你說話。」我視線有點模糊，但仍勉強逐一看了看每個受傷的學生。他們看起來是好多了。於是，我想，該是處理下一個問題的時候了。我壓抑住嘆息的衝動，因爲我不想浪費氧氣。「好，這裡的狀況好多了。那麼，史蒂薇·蕾，在太陽升起之前，我們得想清楚該把紅雛鬼安置在哪裡。」

「沒錯，柔。」史蒂薇・蕾說。她坐在德魯床邊地板上。我想起她死而復活之前跟德魯曾經來電，也見過他們眉來眼去。接著，我想起她跟達拉斯好像也來電，忍不住心中竊喜。我這樣或許有點壞心腸啦，但如果好友能和我討論周旋在眾男友之間的問題，一定很棒。

「柔？妳認為這個主意好嗎？」

「噢，不好意思，妳說什麼？」我頓時察覺，我心中暗自希望史蒂薇・蕾多多收集男友的時候，她已跟我說了好長一串話。

「我是說，紅雛鬼可以待在空著的宿舍寢室，只要我們把窗戶確實遮住。房間應該夠，雖然可能得三人睡一間。是比不上待在地底下啦，但應該行得通。然後，在冰風暴停止之前，我們應該可以再想出其他辦法。」

「好，就這麼辦。既然房間的問題也解決了，那**我們**——」我清晰地說出這兩個字，把我的守護圈成員和愛芙羅黛蒂、達瑞司、史塔克都包括在內——「得跟蕾諾比亞談一談。」大家點點頭，知道我們有必要盡速了解我們不在的這段時間裡，夜之屋發生的事。

在夥伴們跟受傷的學生道別，逐一走出門時，我告訴他們：「你們都會沒事的。」

「嘿，謝謝妳，柔依。」德魯大聲說。

「妳眞的是一個很棒的女祭司長——即使妳還不算是。」伊恩在他的房間裡喊道。

我不確定是否該謝謝他這種有但書的讚美，只楞楞地站在門口。然後，我回頭看著他們，心想，除了曾跟仿人鴉搏鬥及目睹一位老師被殺之外，他們看起來似乎都很正常。

**他們似乎很正常**。我忽然想到，不過一天之前，除了我們這夥人，以及蕾諾比亞、龍老師和安娜塔西亞，全校幾乎所有人都被卡羅納和奈菲瑞特的魔咒所影響，沒一個正常。

我折回醫護室走廊。「我有個問題要問你們大家。這問題聽起來或許很怪，也可能讓你們覺得尷尬，但我眞的需要你們誠實地回答我。」

德魯朝我的肩後微笑，我確定我的好友一定站在那裡。「柔，問什麼都行。只要是史蒂薇．蕾的朋友，我都沒問題。」

「呃，多謝，德魯。」我差點對他翻白眼。「不過，請每個人都要回答。是這樣子的：在安娜塔西亞老師遭受攻擊之前，你們覺得仿人鴉或卡羅納及奈菲瑞特有任何不對勁嗎？」

果不其然，德魯搶先回答。「不知道爲什麼，我就是不信任那個長翅膀的傢伙。」他聳聳肩。「我不知道欸，或許是因爲他有翅膀吧。總之，這太怪了。」

「我倒覺得他很帥，不過他那些鳥兒子實在超級噁心。」漢娜．哈尼亦格說。

「是啊，仿人鴉噁心死了。不過，卡羅納那麼**老**，我實在想不通怎麼會有那麼多雛鬼女孩迷上他。」紅色說：「我的意思是，男星喬治．克隆尼也很帥，不過人已經老了，我一點都不想，呃，跟他有一腿。所以，我實在不懂爲什麼大家都想跟卡羅納上床。」

「那你們其他人呢？」我問其他人。

「就像妳之前說的，卡羅納從地底竄出，這實在很詭異。」黛諾說，看了看愛芙羅黛蒂，然後繼續說：「況且，我們有些人早已知道奈菲瑞特不是她所表現的那樣。」

「對，妳知道，但妳什麼事都沒做。」愛芙羅黛蒂的語氣不是憎恨或氣憤，只是單純陳述事實，一個可怕但確鑿的事實。

黛諾抬起下巴，說：「我有，」她指了指自己纏著繃帶的手，「只是太遲了。」

「自從諾蘭老師被殺害，我就覺得什麼都不對勁。」伊恩在他房間裡說：「而卡羅納和仿人鴉更是一整個詭異。」

「我見到他對我的朋友做了什麼好事。」堤杰從最後那間病房裡大聲喊道：「他們都變得像殭屍，對他言聽計從。不管我提出任何質疑，比如我們怎能確定卡羅納就是重返人間的俄瑞波斯，他們就對我發怒或嘲笑我。打從一開始，我就不喜歡他。那些鳥人也很邪惡。我實在搞不懂，爲什麼大家都看不出來。」

「我也搞不懂。不過，我們總會設法搞懂的。」我說：「現在大家別擔心這事。卡羅納已經走了，奈菲瑞特和仿人鴉也是。你們只管專心休養，好嗎？」

「好！」大家齊聲回應，聽起來遠比我初見到他們時有元氣多了。

然而，傳送五元素的結果讓我全身虛脫，幸好離開這棟建築時，史塔克扶著我的手肘，借力給我。難以置信的是，凍雨已經停歇，數天來遮蔽天空的厚厚雲層也散開了，露出一方方的星空。我將視線轉向校園中央的空地。吞沒安娜塔西亞和柴堆的火已逐漸熄滅，但龍老師仍跪在火堆前。蕾諾比亞站在他身旁，一隻手搭在他的肩上。一群紅雛鬼、艾瑞克、西斯和傑克圍繞著悶燒的火葬堆，靜默佇立，向龍老師和他的摯愛致意。

我示意夥伴們跟我走到旁邊的陰暗處。「我們得好好談一談，但不需要有聽眾在場。史蒂薇·蕾，妳可以交代什麼人替紅雛鬼張羅房間嗎？」

「當然。克拉米夏辦起事來一絲不苟，簡直有強迫症，而且她死而復活時已經是六年級，對這裡瞭若指掌。」

「很好，那就交代給她吧。」我轉向達瑞司。「仿人鴉的屍體得處理掉，現在。如果幸運，冰風暴終於止歇了，天一亮人類就會開始出來走動。可不能讓他們發現這些生物。」

「我來處理。」達瑞司說：「我會找男性紅雛鬼幫忙。」

「你打算怎麼處理那些屍體？」史蒂薇·蕾問。

「燒掉吧。」簫妮說，然後看著我。「如果妳同意的話。」

「很好。」我說：「但別在安娜塔西亞的火葬堆附近燒，我怕龍老師會承受不住。」

「在東牆邊燒吧。那裡正是他們的父親從地底竄出的地方。」愛芙羅黛蒂的視線轉向簫妮。「卡羅納竄出時，那棵老橡樹裂開了。妳能讓那棵樹燒起來嗎？」

「我可以讓**任何東西**燒起來。」簫妮說。

「那妳跟達瑞司一起去，要確保每根羽毛都燒盡。然後你們倆到我房間去。可以嗎？」

「可以。」達瑞司和簫妮同時說。

怪的是，我發現依琳沒對簫妮說半句話。不過，當簫妮開始跟著達瑞司走向那圈紅雛鬼，她喊道：「孿生的，我會把妳錯過的事情告訴妳。」

「我知道，孿生的。」簫妮說，轉頭對依琳微笑。

「好，我們真的需要蕾諾比亞跟我們一起討論。」我望向她站立的地方。「可是，我不知道怎麼把她拉走。」

「直接告訴他。」戴米恩說。

我帶著疑惑的眼神看他。

「龍老師明白卡羅納和奈菲瑞特有多危險。他會了解爲何我們需要蕾諾比亞。」戴米恩的目光移向仍跪在地上的龍老師。「他會待在那裡，繼續哀慟，直到他自己想離開。這點我們改變不了，也不能催促他。所以，只能直接告訴他，我們需要蕾諾比亞。」

「你眞的很聰明，你知道嗎？」我說。

「肯定的嘛。」他面露微笑。

「好。」我深吸一口氣，覺得好疲憊。「史蒂薇．蕾，妳去吩咐克拉米夏吧。其他人到我房間等我。我找了蕾諾比亞後，就立刻過去。」

「柔，我想叫傑克幫克拉米夏。」戴米恩說。

我不解地對他揚起眉毛。

「妳房間沒那麼大，況且我可以晚點再向他詳細說明。現在，我們得保持腦袋清醒。」

我點點頭，開始拖著沉重的腳步走向蕾諾比亞和龍老師。我見到達瑞司和史蒂薇．蕾把孩子一個個拉開，悄聲對他們說話，而戴米恩邊拍著女爵的頭，邊跟傑克交談。

史塔克始終陪在我身旁。不必看，我可以感覺到他。我知道，如果我步伐踉蹌，他一定不會讓我跌跤。我也知道，他比任何人都清楚剛才傳送元素耗損我多少力氣。

他彷彿讀到了我的心思，悄聲說：「妳很快就可以坐下來，我會找點喝的吃的給妳。」

「謝謝。」我低聲回答。他抓著我的手，我們兩人一起走向蕾諾比亞和龍老師。那兩隻貓靜靜地依偎著他。他傷痕累累的臉被眼淚濡溼，但已不再哭泣。

「龍老師，我需要蕾諾比亞。我不想丟下你一個人，但我眞的得跟她談一談。」

他抬頭看我。我想，這是我見過最悲傷的面孔。「我不會孤單的。影疾和圭妮亞會陪著我，而且女神也與我同在。」他的目光移回火葬堆。「我還不打算離開安娜塔西亞。」

蕾諾比亞捏了捏他的肩膀。「我很快就會回來，朋友。」她說。

「我會一直在這裡。」龍老師說。

「我想留下來。克拉米夏並不眞的需要我，她已經有足夠的雛鬼可以差使。」傑克說，跟著戴米恩走到我身邊。女爵停在幾步外，鼻子靠著前掌，趴在草地上。兩隻貓沒理會她。

「我想陪著你，如果你不介意的話。」他怯怯地對龍老師說。

「謝謝你，傑克。」龍老師說，聲音因啜泣而哽住。

傑克點點頭，擦了擦眼睛，不發一語地在龍老師身邊坐下，開始輕輕地撫拍影疾。

「你很棒。」我輕聲告訴傑克。

「我以你爲榮。」戴米恩低聲對傑克說，輕吻他的臉頰。傑克哀傷的臉綻露一絲微笑。

「好。」我說：「我們到我房間去吧。」

「蕾諾比亞，柔依必須繞去廚房一下。」史塔克突然說：「我們會盡速回宿舍。」

蕾諾比亞失神地點點頭，跟著戴米恩、依琳和愛芙羅黛蒂走向宿舍。

「我們幹麼——」我一開口就被史塔克打斷。

「相信我。妳現在有這個需要。」

他扶著我的手肘，帶我走向主校舍中央，那兒的門廳可以通往自助餐廳。我們快到門口時，他說：「妳直接去餐廳。我去給妳拿點東西，一會兒就回來找妳。」

我累到沒力氣多問，直接走進校舍。放眼望去，覺得這裡荒涼得好詭異。門廳裡的煤氣燈大約只有半數亮著。我望了一眼時鐘，剛過午夜。照理說，校園這時應該熱鬧滾滾，到處都見得到雛鬼和老師。眞希望這裡擠滿人。眞希望時光能夠倒流，讓過去這兩個月消失，讓我只需擔心愛芙羅黛蒂是個惡毒的女孩，而艾瑞克遙不可及。

我想回到對卡羅納和埃雅，對死亡和毀滅一無所知的時候。我渴望正常。渴望到胃痛。

我慢慢走進餐廳，裡頭也是空蕩蕩的，而且比門廳暗。沒有香噴噴的食物，沒有一簇簇學生在聊八卦，也沒有老師怒目瞪著偷吃多力多滋的學生。

我搖搖晃晃地走到我們平常的雅座，雙膝一軟，重重地坐在磨得發亮的木椅上。爲什麼史塔克要我來這裡？他打算煮東西給我吃嗎？霎時腦海裡浮現他穿著圍裙的畫面，令人發噱。接著，我突然明白了。大廚房這裡的冰箱，儲放著一袋袋的人類血液。這會兒他可能已經抓了幾袋血，準備拿過來，讓我像喝濃稠的盒裝果汁那樣大口灌下去。

我知道這很噁，但想到這裡，我嘴裡已經冒出口水。史塔克確實了解，我需要充電。

「小柔！妳眞的在這裡啊！史塔克告訴我，妳會在這裡。」

我驚訝地眨著眼睛，轉頭看見西斯走進餐廳——獨自一個人。

頓時，我明白自己只猜對了一半。史塔克確實是去幫我找血，但他找的不是廚房不鏽鋼冰箱裡的血，而是足球選手西斯的血。

唉，要命。

# 25 利乏音

醒來眞難。即使仍處於清醒與昏迷之間的渺茫邊界，即使還沒完全感受到侵襲他殘破身軀的痛楚，利乏音就已經察覺她的氣味。一開始他以爲他還在工具房，噩夢才剛開始——她出現，不是來殺他，而是來給他水喝，來包紮他的傷口。然後他才想到，這裡太溫暖，不可能是工具房。他輕輕翻身，穿刺全身的痛讓他整個人清醒，記憶隨之浮現。

他在地下，在她送他來的坑道裡，而他討厭這裡。

不像他父親，他對地底並沒有接近偏執的厭惡。利乏音只是討厭受困於地底的感覺。在這裡，頭頂沒有天空，腳下沒有翠綠滋生的世界。在地下，他不能翱翔。他不能——

他的思緒戛然打住。不，他不能去想他永遠不可能復原的翅膀，以及這個傷害對他餘生的影響。他不能想這件事，現在還不能。在他的身體還如此虛弱的時候。

於是，利乏音轉而想她。想她很容易。周遭都是她的氣味。

他再次移動身體，這次更加留意斷折的翅膀。他用完好的那隻手拉好毯子，深深地躲進溫暖的被窩裡。她的被窩。

即使在地底，窩在她的地方，他竟有一種莫名其妙的安全感。利乏音不明白爲什麼她對他有這麼特殊的影響力。他只知道自己遵循史蒂薇．蕾的指示，拖著痛苦與疲憊的身軀不停地蹣跚前進，直到他驀然發覺，其實他遵循的是血紅者的氣味。她的氣味引領他穿行看似已被廢棄的蜿蜒坑道。他曾在廚房停留，強迫自己吃喝。雛鬼留下的冰箱裝滿食物。冰箱！當他還只是靈體的那段漫長歲月裡，冰箱是他觀察到的諸多現代奇蹟之一。在宛如亙古的悠長光陰裡，他觀察、等待……夢想著有一天可以再次觸摸，再次品嘗，再次眞實地活著……

利乏音確定自己喜歡冰箱，但不確定自己是否喜歡現代世界。在他重獲肉體的這段短暫時間裡，他已發現多數現代人不尊重古人的力量。仿人鴉不把吸血鬼視爲古人。他們只不過是吸引人的玩物，一種娛樂與消遣。不管父親怎麼說，他們不配跟他一起統治世界。

難道這就是血紅者留他活口的原因？她太柔弱，太沒用——太**現代**，以至於無法採取她應該採取的行動，殺了他。

然而，他接著想到她展露的驚人力量——光是她過人的力氣就令人驚歎。她可以駕馭土元素，甚至能讓它聽從她的命令，爲她崩裂。這可不是柔弱。

連父親都提到過血紅者的威力。奈菲瑞特也警告過他們，血紅者的領導人不容低估。

而他就在這裡，被她的氣味吸引到她的床，窩在上頭，當作自己的巢穴。

他發出嫌惡的號叫，猛地掙脫溫暖舒適的毯子、枕頭和厚床墊。他搖搖晃晃地站起來，倚著靠近床尾的桌子，努力維持站姿，不讓無情的魆黑壓倒。他心想，他可以循原路回廚房，再找點吃的和喝的；他可以點亮他找到的每盞提燈，也可以透過念力讓自己康復，然後離開這個墓穴似的地方，返回地面，找尋他的父親——找尋這個世界上屬於他的地方。

利乏音撥開史蒂薇．蕾房門口的掛毯，一瘸一拐地走入坑道。他告訴自己，**我已經好多了……強壯多了……我不再需要拐杖**。

坑道裡眞的很暗。每隔一段距離就有提燈，但多數燈光微弱。他盤算著，等塡飽肚子，再爲提燈添上煤油。他甚至可以喝冰箱裡存放的幾袋血，即使他不特別喜歡它的味道。他的身體需要燃料來修補，正如提燈需要煤油來燃燒。

利乏音加快腳步，忍著每一步引發的劇痛，沿著坑道往前走，終於抵達廚房。他打開第一台冰箱，拿出一袋火腿切片。這時，他感覺到有把刀子的冰冷利刃抵住他的下背。

「鳥小子，別亂動。我一不高興，就把你的脊髓斬斷。這應該會要了你的命，對吧？」

利乏音一動也不動。「對，那會要了我的命。」

「在我看來，他反正已經半死不活了。」另一個女性的聲音說。

「沒錯，那隻翅膀徹底毀了。看來他沒本事對我們怎樣。」一個男性的聲音說。

刀刃並沒有移開。「我們待在這裡，就是因爲別人低估我們。所以，我們絕不能低估任何人。懂嗎？」持刀的女性說。

「對不起，妮可。」

「知道了。」

「好，鳥小子，這樣吧，我往後退，你轉過身來——慢慢地轉身。老實點，別搞鬼。我的刀子或許傷不了你，但柯帝斯和絲塔兒手上都有槍。你若輕舉妄動，照樣一命嗚呼。」

刀尖緊緊抵住利乏音，刺出了一滴血。

「他的氣味不對！」那個叫柯帝斯的男性說：「根本不能吃。」

妮可充耳不聞，逕自對利乏音說：「懂吧，鳥小子？」

「懂。」

刀刃離身，利乏音聽見腳步移動的窸窣聲。「轉身。」

利乏音轉過身，發現自己面對三個雛鬼。他們額頭的紅色弦月，說明了他們屬於血紅者的族類。但他立刻察覺，他們跟史蒂薇．蕾截然不同。柯帝斯是高大的男性雛鬼，絲塔兒是淺色頭髮的女孩，長相普通。雖然他們拿著手槍對準他，他只匆匆瞥兩人一眼，便把注意力放在妮可身上。她顯然是帶頭的人，也是剛剛害他流血的人。這一點，利乏音永遠會記住。

妮可身材嬌小，一頭深色長髮，褐色的眼眸顏色太深，近似黑色。利乏音望著那雙眼睛，無比震驚——奈菲瑞特在那裡面！這雙眼睛清清楚楚潛伏著黑暗和狡黠，一如他多次在特西思基利的眼裡見過的。他太震驚，只能呆望著她，心裡唯一浮現的念頭是：**父親知道奈菲瑞特已經具有投射自己的能力嗎？**

「媽的！他看起來像是見到了鬼。」柯帝斯說，手上的槍隨著他的咯咯笑聲上下晃動。

「我以為妳說妳沒見過任何仿人鴉。」絲塔兒說，帶著狐疑的語氣。

妮可眨了眨眼，奈菲瑞特的幽靈消失。利乏音不禁納悶，剛才會不會是自己的幻想。不，這不是幻想，奈菲瑞特確曾出現在那雛鬼的眼睛裡，儘管只出現一剎那。

「我確實不曾見過這種東西。」妮可對絲塔兒說，但視線仍盯緊利乏音。「妳的意思是我說謊嗎？」妮可沒提高音量，但已經習於面對權力和威脅的利乏音聽得出來，這雛鬼壓抑著熊熊怒火，隨時可能爆發。絲塔兒顯然也注意到了，立刻退縮。

「不，不是，我沒那個意思。我只是覺得很怪，他怎麼會一見到妳就大驚失色。」

「是很怪。」妮可從容地說：「或許我們該問他。鳥小子，你怎會跑到我們的地盤？」

利乏音發現妮可沒問似乎原本要問的問題。

「利乏音，」他盡可能大聲地說：「我叫利乏音。」

三個雛鬼全都睜大眼睛，彷彿很驚訝他竟然有名字。

「他聽起來很正常。」絲塔兒說。

「他一點都不正常，妳最好記住這一點。」妮可厲聲說：「回答我的問題，**利乏音**。」

「我被夜之屋的戰士射傷，逃進坑道。」他說的是實話。但幾世紀來養成的直覺告訴他，別提及史蒂薇．蕾。他知道這些邪惡的紅雛鬼一定就是她極力保護的人，但他們的確不屬於她的族類，也不會聽她的話。

「貫通火車站與修道院的坑道明明坍塌了。」妮可說。

「我進來時是通的。」

妮可朝他走近一步，嗅了嗅空氣。「你身上有史蒂薇．蕾的氣味。」

利乏音滿不在乎地揮了揮手。「應該是我睡過的那張床的氣味吧。」他側著頭，假裝不懂她在說什麼。「妳說我身上有史蒂薇．蕾的味道。她不是血紅者，你們的女祭司長嗎？」

「史蒂薇．蕾是紅成鬼，但她不是我們的女祭司長！」妮可吼道，眼睛發出紅光。

「不是？」利乏音繼續套話。「可是，明明有個叫史蒂薇．蕾的紅成鬼女祭司跟一群雛鬼一起對抗我的父親和他的王后，她也有你們的記印，怎麼不是你們的女祭司長？」

「你就是在那場戰鬥中受傷的？」妮可不理會他的問題，逕自問她想問的。

「對。」

「發生了什麼事？奈菲瑞特人在哪裡？」

「走了。」利乏音毫不掩飾內心的忿恨。「她跟我父親和其他活著的兄弟逃走了。」

「他們去哪裡？」柯帝斯問。

「我如果知道，就不會像個儒夫躲在地下，我會留在我父親身邊。」

「利乏音，」妮可若有所思地盯著他，「我以前聽過這名字。」

仿人鴉保持緘默。他知道，最好是讓她自己想起他是誰，而不是由他自誇身分地位。

見她睜大雙眼，他知道她已想起在哪裡聽過他的名字。

「她說過，你是卡羅納最寵愛的兒子，也是最厲害的一個。」

「對，正是我。提起我的那個**她**是誰？」

妮可再次不理會他的問題。「你睡覺的那個房間是用什麼東西遮住入口？」

「有花格子圖案的毯子。」

「那是史蒂薇．蕾的房間，」絲塔兒說：「難怪聞起來有她的氣味。」

妮可彷彿沒聽見絲塔兒說話。「雖然你是卡羅納的愛子，他還是拋下你。」

「對～～」利乏音一想到這件事，就氣得咬牙切齒。

妮可對柯帝斯和絲塔兒說：「你們知道吧，這代表他們會回來。這個鳥小子是卡羅納的最愛，他不可能永遠拋下他；一如我們是她的最愛，她也一定會回來找我們。」

「妳是指血紅者史蒂薇．蕾嗎？」

妮可身形一閃，已來到利乏音身邊，雙手扣住他的肩膀，利落地將他舉起，砸向坑道牆壁。她雙眼發出灼灼紅光，朝他的臉呼出腐臭的氣息，說：「聽好了，鳥小子，史蒂薇．蕾或你一直稱呼的血紅者不是我們的女祭司長。她不是我們的上司，也不是我們的一分子。她跟柔依及那夥人關係密切，一點都不酷。明白了吧？我們沒有女祭司長，我們有的是王后，她叫奈菲瑞特。現在，你老實說，你幹麼著迷似地一再提起史蒂薇．蕾？」

熾烈的劇痛燒灼利乏音的身軀，他的斷翅痛得宛如火燒。他但願自己身強力壯，能以鳥喙撕裂這個狂妄的紅雛鬼。但他身不強，力不壯。他虛弱、受傷、被遺棄。

「我父親要捉拿她，說她很危險。奈菲瑞特也不信任她。我對她一點也不著迷，我只是遵照我父親的意旨。」他忍著痛，吐出這幾句話。

「我們就來看看你有沒有說謊吧。」妮可說著，伸手緊緊扣住他的胳膊，閉上眼睛，低下頭。不可思議地，利乏音感覺到她的手掌開始發熱，熱氣刺穿他，循著他的血流，與他激烈跳動的心臟同步振動，衝撞他的身體。接著，妮可全身抽搐了一下，睜眼抬頭，露出會心的笑容。她繼續將他壓在牆上，久久才放下他。她低頭看著他蜷縮在地上的身軀，說：「她救了你。」

「搞什麼鬼呀？」柯帝斯嚷道。

「史蒂薇．蕾救了他？」絲塔兒說。

妮可和利乏音似乎對他們的問題充耳不聞。

「她是救了我。」利乏音喘著氣說，努力調節呼吸，免得昏厥過去。接著，他不再說話，只在心裡揣想著，剛剛到底發生了什麼事。這個紅雛鬼碰觸他時，對他動了什麼手腳，竟能窺見他的心思——或許也窺探了他的靈魂。但他知道，他迥異於她碰觸過的任何生物，她不論多厲害，終究難以讀出他的思緒。

「史蒂薇．蕾幹麼這樣做？」妮可問他。

「妳既然看見了我的心思，應該曉得我也不懂她為何這樣做。」

「這倒是。」她徐徐地說：「不過，我也沒感受到你對她懷有惡意。為什麼？」

「我不懂妳的意思。惡意？我不懂。」

她嗤笑道：「不懂？說得好像你懂什麼。你的心智是我見過最古怪的東西。鳥小子，你說你仍想執行你老爸的意旨。若是如此，你至少想抓住她，甚或殺了她吧？」

「我父親不希望她死。他想要活捉她，以便研究她，甚至利用她的法力。」利乏音說。

「隨便啦。不過，問題是，當我探進你的腦袋，並沒發現你有追捕她的念頭。」

「我現在幹麼追捕她？她又不在這裡。」

妮可搖搖頭。「不對。這太奇怪了。你若眞想抓史蒂薇．蕾，你心裡就會有**想抓她**的念頭，不管她是否在這裡。」

「這樣不合邏輯。」

妮可盯著他。「聽著，我必須知道，你要不要站在我們這邊？」

「站在你們這邊？」

「對，**站在我們這邊**。我們要殺史蒂薇．蕾。」她冷冷地說，同時以不可思議的速度移動到他身邊，再次緊緊掐住他的手臂。她在探索他的心思時，利乏音的二頭肌立刻灼熱起來。「說，你決定怎麼做？要站在我們這邊，還是不要？」

利乏音知道他必須回答。妮可或許無法讀出他的所有思緒，但她顯然有足夠的法力察覺他想隱瞞事情。他迅速做成決定，直視紅雛鬼的猩紅目光，誠實地說：「我是我父親的兒子。」

她凝視著他，眼睛發出紅光，手掌灼痛他的手臂。「回答得好呀，鳥小子，我在你腦袋裡找到的念頭主要就是這個。你當然是你老爸的兒子。」她放開他。「歡迎加入我的隊伍。別擔心，既然你爸現在不在這裡，我相信他不會在乎你捉到史蒂薇．蕾時，她是活是死。」

「死的比較容易抓。」柯帝斯說。

「當然。」絲塔兒說。

妮可大笑，聲音活像奈菲瑞特，聽得利乏音頸背上羽毛直豎。**父親！小心呀！**他在心裡吶喊，**特西思基利不是她表現出來的那樣！**

# 26 柔依

「西斯，你來這裡做什麼？」

西斯裝出挨了一槍的樣子，一手抓住胸口，踉踉蹌蹌地打個圈，裝出喘氣的聲音。「寶貝，妳的冷酷殺死我了。」

「你這個呆瓜！」我說：「說，你到底來這裡做什麼？我以爲你跟達瑞司和簫妮去燒鳥人的屍體了。」

「我是要去啊。」他一屁股在我身邊坐下。「但史塔克來找我，說妳需要我。」

「史塔克搞錯了。你應該回去幫達瑞司。」

「妳的氣色很不好，小柔。」他開玩笑的語氣馬上收斂起來。

我嘆口氣。「沒什麼。跟大家一樣，我最近經歷了不少事情。」

「幫受傷的學生療傷，肯定累壞妳了。」他說。

「嗯，對，不過我沒事。只要熬過今天，好好睡個覺，就行了。」

西斯默不吭聲地看著我，半晌後朝我伸來一隻手，我本能反射地伸手跟他十指交握。

「小柔，我得很努力，才不會因爲妳跟史塔克之間的特殊關係而抓狂。」

「那是戰士誓約的連結。我只能跟吸血鬼產生這種關係。」我說，帶著歉意。一再傷害他，我眞的覺得很愧疚。

「對，我知道。不過，我要說的是，我很努力接受史塔克的事情，但妳一再把我推開，讓我覺得加倍難受。」

我啞口無言，因爲我知道他在說什麼。史塔克叫他來就是爲了這個。

「我知道妳想要。」他低聲說。

我無法迎視他的目光，只能低頭看著我們交纏的手指。空蕩蕩的餐廳裡燈光昏暗，我手掌上的刺青幾乎看不見，所以我們交纏的手看起來好正常，彷彿跟過去多年沒有兩樣，看得我胃揪緊。

「妳知道我要妳吸。」

這次，我凝視他的眼睛。「我知道。但我不能這麼做，西斯。」

我以爲他會發火，沒想到他變得很喪氣，肩膀垮下來，搖搖頭，說：「這是我眞正能幫妳的地方。妳爲什麼不讓我幫妳呢？」

我深吸一口氣，對他說實話。「因爲我現在無法面對過程當中激起的性反應。」

他驚訝地眨了眨眼。「這是唯一的理由嗎？」

「性可是很重大的事情。」我說。

「呃，好，雖然我沒有經驗，但我了解妳在說什麼。」

我感覺臉頰發燙。西斯還是處男？我原本以爲，他一定有過性經驗。畢竟在我被標記，離開人類生活，來到夜之屋以後，我以前的好友凱拉曾經死皮賴臉地巴著他不放。「那凱拉呢？我以爲我離開後你們曾經在一起。」

他苦澀地笑了一下。「她是想，但我可不想，打死都不要。我不曾跟凱拉在一起過。我的心裡只有一個女孩。」苦澀的表情消失，他綻開笑臉。「即使妳現在是個厲害的女祭司長，嚴格來說不再是個『女孩』，對我來說，妳仍是我的女孩。」

我再次啞口無言。我原本以爲，我的第一次會是跟西斯，沒想到我搞砸了，在羅倫．布雷克身上失去童貞，犯下畢生最大的錯誤，迄今仍愧疚不已。

「嘿，別想布雷克的事了。既然過去的事無法改變，我們就忘了它吧。」

「你現在會讀心術啊？」

「我本來就很懂妳的心啊，小柔。」他的笑容褪去。「但，我想，我最近老是不懂。」

「對不起，西斯，我眞的很不想傷害你。」

「我不再是小孩子了。當我開著卡車到陶沙市找妳，我就知道自己可能面臨什麼處境。我們之間的事或許沒那麼容易處理，但我們可以坦誠相處。」

「對，我也希望坦誠相處。所以，當我告訴你，我不能吸你的血時，我說的是實話。我眞的無法應付吸你的血時會發生的事。就算世界沒有面臨毀滅的危險，我現在也不想有性行爲。所以，我不會吸你的血。」

「小柔，」他說：「那我們就不要有性行爲呀。這麼多年來我們都沒有上過床，這一點我們很有經驗啦。」

「這不只是想不想要對方。烙印對我們兩人的影響，你是知道的。在我上次受重傷時，烙印所引發的感覺就很強烈了。如果我現在吸你的血，那種感覺一定強烈好幾倍。」

西斯用力嚥了嚥口水，伸手搓了搓自己頭髮。「對，我知道。但是，烙印是雙方面的，對吧？所以，妳吸我的血的時候，妳會感受到我的感覺，我也會感受到妳的感覺。」

「對，而這『感覺』全部與歡愉和性有關。」我說。

「那麼，我們不要專注在性，只專注在歡愉就好了。」

我對他揚起眉毛。「你是男生欸，西斯。從什麼時候起你不再滿腦子性？」

我本來以爲他會跟我嘻皮笑臉，沒想到他嚴肅地說：「我什麼時候強迫妳跟我親熱？」

「那次在樹屋。」

「那時妳才小學四年級欸，不算。再說，妳把我狠狠扁了一頓。」他沒露出笑臉，但褐色眼眸閃閃發亮。

「還有去年夏天去湖邊，在你的卡車後面？」

「那次也不算啦。誰叫妳穿那件新的比基尼。而且我也沒眞的強迫妳。」

「你的手在我身上摸來摸去。」

「可是，妳穿得那麼暴露！」他停住，把聲音壓低到平常的音量。「我的重點是，我們在一起那麼久了，當然可以沒有性愛。我想跟妳發生性關係嗎？拜託，當然想。然而，妳爲一大堆事情擔心得要命，根本不想和我做愛的時候，我仍然想嗎？天殺的，不想，不想，根本不想。」他抬起我的下巴，要我看著他。「我保證不會扯上性，因爲妳和我的關係不止是性。讓我幫妳吧，柔依。」

我張開嘴巴，來不及多想，就聽見自己喃喃地說：「好。」

他的笑容燦爛得像打贏了超級盃。「太好了！」他放開我的手，從牛仔褲口袋裡掏出一把小小的摺疊刀。接著，他脫下外套，打開刀子。在餐廳陰暗的光線下，刀刃看起來像兒童玩具，煞是詭異。

「等等！」他正打算把刀子擱在頸側時，我說話的聲音竟有點像尖叫。

「怎麼了？」

「就在這裡啊？我們直接在這裡做這種事？」

他對我揚起眉毛。「爲什麼不行？我們又不是要嘿咻，記得吧？」

「當然記得。」我說：「只是，呃，萬一有人進來。」

「史塔克守著門，沒人進得來。」

我驚愕得說不出話。我的意思是，這固然是史塔克的主意，但他竟然還幫我和西斯守門？這實在——

西斯的氣味撲鼻而來，霎時史塔克的影像消失。我注視著他頸窩那條細細的血痕。他把摺疊刀放在桌上，調整一下姿勢，對我張開雙臂。「來吧，小柔，這裡只有妳和我。什麼人都不要想，什麼事都不要擔心。來吧。」他說。

我投入他的懷裡，吸著他的氣味。西斯、血、欲望、家，以及我的過去，全都融入他結實、熟悉的擁抱。我的舌頭一碰觸到那條猩紅的線條，就感覺到他在顫抖，知道他正忍著不發出愉悅的呻吟。我猶豫了一下，但太遲了。他的血液在我嘴裡爆開，我停不下來，雙唇緊緊貼住他的肌膚，用力吸吮。這一刻，我不在乎自己還不準備發生性行爲，也不在乎我周遭的世界一團混亂，甚至不在乎這裡是學校餐廳，門口還有史塔克站崗（而且他很可能正在感受我當下的所有感覺）。這一刻，我只在乎西斯和他的血，以及他的身體和撫觸。

「噓～」西斯的聲音變得低沉沙啞，但竟異常具有撫慰效果。「沒關係的，小柔，這種感覺很美妙，這很正常。妳只需想著這會讓妳強壯起來。妳必須強壯起來，記得嗎？現在有好多人仰賴妳。我得倚靠妳，史蒂薇．蕾得倚靠妳。愛芙羅黛蒂也是，雖然我覺得她有點潑辣。連艾瑞克也倚靠妳，雖然沒人想管他的死活……」

西斯不停地說話。然後，怪事發生了。他的聲音不再低沉沙啞，而是變成原來的西斯──彷彿我們只是坐著聊天，而非我在吸吮他的血。接著，不知不覺地，我內裡那股強烈的感覺已從赤裸裸的性欲轉變成別的什麼東西。一種我可以衡量，可以處理的東西。感覺依然很美好，但已變得正常、溫和。因爲正常，所以可以掌握。因此，當我感覺到自己已恢復精力，我輕易就停止吸吮。**現在闔上**，我心裡想著，並舔了舔西斯脖子上的血痕，我唾液裡的腦內啡隨即從抗凝血劑轉變成凝血劑。我看著血止住，小傷口開始癒合，只留下一條粉紅細痕，足供世人窺知剛剛發生在我們之間的事。

我抬起眼睛，迎視西斯的目光。「謝謝你。」

「不客氣。」他說：「我永遠會守在妳身旁，小柔。」

「好，因爲我隨時需要你提醒我記得自己是誰。」

西斯吻我。這吻輕輕柔柔，卻深刻、親密，彷彿訴說著他強自克制住的情欲，只等著我應允。我脫開他的吻，依偎進他懷裡。我感覺到他在嘆息，但他毫不遲疑，緊緊摟著我。

餐廳門被推開的聲音，嚇了我們一跳。

「柔依，妳眞的得回宿舍了，他們在等妳。」史塔克說。

「好，這就去。」我說，退出西斯的懷抱，幫他把外套穿上。

「我最好去找達瑞司和其他男生，看我驚人的人類能耐能幫上什麼忙。」西斯說。

於是，我們兩人就像心虛的孩子，一起走向門口。史塔克面無表情，幫我們把門開著。

「史塔克，」西斯對史塔克點點頭，「謝謝你帶我來找她。」

「這是我的職責。」史塔克沒好氣地說。

「嗯，那你表現得很好，值得加薪。」西斯笑著告訴他，然後俯身，快速地親我一下，跟我道別，匆匆走向通往校園中央的那扇門。

「這一部分的職責，我可不喜歡。」西斯走遠時，我聽見史塔克嘟噥著。

「你說得對，我們最好趕緊回宿舍。」我說，疾步走向最靠近宿舍的出口。史塔克跟在我身後，一路尷尬地沉默著。

「這種感覺，」他終於開口，聲音緊繃，「實在遜透了。」

我不假思索，衝口而出，說：「對，對，眞的炫透了。」接著，難以置信地，我竟然咯咯地笑。好吧，我只能這麼替自己辯解——由於西斯的血，此刻我覺得自己狀況好得不得了。打從卡羅納破土而出，攪亂我的生活，我不曾覺得這麼好過。

「這一點都不好笑。」史塔克說。

「對不起，我發音太爛了。」說完，我又忍不住咯咯笑，只得趕緊閉上嘴巴。

「我會努力假裝妳沒一直傻笑，也假裝我沒感受到妳剛才的感覺。」他繃著聲音說。

我的血液興奮地奔流著，但我了解，史塔克感受到別的男生帶給我強烈的愉悅，體會到西斯和我有多親密，一定很難受。我挽住他的手。一開始，他態度冷淡，肢體僵硬，幾無反應，我覺得自己彷彿挽著一尊雕像。但走了一段路後，我感覺到他開始軟化、放鬆。就在他替我打開女生宿舍的門之前，我抬頭看著他，說：「謝謝你當我的戰士，謝謝你努力幫我恢復體力，即便這會傷了你自己。」

「不客氣，我尊貴的小姐。」他對我微笑，但他看起來好蒼老，而且眞的、眞的好悲傷。

# 27 柔依

「你也要來罐可樂嗎？」我轉頭大聲問史塔克。他不耐煩地在宿舍起居室裡等我。起居室靜得非常詭異。明明有一大票男女雛鬼，三五成群地聚在一起看平面電視。但是，他們只是坐在那裡，盯著螢幕，沒有交談，沒有笑聲，什麼都沒有。我和史塔克進來時，他們確實抬頭看了我們一眼。事實上，有些人甚至對我們投來憎惡的眼光，但沒人說半句話。

「不用。儘管拿了妳的可樂，然後我們就上樓。」他說，步伐已經往樓梯移動。

「好，好，我這就來。我只是——」我跟那個叫蓓卡的女孩撞個滿懷。「哎呀，對不起！」我道歉，往後退一步。「我沒看到妳，因爲我——」

「對，我知道妳在做什麼。就像妳一向那樣，妳盯上了哪個男生。」

我蹙起眉頭。我跟蓓卡不熟，只知道她曾經迷戀艾瑞克。喔，還有，在史塔克改邪歸正，立誓成爲我的戰士之前，我曾經撞見他咬她，甚至差點強暴她。當然，蓓卡不記得強暴那部分，只記得被咬的愉悅感覺，而這也得歸咎於以前那個可惡的史塔克。

話雖如此，不代表她有權利對我使性子。但我這會兒沒時間跟她把話說清楚，況且，老實說，我不在乎她忌妒我。所以，我只是學愛芙羅黛蒂的樣子，哼一聲，繞過她身邊，直接到冰箱找可樂。

「是妳做的，對吧？是妳把一切搞砸的。」

我嘆口氣，拿了一罐可樂，轉過身來。「如果妳的意思是指我驅逐了卡羅納和奈菲瑞特，那麼，是的，在幾個朋友的協助下，我趕走了他們。要知道，卡羅納是邪惡、墮落的不死生物，而奈菲瑞特不再是妮克絲的女祭司長，已變成企圖統治世界的特西思基利之后。」

「妳憑什麼以為妳無所不知？」

「我當然不是無所不知。如果我什麼都知道，就會知道為何妳看不出卡羅納、奈菲瑞特和仿人鴉很邪惡。連安娜塔西亞被他們殺死了，妳仍執迷不悟。」

「仿人鴉殺她，完全是因為妳逃跑，跟卡羅納作對，惹毛了他們。還有，我們很多人都認為卡羅納真的是冥神俄瑞波斯再世。」

「醒醒吧，蓓卡，卡羅納不是俄瑞波斯。他強暴了切羅基族婦女，才生下仿人鴉。俄瑞波斯絕不會做這種事。難道你們都沒想到**這一點**嗎？」

她彷彿沒聽見我說的話，繼續說：「妳不在時，一切都好得很。現在妳回來了，一切又都毀了。我希望妳永遠消失，讓我們其他人做我們想做的事。」

「你們其他人？妳是指醫護室裡差點被妳的鳥朋友殺死的學生？還是指仍在外面獨自哀悼愛妻的龍老師？」

「會這樣，全是因爲妳。妳落跑之前，沒人受到攻擊。」

「說眞的，妳完全沒在聽我說話嗎？」

「嗨，蓓卡。」史塔克站在廚房門口，蓓卡的身後。

她轉頭，甩髮，對他露出挑逗的笑容。「嗨，你好，史塔克。」

「艾瑞克現在是活會。」他冷不防地說。她眨眨眼，有點困惑。「他和柔依分手了。」

「喔，眞的嗎？」她裝得滿不在乎，但身體語言顯示她樂得很。她回頭看我一眼，說：

「也該是他甩掉妳的時候了。」

「正好相反。妳……妳這個……**賤貨！**」我氣得口不擇言。

蓓卡竟然朝我逼近一步，舉起手，似乎要打我。我愣住，甚至忘了召喚元素來扁她。幸好史塔克沒有發愣，跨步擋在她和我之間。「蓓卡，我對妳做的壞事夠多了，別逼我把妳扔出去。妳走吧。」他說，一副威風凜凜的樣子。蓓卡立刻往後退。

「隨便啦，難不成我會爲她這種人弄傷指甲？」她轉身，氣沖沖地走開。

我打開可樂，喝了一大口。「這實在有夠惱人。」

「是啊，我一定瘋了。眞正的我絕不可能阻止女生打架。」

我賞他一個白眼。「臭男生。走吧，我們上樓去。那裡應該比較不瘋狂。」

走出廚房後，必須穿越起居室，才能上樓。這代表我們又得回到瘋子的窩。蓓卡正在跟人數最多的那群孩子竊竊私語，一看到我便立刻停止說話，狠狠地瞪我。

我加快腳步，一躍跳上樓梯。

「呵，眞變態。」我們疾步走向我的寢室時，史塔克說。

我只是點點頭，因爲我很難找到適當的字眼，描述學校裡幾乎每個人都恨我入骨的感覺。一打開寢室的門，一團橘色毛球立刻迎面撲來，跳進我懷裡，還像個壞脾氣的老太婆，不停地**「喵─呦─嗚」**。

「娜拉！」我不理會她的不滿，親她的鼻子，害她直接朝我臉上打了個噴嚏。我大笑，換手拿可樂，免得濺出來，或不小心把貓咪摔了。「我好想妳，小妮子。」我把臉湊在她柔軟的毛皮上磨蹭，她停止抱怨，開始打呼嚕。

「妳跟貓咪親熱完後，我們有事情要討論──很重要的事情。」愛芙羅黛蒂說。

「喂，別這麼討人厭。」戴米恩對她說。

「你才是討厭鬼，戴米恩。」愛芙羅黛蒂對他比出粗魯的手勢。

「夠了！」我來不及叫他們閉嘴，蕾諾比亞已先開口。「我好友的屍體還在外頭悶燒，我很不想聽你們在這裡鬥嘴。」

愛芙羅黛蒂和戴米恩趕緊喃喃道歉，一臉愧疚。我想，應該輪到我說話了。「樓下每個人看來都恨我入骨。」

「我不驚訝。」蕾諾比亞說。

我看著馬術老師。「怎麼會這樣？卡羅納走了，逃得遠遠的，我甚至不認爲他還在這個國家，他怎麼還能影響雛鬼呢？」

「還有成鬼。」戴米恩補充道：「除了妳和龍老師，看來其他人仍受卡羅納的影響。」

「要不，就是他們被恐懼給宰制了。」蕾諾比亞說：「很難知道他們是害怕，還是那惡魔在他們心裡種下的東西仍在起作用，即便他人根本不在這裡。」

「他不是惡魔。」我聽見自己這麼說。

蕾諾比亞對我投來銳利的目光。「妳爲什麼這麼說，柔依？」

在她的注視下，我侷促不安起來。我在床沿坐下來，將娜拉抱在大腿上。「我不過是知道他的一些事情。其中之一就是他不是惡魔。」

「我們怎麼稱呼他很重要嗎?」依琳問。

「眞名具有力量。」戴米恩說:「傳統上,在咒語或儀式中使用眞名,遠比泛泛地施展能量,對施咒對象更能發揮作用。」

「說得好,戴米恩。那我們就不要用惡魔來稱呼卡羅納吧。」蕾諾比亞說。

「但我們也不能跟其他孩子一樣,忘了他很邪惡。」依琳說。

「可是,並非所有的人都忘了這點。」我說:「醫護室裡的那些孩子就沒受到卡羅納影響,蕾諾比亞、龍老師和安娜塔西亞也沒有。爲什麼?這些人有什麼特殊之處呢?」

「我們早先曾認爲,這是因爲蕾諾比亞、龍老師和安娜塔西亞都具有妮克絲賜予的特殊天賦。」戴米恩說。

「好,那麼,那些挺身對抗仿人鴉的學生有何特別之處呢?」愛芙羅黛蒂說。

「漢娜·哈尼亦格可以讓花朵盛開。」戴米恩說。

我盯著他。「讓花朵盛開?眞的嗎?」

「對,」戴米恩聳聳肩說:「她是個綠手指。」

我嘆一口氣。「那醫護室裡的其他孩子呢?」

「堤杰是很厲害的拳擊手。」依琳高聲說。

「德魯很會摔角。」我說。

「不過，這些能力算是女神賜予的天賦嗎？」蕾諾比亞說：「成鬼都很有才華，這類能力很平常，稱不上特殊。」

「有人知道伊恩．包瑟嗎？」我問：「我跟他不熟，只和他一起上過戲劇課，他以前很愛慕諾蘭老師。」

「我認識他。」依琳說：「他很可愛。」

「好，他很可愛。」我說。這樣子追問，根本找不到答案，我心裡很沮喪。這些孩子很好，各有所長，但擁有某種才能並不等於擁有妮克絲賜予的天賦。「那個新來的女孩，紅色呢？」

「我們根本不認識她。」戴米恩看著蕾諾比亞。「妳呢？」

蕾諾比亞搖搖頭。「不熟。只知道她的導師是安娜塔西亞。這孩子來這裡不過幾天，就跟安娜塔西亞很親近，甚至願意冒著生命危險來救她。」

「這不代表她有什麼特別，除了她做出了正確的選擇，而且——」我頓住，因爲我突然明白自己在說什麼。我大笑。「原來如此！」

所有人都目瞪口呆地望著我。

「她瘋了。」愛芙羅黛蒂說：「我就知道遲早會這樣。」

「不！我沒瘋。我找到答案了。天哪，這實在太明顯了。那些孩子沒有什麼超級天賦，他們只是**做出了正確的選擇**。」

眾人不發一語。半晌後，戴米恩掌握到我的思路，說：「就像在人生裡，妮克絲給我們選擇的自由。」

我對他咧嘴微笑。「有些人做出了明智的抉擇。」

「有些人則做了錯誤的決定。」史塔克說。

「天哪！眞的很明顯。」蕾諾比亞說：「卡羅納的魔咒根本不神祕。」

「重點在於選擇。」愛芙羅黛蒂說。

「還有眞相。」我補充。

「有道理。」戴米恩插話。「但我不明白，爲什麼老師裡面只有三位看穿卡羅納的眞面目。我一直以爲**所有的**成鬼都很特別，擁有女神賜予的天賦。」

「大多數成鬼確實如此。」蕾諾比亞說。

「這與是否擁有天賦無關。發掘眞相，遵循正確的道路，永遠都是一種選擇。」史塔克輕聲說，目光牢牢鎖住我。「這一點，我們大家都不該忘記。」

「很可能因為如此，妮克絲才讓我們面臨這樣的處境。她要提醒我們，她的所有子女都有自由意志。」蕾諾比亞說。

**關於埃雅的問題，整個重點就在這裡。我可以選擇不走她的路。但這不也就代表卡羅納同樣具有選擇的自由，可以選擇良善，摒棄邪惡嗎**？這個想法在我心中盤旋而過，我置之不理。「好，那麼，關於下一步，大家有什麼點子嗎？」

「當然有。妳必須去找卡羅納。我們跟妳一起去。」愛芙羅黛蒂說。所有人盯著她看，她繼續說下去：「聽著，卡羅納已經證明他很邪惡，那就讓我們**選擇**摧毀他吧。」我還來不及說什麼，愛芙羅黛蒂就補上一句：「這並非不可能。我的靈視之一就是柔依除掉他。」

「靈視？」蕾諾比亞問。

愛芙羅黛蒂扼要地說明她的靈視，但省略我跟卡羅納在一起的部分。所以，她一說完，我就清清喉嚨，勇敢地說：「在那個不好的靈視中，我跟卡羅納在一起。我所謂的**在一起**，是指我們是戀人。」

「但在另一個靈視中，妳做了某件事，徹底擊潰他。」蕾諾比亞說。

「雖然其他部分一片混亂，這一點倒很明確。」愛芙羅黛蒂說：「所以，就像我剛剛說的，她必須去找他。」

「我不喜歡這個點子。」史塔克說。

「我也不喜歡。」蕾諾比亞說：「我希望了解得更多，掌握更多這兩個靈視分別得以成眞的條件。」

「天哪！我是白癡。」我嚷道，從口袋裡拿出一張紙條。「我忘了克拉米夏的詩。」

「呃，我也全忘了。」愛芙羅黛蒂說：「我討厭詩。」

「美人兒，這點一直讓我很困惑。」達瑞司走入房間，後面緊跟著史蒂薇．蕾和簫妮。

「像妳這麼有智慧的女孩，應該會喜歡詩的。」

愛芙羅黛蒂對他露出甜美的笑容。「如果是你爲我朗讀，我一定會喜歡。不過，話說回來，只要是你爲我朗讀的，任何東西我都愛。」

「噁心。」簫妮說，走去坐在依琳身邊。

「萬分。」依琳接腔，對著她的孿生好友咧嘴微笑。

「很好，我們沒錯過預言詩的部分。」史蒂薇．蕾說著，一屁股坐在我旁邊，撫拍著娜拉。

「不知道克拉米夏這回又寫了什麼東西出來。」

「好，我念給你們聽。」我說，開始朗讀。

一把雙刃劍
一刃摧毀
一刃解放
我是你的難解之結
你將解放我，還是摧毀我？
追隨真實，你就能夠：
在水上找到我
以火淨化我
永不再被土囚禁
風將對你低語
靈已知道的事：
即使粉身碎骨
凡事仍有可能
若你相信
我倆就得自由。

我念完後，一整個房間陷入寂靜。接著，愛芙羅黛蒂打破沉默，對我說：「我眞不想這麼說，不過，連我都看得出來，這是卡羅納在對妳講話。」

「對，我也是這麼覺得。」史蒂薇．蕾說。

「唉，要命。」我嘟囔著。

# 28

## 柔依

「我不喜歡這樣。」史塔克說。

「你說過了。」愛芙羅黛蒂說：「我們沒人喜歡。不過，這首詩不會因爲我們不喜歡就消失。」

「預言，」戴米恩糾正她，「克拉米夏的詩本質上是預言。」

「那未必是壞事，」達瑞司說：「預言代表事先警告。」

「那麼，詩加上愛芙羅黛蒂的靈視，可以成爲很有用的工具。」蕾諾比亞說。

「如果解讀得出來的話。」我說。

「我們解讀了上一首詩。」蕾諾比亞提醒我。「這一首也一定解讀得出來。」

「不管怎樣，我想，我們都同意，柔依必須去找卡羅納。」達瑞司說。

「我被創造出來，就是爲了這個。」我說。眾人的注意力立刻集中到我身上。「我不喜歡這樣，也不知道該怎麼辦。多數時候，我覺得自己像個巨大的雪球，一路從山上往下滾。

但我不能無視於這個眞相。」我想起妮克絲的低語，緊跟著說：「就像做出正確抉擇，說出眞話也能產生力量。眞相是，我跟卡羅納有連結。我記得這個連結，也記得這種關係讓我很難面對卡羅納。但我內在的什麼東西曾經擊敗他。我想，我必須找出那是什麼東西，做出選擇，再一次擊潰他。」

「或許這一次可以一勞永逸地解決他？」史蒂薇·蕾問。

「但願如此。」我說。

「不過，如果我們不知道卡羅納在哪裡，就無法展開行動。」蕾諾比亞說。

「嗯，在夢裡，他人在一座島嶼上。事實上，是在島嶼的城堡頂上。」我指出。

「夢中有什麼景象看起來眼熟嗎？」戴米恩問。

「沒有，但那裡眞的很漂亮。水藍得不可思議，到處都有柑橘樹。」

「這樣不夠具體。」愛芙羅黛蒂說：「柑橘樹到處都有——佛羅里達州、加州、地中海地區。而且這些地方都有小島。」

「他不在美國。」我不假思索地說：「我不清楚我爲何知道，但我就是知道。」

「那我們就相信眞是這樣。」蕾諾比亞說。

她對我的信心讓我很感動，但也讓我覺得壓力很大，甚至緊張到有點反胃。

「說不定妳已經知道他在哪裡。只是，妳不要去想它，才想得起來。」史蒂薇．蕾說。

「鄉巴佬，妳說的話沒人懂啦。」愛芙羅黛蒂說：「我幫妳翻譯成正常的語言吧。」愛芙羅黛蒂轉向我。「當妳不特別去想，妳就知道他人不在美國。或許妳現在想得太用力了。或許妳只需放輕鬆，答案就會自己冒出來。」

「我說的就是這個意思呀。」史蒂薇．蕾嘟囔著。

「她們兩人真像孿生的，」蕭妮說。

「眞是可笑。」依琳附和。

「閉嘴！」愛芙羅黛蒂和史蒂薇．蕾異口同聲說。於是，孿生的笑得前俯後仰。

「嘿，什麼事這麼好笑？」傑克走進房間。我注意到他的臉頰上仍掛著淚痕，看起來心情哀痛。他走向戴米恩，緊挨著他坐下。

「沒什麼好笑的，只不過孿生的表現得很像孿生的。」戴米恩對傑克說。

「好，夠了。這樣笑鬧無助於我們得知卡羅納的下落。」蕾諾比亞說。

「我知道卡羅納在哪裡。」傑克說，一副單純陳述事實的語氣。

「你在說什麼？你知道卡羅納在哪裡？」戴米恩問。大夥兒目瞪口呆地望著傑克。

「對，他和奈菲瑞特的下落。很簡單啊。」他舉起他的iPhone。「現在網路又通了，我的吸血鬼推特（Twitter）上熱鬧滾滾，提到雪姬娜忽然神祕死亡，奈菲瑞特出現在威尼斯，向最高委員會宣稱，她是妮克絲的化身，而卡羅納是來到人間的冥神俄瑞波斯，所以她應該出任下一個吸血鬼女祭司長。」大家都盯著他。我知道我肯定也嘴巴開開的。傑克皺起眉頭說：「這不是我捏造的。我保證。你們可以自己看。」他再次舉高iPhone，達瑞司接過去，開始查看。戴米恩攬住傑克，大力吻了一下他的嘴巴。「你眞聰明！」他告訴他的男友。

傑克綻開笑容，大家七嘴八舌討論起來。只有史塔克和我一語不發。

這時，西斯走進房間，只猶豫了一下，便繞過床，坐在我身邊。「怎麼回事，小柔？」

「傑克找到卡羅納和奈菲瑞特了。」坐在我另一邊的史蒂薇．蕾告訴他。

「太好了。」西斯說，看著我的眼睛，隨即又說：「等等，或許不好。」

「爲什麼不好？」史蒂薇．蕾問。

「問柔依吧。」西斯說。

「怎麼回事，柔依？」戴米恩一問，大家立刻閉嘴。

「不是在威尼斯，」我說：「這點我很確定。在我的夢中，卡羅納不是在威尼斯。我的意思是，我從未去過那裡，但我見過照片。威尼斯根本沒有山，對吧？」

「完全沒有。」蕾諾比亞說：「我去過那裡好幾次。」

「妳在夢中沒有眞的去到他在的地方，或許也不是壞事。說不定這代表那些夢不像妳以爲的那麼眞實。」愛芙羅黛蒂說。

「或許吧。」

「但感覺起來就是不對勁。」史塔克說。

我差點懊惱地嘆口氣，他分明是心電感應到了我的情緒。

愛芙羅黛蒂不理會史塔克，繼續說下去：「還記得嗎，在我的靈視裡，我看見奈菲瑞特和卡羅納站在七位很威嚴的吸血鬼面前？」我點點頭。

「吸血鬼最高委員會！」蕾諾比亞突然打岔。「我怎麼會現在才想到？」她搖搖頭，顯然氣自己太遲鈍。「我同意愛芙羅黛蒂說的，柔依，或許妳太看重那些夢了，卡羅納是在操控妳。」她輕聲說，彷彿怕我會發火。

「不，我告訴你們，卡羅納不在威尼斯，他在——」我頓住，有個記憶突然浮現，我很想拍自己額頭一巴掌。「該死！在上次夢裡，卡羅納不在威尼斯。但在另一個夢裡，他恐怕眞的在威尼斯。他說他喜歡那裡，他感覺到那地方的力量……」我揉著前額，彷彿這樣有助於腦袋變靈光。「他說他感覺到那裡有一種古代的力量，他明白爲什麼**他們**會選擇那裡。」

「他說的他們，一定是指我們吸血鬼。」蕾諾比亞說。

我回想那個夢，困惑地皺起眉頭。「但我不認爲夢中我們眞的在威尼斯。我確實看到了平底小船、大鐘等等東西，但那些東西都在遠方。所以，我們應該不是眞的在威尼斯。」

「柔，不是我嘴巴壞啦，但妳都不做功課嗎？」史蒂薇・蕾說。

「什麼？」我說。

「聖克利門蒂島。」蕾諾比亞說。

「什麼？」我再一次傻傻地說。

戴米恩嘆一口氣。「妳這裡有《雛鬼手冊》嗎？」

我的下巴朝書桌的方向點了點。「在那裡吧，我想。」

他起身，在亂七八糟的書桌上翻找，抽出我那本《雛鬼手冊》。他很快翻了一下，把攤開的書遞給我。（難不成他整本書都記住了？）我看到書裡那座美麗的宮殿，驚愕地眨巴著眼睛，因爲它就出現在那場夢中。

「這的確是我另一場夢中卡羅納出現的地方。事實上，我們還坐在這張長椅上。」我指著書裡的圖畫說。

愛芙羅黛蒂突然起身，從我背後看著那張圖。「該死！我早該認出這地方的。我發誓，變回人類眞的讓我變笨了。」

「愛芙羅黛蒂，妳在說什麼？」史塔克問，走到我身邊。

「這是她在靈視中預見我死去的一個場景。」我替她回答，並嘆一口氣。「我知道這聽起來很蠢，但我直到這一刻才想起來。我是說，在夢中我察覺那裡可能就是妳說我會溺死的地方，只是，當我醒來……嗯……」我頓住，迎視史塔克的目光。「當我醒來，我就分心了。」我看見史塔克眼裡閃過恍然大悟的神色，知道他已經明白，就是他把我從那場夢中搖醒的。「而且，」我趕緊接著說：「妳看見我溺死，是因爲我孤單一個人。那時，大家都在生我的氣。但現在我不孤單了，所以這個靈視不會實現。」我的視線從史塔克移向愛芙羅黛蒂，發現她默不作聲，盯著史塔克看。

「妳溺死的時候，不完全是孤單一個人。」愛芙羅黛蒂緩緩地說：「就在妳死掉前，我瞥見史塔克的臉。他也在那裡。」

「什麼！胡說八道！我絕不可能讓她受到任何傷害。」史塔克怒氣沖天。

「我沒說你要爲她的死負責，我只是說你當時在那裡。」愛芙羅黛蒂冷冷地說。

「妳還看見其他什麼事情嗎？」西斯問，坐直身子，神態凜然如同戰士。

「她預見柔依兩次死亡。」戴米恩解釋道：「其中一次，她被一隻仿人鴉割斷腦袋。」

「這眞的差點發生了！」西斯衝口而出。「我在場。她身上還留著傷疤。」

「重點是我的頭並**沒有**被割下來。而既然我的腦袋還在運作，我確定我不會溺死。」

「妳確定柔依溺死是發生在聖克利門蒂島，最高委員會所在地嗎？」蕾諾比亞問。

愛芙羅黛蒂指著仍攤開擱在我大腿上的書。「就是那裡。她死掉時，我看見的就是這個宮殿。」

「好，那麼，我會特別小心。」我說。

「我們得想辦法確定妳會小心。」蕾諾比亞說。

我坐在那裡，努力不顯露驚慌的神色。這代表大家再也不會留任何私人空間給我嗎？

史塔克不發一語。其實他什麼都不必說，因爲他的身體語言已經說明他有多沮喪。

「等等，我剛明白一件事。」戴米恩從我的大腿上拿走《雛鬼手冊》，翻了翻，然後得意地看著我。「我知道卡羅納的島嶼是哪裡了。妳說得沒錯，不是在威尼斯。」他將書遞回給我，說：「在另一個夢裡，妳是在這個地方吧？」

戴米恩打開的書頁上印了密密麻麻的文字，裡面有一張插圖，畫出一座美麗島嶼的一角，島上有山，四周圍繞著藍色的海水。圖中有一座城堡的輪廓，看起來很眼熟。

「沒錯。」我嚴肅地說：「在上一次夢中，我就是在那裡。那到底是哪裡？」

「義大利，卡布里島。」蕾諾比亞替他回答。「那是最初吸血鬼最高委員會的所在，直到西元七十九年才遷到威尼斯。」

我很高興好幾張臉都浮現問號。戴米恩當然不在其中。他以學究的口吻說：「吸血鬼是古城龐貝的守護者。然而，維蘇威火山於西元七十九年八月爆發。」大家仍不解地瞪大眼睛看著他，宛若一群蠢金魚。他嘆一口氣，接著說：「卡布里島離龐貝不遠。」

「喔，對，我想起曾在談歷史的那一章讀過這一點。」史蒂薇．蕾說。我什麼都不記得，因爲我根本沒讀。簫妮和依琳坐立不安，顯然也沒讀。還眞令人訝異啊。

「好，很有趣。可是，最高委員會既然已搬走好幾個世紀，他幹麼去那裡？」我問。

「他想喚回古老之道。」史塔克說：「他一再這麼說。」

「所以，他人是在聖克利門蒂島，還是在卡布里島？」我說，依然困惑。

「推特上說，他兩小時前才跟奈菲瑞特來到最高委員會面前。所以，這時他人在聖克利門蒂島。」傑克說。

「不過，我想，他的基地是在卡布里島。」史塔克說。

「看來，我們得去義大利一趟。」戴米恩說。

「希望你們這些土包子都有護照。」愛芙羅黛蒂說。

# 29 柔依

「喔，嘴巴不用這麼壞，愛芙羅黛蒂。」史蒂薇．蕾說：「妳知道，所有的雛鬼一被標記，就拿到護照。這是『不受父母監護』的措施之一。」

「幸好我也有護照。」西斯說：「即使我沒被標記。」

我差點對西斯放聲大叫，**「你不能去——你一去就死定了。」**為了避免他尷尬，我將注意力放在交通問題。「有誰知道該怎麼去義大利嗎？」

「希望是頭等艙。」愛芙羅黛蒂嘟囔著。

「很簡單，搭夜之屋的噴射機去。」蕾諾比亞說：「我想，最好是妳和妳這群朋友去就行了。我可以安排，但我不去。」

「妳不跟我們去？」我的胃往下墜。蕾諾比亞很有智慧，在吸血鬼世界裡備受推崇，連雪姬娜都很尊重她。我們需要她跟我們去，我需要她跟我們一起去！

「她不能去。」傑克說。大家驚訝地看著他。「她和龍老師必須留在這裡，確保學校不會徹底倒向黑暗面。不管卡羅納施展了什麼把戲，即使他人不在，這套把戲仍在起作用。」

蕾諾比亞微笑地看著傑克。「你說得對極了，我現在不能離開夜之屋。」她環顧室內每個人，最後視線落在我身上。「妳可以帶領他們。妳只需繼續做妳正在做的事情就行了。」

**可是我搞砸過！不止一次！而一遇到卡羅納，我不知道我能不能信任自己！**我想尖叫。但我沒有，反而以成熟的口吻說：「可是，總得有人告訴最高委員會奈菲瑞特和卡羅納的眞面目。這個任務我做不來，我只是個雛鬼。」

「不，柔依，妳是我們的女祭司長，第一位雛鬼女祭司長。她們會聽妳說的，因爲妮克絲與妳同在。對我和雪姬娜來說，這一點很明顯。她們也會明白的。」

我一點把握也沒有，但每個人都對我露出鼓勵的笑容，肉麻得害我好想吐。但我沒吐，也沒號啕大哭，反而只是靜靜地說：「好，我們何時出發？」

「愈快愈好。」蕾諾比亞說：「我們不知道卡羅納已經造成多嚴重的傷害。想想看，不過幾天，他就已經把這裡搞得天翻地覆。」

「快天亮了，我們得等到太陽下山。」史塔克的聲音沮喪、緊繃。「我可以想見，冰風暴一停止，陽光就會露臉。這表示史蒂薇．蕾和我會被烤成人乾。」

「你們日落時動身吧。」蕾諾比亞說：「在那之前，你們可以收拾行李，吃點東西，好好休息。我會安排好你們的行程。」

「我不認爲柔依該去聖克利門蒂島。」史塔克說，看著達瑞司，尋求他的支持。「你們不覺得，讓她去愛芙羅黛蒂預見她溺死的地方，這主意很不妥嗎？」

「史塔克，她也預見我在陶沙市這裡被砍頭呀，但事實上沒有，因爲我的朋友沒有背棄我。我人在哪裡不重要，重要的是我知道自己身處危險，而有一群朋友守著我。」

「但她預見我和妳在一起呀！如果我這樣都不能保護妳，誰能？」

「我能。」達瑞司說。

「風也能。」戴米恩說。

「火也有兩手。」簫妮說。

「我有水，怎樣都不會讓柔依溺斃。」依琳忿忿地說。

「土會永遠保護柔依。」史蒂薇．蕾說，但她的眼神顯得很悲傷。

「我雖然變回討厭的人類，卻依舊很惡毒。任何人即使打得過達瑞司、妳和蠢蛋幫，也還得通過我這一關。」愛芙羅黛蒂說。

「再加上一個討厭的人類吧。」西斯說。

「瞧，」我對史塔克說，並用力眨眼，免得盈眶的淚水潰堤。「不會全是你的責任，我們會一起面對。」史塔克的目光仍盯著我。我看得出他有多痛苦。見到立誓守護的女祭司長被殺，是每個戰士的噩夢。光是想到他在場，我卻仍然被殺，就足以摧毀史塔克的信心。

「我眞的不會有事的，我保證。」我說。他點點頭，然後別開臉，彷彿不忍多看我一眼。

「好，開始準備吧。行李要輕便。你們沒時間扛著一堆行李走來走去。每個人只能帶一個書包，裝必需品。」蕾諾比亞說。我看見愛芙羅黛蒂驚駭得臉色發白，害我連連咳嗽，掩飾咯咯笑的衝動。「日落時我跟你們在餐廳碰頭。」她起身離開，但在門口停下腳步。「柔依，千萬不要一個人睡。盡可能別讓卡羅納侵入妳的腦袋，免得他知道妳要去找他。」

我緊張得用力吞口水，但還是點點頭，說：「好，沒問題。」

「祝福滿滿。」她說。

「祝福滿滿。」大家齊聲回應，連西斯也不例外。

蕾諾比亞關上門，室內半晌一片靜默。我想，大家都還太驚訝，不太能接受我們即將前往義大利，到最高委員會面前說話的事實。唉，要命，**我得在吸血鬼最高委員會面前講話**。搞不好我一到那裡，見到古老、厲害的吸血鬼，就緊張得屁滾尿流。對，這肯定會讓委員會印象深刻。他們一定會說，我很「特別」。

傑克的問題，打斷我內心歇斯底里的自言自語。「女爵和貓咪該怎麼辦？」

我低頭看娜拉，她仍不斷在我身邊打呼嚕。我只能說：「呃，噢。」

「我們不能帶他們去，」史塔克說：「絕不可能。」然後，他恢復正常語氣，說：「不過，我們回來後，他們一定很不高興。尤其是貓咪，他們很會記仇。」

愛芙羅黛蒂哼了一聲。「還用你說？對了，你見過我的貓嗎？說到她，我得趁著吃東西、打包的空檔好好陪陪她。」她故作忸怩，對達瑞司微笑，說：「你想加入嗎？」

「求之不得。」然後他轉身面對我。「祝福滿滿，女祭司。」說著，他牽起她的手，跟著她前往她房間。

「我們也得準備準備了。」戴米恩說。

「我眞不敢相信我們只能帶一個書包。我那些鞋子要擺哪裡？」傑克問。

「我想，我們只能帶一雙鞋子。」西斯說。還眞會安慰人。

傑克跟著戴米恩離開時，仍驚駭得直喘氣。等房裡只剩我、史塔克、西斯和史蒂薇．蕾，在氣氛變得超級尷尬之前，史塔克出乎我意料地說：「西斯，你可以陪柔依睡嗎？」

「嘿，老兄，我隨時都願意陪柔依睡。」

我往他的手臂捶下去，他咧嘴笑得像個呆瓜。「那你呢？」我問史塔克。

他不願看我的眼睛。「我要趁日出前巡視一下校園，同時看蕾諾比亞是否需要幫忙，然後去找點東西吃。」

「你要睡在哪裡？」

「黑暗的地方。」他轉身面對我，右手握拳放在胸口，恭敬地對我鞠躬。「祝福滿滿，我尊貴的小姐。」我還來不及說什麼，他就離開了。

「愛芙羅黛蒂的靈視把他嚇壞了。」史蒂薇·蕾說，起身去翻找她的抽屜。我真高興她上一次排斥蛻變時，成鬼讓我要回了一些她的東西，否則這會兒她根本沒有東西可以翻找。

「小柔，別因爲史塔克而難過。」西斯說：「他是在氣自己，跟妳無關。」

「西斯，我很感激你想安慰我。不過，你竟然這麼替史塔克著想，實在很怪。」

「嘿，寶貝，我是替妳著想。」他用肩膀撞我，然後誇張地伸個大懶腰，順勢摟住我。

「喂，西斯，你可以幫我一個大忙嗎？」史蒂薇·蕾問。

「當然！」

「你可不可以到廚房幫我們拿點吃的？下了樓，穿過起居室，往右轉就是廚房。他們隨時都會在冰箱裡存放三明治。你要找薯條的話，大概只能找到蝴蝶餅或烤薯片。可以嗎？你可以跑個腿吧？」

「沒問題。」西斯擁抱我，在我額頭種下一個溼答答的吻，然後起身離開。走到門口時，他回頭對史蒂薇・蕾笑著說：「不過，下次妳想單獨跟小柔說話時，不妨直說。我是人類，我踢足球，但我不笨。」

「下次我會記得。」她說。

他對我使個眼色後離開。

「天哪，他眞是精力充沛。」我說。

「柔，我不能跟妳一起去義大利。」史蒂薇・蕾冷不防劈頭就說。

「什麼？妳一定要去！妳是土，我在那裡需要整個守護圈。」

「妳以前沒有我也能設立守護圈。妳幫一下愛芙羅黛蒂，她就可以代勞。」

「她不是土。土元素會扁她。」我說。

「可是，妳曾給她靈，運作得很好。所以，妳只需再次給她靈就行了。」

「史蒂薇・蕾，我需要妳。」

我的好友低著頭，一臉沮喪。「拜託，別這樣說。**我得留在這裡**，我別無選擇。紅雛鬼比妳更需要我。」

「他們不再需要妳了。」我焦急地說：「他們已回到學校，四周有一群成鬼。這些成鬼舉止是很怪，但有他們在，那些孩子就不會排斥蛻變。」

「不是這樣的，我說的不止是他們。」

「喔，不！史蒂薇．蕾，妳該不會還在想那些壞雛鬼吧？」

「我是他們的女祭司長。」她靜靜地說，以眼神祈求我諒解。「他們是我的責任。在妳不得不對他們做出什麼可怕的事情之前，我想再試一次，設法讓他們找回人性。」

「史蒂薇．蕾——」

「柔依，妳聽我說！這是**選擇**。我做了正確的選擇，史塔克也是。我們這裡的紅雛鬼也都走上了正確的道路。但妳明白我們以前有多糟，而如今情況改變了，因爲我們選擇了不一樣的路。所以，我忍不住相信其他紅雛鬼也能選擇良善。讓我試試看吧。」

「我不知道。萬一他們傷害妳呢？」

史蒂薇．蕾大笑，一頭金色短鬈髮在肩膀上彈跳。「唉呀，柔，他們傷不了我。他們身在土裡，如果敢對我亂來，我肯定可以召喚我的元素來痛扁他們。他們知道輕重的。」

「搞不好他們本來就會死，所以才沒有拾回人性。」我低聲說。

「我不相信，至少目前還無法相信。」史蒂薇．蕾走到她以前的床坐下，面對著我，就像以前那樣。「我想陪妳去，眞的想。柔，妳的處境比我危險多了！但我必須做正確的事，而那就是設法接觸這些紅雛鬼，再給他們一次機會。妳明白嗎？」

「我明白。只不過我真的好想妳，好希望妳能跟我一起去。」

史蒂薇．蕾淚水盈眶。「我也想妳，柔。有事瞞著妳的感覺真糟，我怕妳無法諒解。」

「我知道對朋友有所隱瞞的感覺，真的很糟。」

「說真的，那不只是糟而已。」她說：「我們仍是最要好的朋友，對吧？」

「我們永遠都是最要好的朋友。」我說。

她綻開笑容，往我身上撲過來。我們緊緊擁抱，吵醒了娜拉，惹得她不悅地對我們直嘟噥，真像個老媽。西斯還在這一刻衝進來，雙手抱著一大堆食物。他戛然止步，盯著我們，說：「沒錯！我準是死了，來到了女女戀天堂！」

「喂，拜託！」我說。

「西斯，你跟在路上被車撞死的動物一樣礙眼——噁心、臭烘烘的。」

「噁，真噁。」我說。

「沒錯，那噁心的東西恰好是妳男友。」

「但我帶了食物來。」他說。

「好，原諒你。」我說。

「嘿，醜話說在前頭。我會睡在我原來的床上，所以你們兩個可別當著我的面亂親熱啊，我看不慣。」史蒂薇．蕾是在跟西斯說，但我直接回答她。

「對於那種當著其他女孩的面跟男友親熱的女孩，我只有三個字：不像話。所以，妳就別擔心了。西斯會乖乖的，因爲我們已經談過，我們的關係超越性愛。對吧，西斯？」

史蒂薇．蕾和我同時把銳利的目光投向他。

「對。既悲哀又悲慘。不過，確實如此。」他不情願地承認。

「很好，我們吃東西吧。然後，等我幫柔打包好，我們好好睡個覺。」史蒂薇．蕾說。

就在我舒服地依偎在西斯強壯、熟悉的臂膀裡，即將沉入夢鄉之際，我忽然再次想到：**西斯真的不能跟我們一起去**。「西斯，」我悄聲喚他，「我們得談一談。」

「妳改變心意，想跟我親熱嗎？」他壓低聲音回話。我用手肘撞他。「好痛，幹麼？」

「我不想讓你不高興，但你眞的不能跟我去義大利。」

「見鬼才不能。」

「你爸媽絕不會讓你缺這麼多課。」

「現在是寒假。」

「不是，現在是放冰風暴假。風暴結束了，一兩天內你就得回學校上課。」我說。

「我可以等回來後再補做功課。」

我改變策略。「你得留下來，專心爭取好成績。這是你上大學前的最後一個學期，萬一分數太爛，你就拿不到獎學金。」

「聽著，這很簡單。斷箭中學有網路成績單，記得吧？」

「我怎麼可能忘了這麼討厭的事。我那一對爸媽居然可以每天上網查看我的成績和作業。」說完，我立刻闔上嘴巴，因爲我頓時明白自己說了什麼話。

「瞧！我可以透過網路交作業，絕對跟得上進度。而且，妳也可以幫我——嗯，最好是戴米恩幫我。無意冒犯啊，小柔，不過，跟妳相比，他這個學生顯然比較優。」

「我**知道**他很優，但這不是重點。反正你爸媽絕不會讓你去。」

「他們不能阻止我，我已經十八歲了。」

「西斯，拜託。我把你的人生搞得亂七八糟，已經很內疚了。別讓我又搞砸你最後的一個學期，害你被禁足到上大學，**還**讓你面臨生命危險。」

「我之前就告訴過妳，我可以照顧自己。」他說。

「好，這樣吧，我們起床後你打電話給你爸媽，問他們你可不可以跟我去義大利。如果他們說可以，你就跟我們去。如果他們說不行，你就留下來，回學校上課。」

「我得告訴他們卡羅納之類的事嗎？」

「我想，一般大眾最好還是別知道。所以，這部分就不必說了。」

他遲疑了一下，說：「好，就這樣。」

「你保證？」

「我保證。」

「好，我會在一旁聽你講電話，所以別想給我搞什麼狗便便。」

「小柔，妳明知道沒有狗便便這種話。」

「誰說沒有，這是**我的**用語。睡覺吧。」

他把我摟得更緊。「愛妳唷，小柔。」

「我也愛你。」

「我會保護妳的安全。」

我臉上掛著笑容，舒服地在西斯懷裡慢慢入睡時，心裡想著，他好強壯，我得找機會告訴他，我真的好欣賞他一直保持身強體壯。

然而，接下來的思緒很迷糊，而且非常不舒服：**我到底又跑來城堡的屋頂做什麼呀**？

# 30 柔依

同一座城堡，同一個屋頂，毫無疑問。柑橘樹上結滿碩美果實，沁涼微風飄送水果芳香。屋頂中央仍豎立著同一座噴泉，泉水從裸女雕像高舉的手掌流瀉而出。第二次見到她，我終於明白爲什麼覺得她眼熟。她讓我想起妮克絲。我見過的女神，起碼有一次就是同一張臉。接著，我想起我已知道這是什麼地方——古代吸血鬼最高委員會最初的地點。難怪這尊雕像那麼像我們的女神。我很想坐在噴泉旁，呼吸柑橘和海風的氣味。我不想轉身面對我的直覺要我面對的方向，不想看見我即將看見的事物。然而，就像一路滾下山的雪球，我無法控制發生在我身上的雪崩。於是，我轉身面對我的靈魂指引的方向。

卡羅納跪在雉堞圍繞的城堡屋頂邊緣，背向我。他跟上次一樣，只穿一件牛仔褲。他的黑色翅膀展開，遮住身體，只露出古銅色的肩膀。他低著頭，似乎不知道我在那裡。我的腳不由自主地走向他。逐漸接近時，我發現，他原來是跪在上次我縱身跳下的地方。

接著，我看見他的肩膀緊繃，翅膀窸窸窣窣地振動，抬起頭，轉頭望向我的方向。他在哭，臉上垂掛著淚，看起來憔悴、傷心，萬分沮喪。但一看到我，他表情驟變，欣喜若狂，散發出無與倫比的美，看得我幾乎忘了呼吸。他站起來，興奮地大叫一聲，大步走向我。

我以爲他會一把抱住我，但在最後一秒，他克制住自己，只舉起一隻手，彷彿要撫摸我的臉頰。他的手指在即將碰觸到我的肌膚時，戛然停住。他遲疑了一下，垂下手。

「妳回來了。」

「夢不是眞實的，我沒死。」我說，雖然覺得自己很難開口說話。

「夢的國度是另一個世界的一部分，千萬別低估此地事物的力量。」他以手背揩臉，然後，出乎我意料地，他難爲情地笑了。「妳一定覺得我很蠢。我當然知道妳沒死。可是，感覺起來好眞實，而且熟悉到令人害怕。」

我盯著他，無言以對，不知道該如何對待這樣的卡羅納——外表和行爲舉止更像天使，而非惡魔。他讓我想起屈服於埃雅的卡羅納，甘心囚禁在她的擁抱裡，脆弱到我至今難忘。現在的他跟他上次的樣子簡直判若雲泥。那時，他不斷挑逗我，撫摸我，而且……

我瞇起眼睛看他。「我怎麼又會來這裡？我明明不是一個人睡覺，而且陪我睡的也不是女性朋友。我是說，我明明睡在跟我烙印的人類男孩懷裡，照理說你應該無法進入這裡。」

我指著自己的腦袋。

「我沒有進入妳的腦袋，妳也從未呼喚我到妳的夢中。是我將妳的魂魄吸引過來。」

「之前你不是這麼說的。」

「我之前騙妳。現在說的才是實話。」

「爲什麼你現在要說實話？」

「因爲這樣我才能趁妳睡覺將妳吸引過來，即便妳躺在另一個男人的懷裡。這次——也是第一次——我的動機是純正的。我沒打算操控妳或誘惑妳，而且我只對妳說眞話。」

「你以爲我會相信你？」

「不管妳相不相信，我說的仍是眞話。柔依，照理說妳此刻不該在這裡，但妳人確實在這裡。對妳來說，這還不足以證明嗎？」

我咬著下唇。「我不知道。我不懂這裡的規則。」

「然而，妳很清楚眞話的力量。上次妳來，已向我證明這一點。難道妳無法憑藉這種力量，來判斷我所說的話是眞是僞嗎？」

我再一次不知道怎麼回答。卡羅納令我全然不知所措。最後，我開口告訴他，不，我無法仰賴眞話的力量，因爲我根本不知道他在說什麼樣的謊，但他舉起手，阻止我往下說。

「妳曾問我，我是否一直都是這個樣子。當時我只一味閃躲、撒謊。今天，我要告訴妳眞話。妳願意聽我說嗎，柔依？」

他再次稱呼我柔依！不像以前，總愛叫我埃雅。而且他沒碰我，一次都沒有。

「我—我不知道。」我像個白癡，結結巴巴，後退半步，等著看他脫下謙謙君子的面具，恢復那個不死生物的本來面目。「你打算告訴我什麼？」

他美麗的琥珀色眼眸變得黯淡，流露著哀傷。他搖搖頭，說：「不，柔依，妳毋需害怕我侵犯妳。若我放棄說眞話，改而誘惑妳，這個夢就會粉碎，妳馬上會在另一個男人的懷裡醒來。現在，妳只需握住我的手，就會看見眞相。」他朝我伸出手，一隻結實強壯，看起來很正常的手。我猶豫著。「我發誓，我是渴望妳，但絕不會用情欲的寒氣熱力來燒灼妳。我知道妳沒有理由信任我，所以我只求妳相信眞相。碰觸我，妳就會發現我沒對妳說謊。」

**這只是夢**，我提醒自己。**不管他提到什麼另一個世界，夢終歸是夢，不是真實的**。然而，眞相是眞實的，不管在夢中或清醒的世界。而我的眞相，說來悲哀，的確是想握他的手。我想知道他到底想讓我看什麼。於是，我伸出手，握住他的手。

他果然說眞話。這是第一次他的肌膚沒以激情的寒氣侵凌我。

「我想讓妳看看我的過去。」他舉起另一隻手在我們面前揮動，彷彿在擦拭一面隱形的窗玻璃，一次、兩次、三次，然後空氣波動，發出可怕的撕裂聲，彷彿他撕裂了夢的一角。

「現在，請看眞相！」

他話才說完，空中的裂縫開始震動。接著，彷彿有人打開一台巨大的平面電視，卡羅納的過去一段段向我映現。

第一個出現的畫面美得讓我屏住呼吸。卡羅納站在那裡，依然半裸，但他身上有兩把長劍，一把握在手裡，看起來銳利無比，另一把收在背上的劍鞘裡，而**他的翅膀是雪白的**！他站在一座大理石神殿雄偉的門外，看起來威風凜凜，尊貴高尚，活生生是個戰士。他的表情忽然從嚴峻轉爲柔和，一個女人從神殿的台階走上來，他對她微笑，明顯流露著愛慕。

**歡喜相聚，卡羅納，我的戰士**。

她的聲音從昔日迴盪而來，顯得很詭異，令人驚愕。我不需看她的臉，已立刻認出她的聲音。「妮克絲！」我驚呼。

「沒錯，」卡羅納說：「我是妮克絲的誓約戰士。」

映像裡的卡羅納跟隨女神走入神殿。接著，畫面忽然改變，他揮舞著兩把劍力抗某種我看不清楚的東西。那東西全身漆黑，不停變換外形，一會兒像巨蟒，一會兒像露出閃亮牙齒的巨嘴，但下一秒又變成張牙舞爪，狀似蜘蛛的醜陋生物。

「那是什麼？」

「只是邪惡的一個面相。」卡羅納慢慢地說，彷彿這些話難以啓齒。

「可是，你不是在妮克絲的國度裡嗎？那裡怎麼會有邪惡？」

「邪惡無所不在，正如良善處處可見。這個世界和另一個世界都是這樣構成的。即便在妮克絲的國度，也必須有平衡的力量。」

「所以她才需要戰士保護？」我問，看著畫面再次改變。妮克絲踱步走過翠綠的草地，卡羅納緊跟在後，白色翅膀閃閃發亮。他的視線沒一秒靜止，不停梭巡著女神四周和後方，一把劍握在手裡，另一把在劍鞘裡待命。

「對，所以她需要戰士。」他說。

「需要。」我咀嚼著這兩個字，費力地把目光從往昔的卡羅納移向現在的卡羅納。「如果她需要戰士，你怎麼會在這裡，而不在那裡？」

他咬緊牙根，眼神痛苦，回答的時候聲音沙啞。「看那裡，妳就會看見眞相。」

我將視線移回不停變換的畫面，看見妮克絲站在卡羅納面前，他雙膝跪地，而且就像我剛走入這個夢時看到的景象，他在哭泣。這次，妮克絲像極了修道院聖母洞裡那尊馬利亞雕像，讓我有點吃驚。但仔細一看，我發現妮克絲不太尋常。她的表情少了聖母像的安詳，反而顯得嚴厲，看起來竟比雕像冷峻。

**求妳別這麼做，我的女神。**卡羅納的聲音向我們飄來，像是在懇求。

**我什麼都沒做，卡羅納。這是你自己選擇的。就連我的戰士，我也賜予自由意志，雖然我沒要求他們慎用。**妮克絲冷酷的語氣嚇我一跳，有那麼一剎那竟讓我想起以前的愛芙羅黛蒂。

**我情不自禁。我被創造出來，就是會這麼感覺。這不是自由意志，這是命中注定。**

**身為你的女神，我要告訴你，你成為怎樣的人並非命中注定，而是由你的意志決定。**

**我無法控制自己的感覺！我無法控制我自己！**

**我的戰士，你做錯了。所以，你必須付出做錯的代價。**

妮克絲舉起一隻手，朝卡羅納彈指。卡羅納立刻飛起，往後拋擲，連續翻滾。

然後，卡羅納墜落了。

我看著他下墜，下墜，不斷下墜，一路痛苦地哀號翻滾。當他終於墜落在一片翠綠的高草野地上，他全身癱軟、破碎，流著血，翅膀從雪白變成渡鴉的漆黑。

卡羅納發出一聲哀號，舉手抹去往昔的映像。眼前的空氣再度波動，恢復爲城堡的屋頂花園。他放開我的手，走開，在一棵柑橘樹下的長椅坐下。他沉默不語，只是坐在那裡，望著閃爍發亮的湛藍地中海。我跟上前，但沒在他身邊坐下，而是站在他面前端詳他，彷彿我眞可以透過雙眼判別眞僞。

「她爲什麼要驅逐你？你到底做了什麼事？」

他迎視我的眼睛。「我太愛她了。」他的聲音毫無情緒，聽起來像鬼魂在說話。

「對於女神的愛，怎麼可能太超過呢？」我不假思索地追問，但心裡已明白答案。愛有很多種，我當然清楚。卡羅納對妮克絲的愛顯然是錯誤的那種。

「我忌妒，甚至恨起冥神俄瑞波斯。」

我驚訝地直眨眼。俄瑞波斯是妮克絲的伴侶、永恆的愛人。

「我對她的愛使得我打破誓約。我太迷戀她，無法再保護她。我沒盡到戰士的責任。」

「太可怕了。」我說，想起史塔克。他對我立誓不過幾天，但我已經知道，如果他無法保護我，他會痛苦得像靈魂被撕裂。卡羅納成爲妮克絲的戰士有多久了？幾世紀嗎？永恆的一個片段到底有多久？

難以置信地，我發現自己居然爲卡羅納感到難過。我不該替他難過的！沒錯，他心碎，從女神的國度墜落，但後來他變成不折不扣的壞蛋，變成他曾經對抗的邪惡。

他點點頭，彷彿聽見了我心裡的思緒。「我作惡多端。墜落改變了我。後來，好長一段時間裡，我是麻木的。我的靈魂和我的心有妮克絲留下的血淋淋傷口，我不停地尋找，一世紀又一世紀地尋找，想找什麼東西或什麼人來塡補。當我找到她，我不知道她不是眞實的，她只是被創造來誘捕我的假象。我心甘情願投入她的懷抱。妳知道嗎，當她開始變回泥土，她哭了？」

我的身體搐動。我知道他在說什麼，因爲我跟她一起經歷過。

「是的，我記得。」我的聲音只是沙啞的低語。

他驚愕地睁大眼睛。「妳記得？妳有埃雅的記憶？」

我不想承認埃雅留下的記憶有多少，但我知道我不能說謊，所以我擷取片段眞相，只簡單地告訴他：「只有一點。我記得消融的時刻，我記得埃雅在哭泣。」

「我很高興妳不記得其他事情，因爲她的靈魂跟我一起被囚禁在黑暗中好長一段時間。我碰觸不到她，但我可以感覺到她的存在。我想，這是我沒有發瘋的唯一原因。」他全身顫抖，舉起雙手，彷彿試圖揮掉那段回憶。然後，他久久沉默不語。我心想，他大概已經說完了。我試圖檢視心裡的震驚和懷疑，想找出一個問題問他。但這時他再次開口說話：「然後，埃雅走了，而我開始呼求。我低聲祈求世界知道我需要自由。終於，世界聽見了。」

「你是說奈菲瑞特聽到你的呼求？」

「她是聽到了，但回應我的人不止特西思基利。」

我搖頭。「我到夜之屋不是因爲你的呼求。是妮克絲標記了我，我才會去那裡。」

「是嗎？我說的話必須句句屬實，否則這個夢就會消失，所以我不會爲了說服妳，而假裝知道我其實不知道的事。我只會說我相信的事情，而我相信妳也聽見我的呼求了。至少妳曾是埃雅的那部分聽見了，並認出我的聲音。」他遲疑了一下，繼續說：「或許是妮克絲的手引領妳轉世，或許是女神派遣妳來——」

「不！」我聽不下去了。我的心跳得好厲害，彷彿要迸出胸腔。「妮克絲沒有派遣我來找你，我也不是眞正的埃雅。就算我碰巧擁有她的一些記憶，我也不是她。在這一生，我是個**眞實**的女孩，擁有自由意志和我自己的心靈。」

他的表情再次改變，溫柔地微笑看著我。「我知道，柔依，所以我對妳的感覺才會那麼掙扎。我從土裡醒來，渴望著囚禁我的少女，卻找到一個擁有自由意志的女孩要對抗我。」

「你爲什麼要這麼做？爲什麼要這麼說？你並不眞的是這樣一個人！」我對他咆哮，試圖壓下他的話帶來的可怕卻美妙的感覺。

「一個人一旦墜落，就會這樣。剛才，我再次見到自己墜落，也再次見到我的心破碎。我受不了。我對自己發誓，若能再次吸引妳來，我一定讓妳知道眞相。」

「如果這是眞的，那麼你應該知道你已經變成你曾經對抗的邪惡。」

他別開臉，但我仍看見他的眼睛流露羞愧的神色。「對，我知道。」

「我已選擇一條不一樣的路。我不會愛邪惡，而這是我的眞話。」我說。

他馬上轉過頭來看著我。「如果我選擇拒絕邪惡呢？那會怎樣？」

他的問題問得我措手不及，我衝口說出心裡浮現的第一個念頭。「你不可能拒絕邪惡。只要你跟奈菲瑞特在一起，就不可能。」

「如果我是因爲跟奈菲瑞特在一起才變得邪惡呢？如果跟妳在一起，我就能選擇良善呢？」

「不可能。」我的頭拼命地前後搖晃，不斷搖晃。

「妳爲什麼說這不可能呢？這種事確曾發生過。妳知道的，因爲妳曾讓人選擇良善。妳的誓約戰士就是明證。」

「不，這次的你不是眞實的，你也不是史塔克。你是墮落的不死生物，奈菲瑞特的愛人。你強暴女人，奴役人民，屠殺人們。你的兒子差點害死我阿嬤，其中一個還殺死了安娜塔西亞！」我抓住所有的負面事實，一個個扔向他。「因爲你，夜之屋的雛鬼和老師開始質疑妮克絲。他們的言行到現在都還很怪異。不管這是否出於他們的選擇，他們內心充滿恐懼、憎恨和忌妒，就像你對妮克絲那樣！」

他的反應好似我並沒有站在那裡對他嘶喊。他只簡單地說：「妳救了史塔克，不能也救我嗎？」

「不！」我大吼。

然後在床上坐起來。

「小柔，沒事，我在這裡。」西斯在我身邊，一隻手揉去眼裡的睡意，另一隻手撫摸我的背。

「喔，天啊。」我說，顫抖著吐出長長一口氣。

「怎麼了？做噩夢了？」

「對，對，很怪、很可怕的夢。」我瞥了對面的床一眼。史蒂薇．蕾動都沒動。娜拉蜷縮在她的肩窩，朝我的方向打了個噴嚏。「叛徒。」我罵她，努力讓自己聽起來很正常。

「那就繼續睡吧。我終於習慣日夜顛倒，希望能保持下去。」西斯說，對我張開雙臂。

「喔，好，對不起。」我躺回床上，蜷縮成胎兒的姿勢。

「繼續睡吧。」西斯重複地說，還打了一個大哈欠。「一切都會沒事的。」

我清清醒醒地躺了很久，好希望一切眞的都會沒事。

# 31 柔依

當大家在黃昏時分醒來，我已受不了腦袋裡一直想著卡羅納和那場夢，於是我轉移注意力，猛催西斯——「好，該打電話給你爸媽了。他們一定會叫你回家的。」

「妳還好嗎，柔？」史蒂薇．蕾邊用毛巾擦乾頭髮邊問我。她和我已趁西斯沖澡時將要帶的東西裝入書包裡，然後我們輪流洗澡。她這麼一問，我才發覺，起床以來，無論她和西斯說什麼，我都只嗯嗯啊啊地敷衍一下。

「喔，沒事。我只是已經開始想念西斯了。」我撒謊。嗯，也不算撒謊啦，因爲我們到義大利之後，我確實會想念他。但這不是我不想說話的原因。

眞正的原因是卡羅納。我怕說太多話，會不小心提起昨晚的夢，然後就不得不把一切說給史蒂薇．蕾聽。我可不想當著西斯的面說。不，不止這樣。其實，我根本不想讓任何人知道我見到了卡羅納的最新面貌。我不想聽到他們跟我說，這一切不過是荒誕的幻影。

西斯突然從背後熊抱我，嚇了我一跳。「喔，小柔，妳好窩心唷。」他一點也不知道我有所隱瞞。「可是，妳根本不需想念我。我有預感，這通電話會很順利。」

我對著他搖搖頭。「你媽不可能讓你跟我去義大利的。」

「不是跟妳，是跟妳的學校——兩者完全不同。」

我還來不及說什麼，他已經開始打電話。當然，我只聽得見他這廂說的話。

「嗨，媽，是我。」「對，我沒事。」「對，我還在柔依這裡。」他停頓一下，看著我說：「我媽說跟妳問好。」

「也替我跟她問好。」然後我壓低聲音說：「快說重點！」

他點點頭。「嗨，媽，小柔和夜之屋的一些學生要去義大利，其實是威尼斯啦，嗯，應該說是威尼斯旁邊的小島啦，妳知道的，就是那個叫聖克利什麼的。那是吸血鬼最高委員會開會的地方。我想知道，我可不可以跟他們一起去。」

我聽見他媽媽提高嗓門，臉上差點浮出得意的笑容。我就知道他媽媽會抓狂。當然，我還不清楚西斯要耍什麼花招。

「等等，媽，這眞的沒什麼大不了的。去年夏天我原本要跟西語老師去西班牙，但因爲要練足球而沒去成，記得吧？這次旅行就像那次那樣。」他媽媽不知說了什麼，他點點頭。「對，是學校的活動。我們會去八天。我猜，我的西班牙語一定派得上用場，因爲義大利語跟西語是，嗯，近親。」他再次停頓一下，然後說：「好，沒問題。」

「她說我得問我爸。」他用手蓋住電話，低聲對我說。

接著我聽見電話另一端傳來低沉的聲音，西斯說：「嗨，爸。對，我很好。」他爸說話時，他靜靜地聽，接著才說：「對，基本上是這樣，這是學校的旅行。我可以在網路上做功課。」然後，他爸不知說了什麼，西斯露出笑容。「眞的嗎？因爲那一帶停電，所以下個禮拜都停課？」他對我挑了挑眉毛。「哇，那這趟旅行來得正是時候。還有，爸，我們會搭夜之屋的私有噴射機，待在吸血鬼的私有小島，所以我完全不用花錢。」

我咬牙切齒，不敢相信他這麼輕易就搞定他父母。當然，他爸媽人很好，是很棒的父母，但他們對青少年的把戲一無所知。眞的。之前西斯酗酒好幾年，他們竟然沒有察覺。

「太好了，爸！超級感謝！」西斯興高采烈的模樣看得我直眨眼。「好，我會每天打電話給你們。」他停下來，聽他爸說話。「喔，我差點忘了。好，我這就回家拿護照和換洗衣物。跟媽說，我們每個人都只能帶一個書包，所以不用大費周章打包。好，待會兒見！掰！」他的笑容燦爛得跟念小學時在點心時間多拿到一盒巧克力牛奶一樣。

「還眞容易。」史蒂薇．蕾說。

「我都忘了到西班牙旅行那件事。」我說。

「我可沒忘。看來我得趕緊回家拿護照和行李。我跟你們直接在機場碰面。千萬不能撇下我喔！」他迅速吻我一下，抓起外套，衝出房間，彷彿怕多待一秒鐘，我就會告訴他，不管他爸媽怎麼說，他就是**不能**跟我們去。

「妳眞的要讓他跟你們去？」史蒂薇·蕾說。

「看來也只好這樣了。」我無奈地說。

「其實這樣蠻好的。我不是壞心腸啦，不過我認爲讓他去很好。因爲血液。」

「血液？」

「柔，他是跟妳烙印的人類，血液超級適合妳。妳去那裡將面對卡羅納、奈菲瑞特及最高委員會，處境很危險，搞不好會需要超級適合妳的血液。」

「喔，妳說得好像沒錯。」

「好，柔，到底怎麼一回事？」

我眨巴著眼睛看她。「什麼意思？」

「我是說，起床以後妳活像個殭屍。告訴我，那個驚醒妳的怪夢到底是怎麼一回事。」

「我以爲妳睡得不省人事。」

「我裝的，免得妳和西斯想親熱。」

「當著妳的面親熱？太噁了。」我說。

「的確。不過，我總得表現出禮貌嘛。」

「老天，」我說：「噁。我絕對不會幹那種事。」

「而我絕對不會讓妳轉移話題。妳的怪夢——記得嗎？說吧。」

我嘆口氣。史蒂薇．蕾是我最要好的朋友，我是應該告訴她。「我又夢到卡羅納了。」

「妳跟西斯一起睡，他還能侵入妳的夢？」

「不，他沒侵入我的夢。」我照實說，但說得有點含糊。「這比較像靈視，而非夢。」

「什麼樣的靈視？」

「看見他的過去的靈視。很久以前，遠在他墜落之前的過去。」

「墜落？從哪裡墜落？」

我深吸一口氣，告訴她實話。「從妮克絲的身邊墜落。他曾是她的戰士。」

「喔我的天哪！」她一屁股坐在她的床上。「妳確定嗎？」

「對……不對……我不知道啦！看來是真的，但我不確定。我不知道該怎麼確定。」接著，我屏住呼吸。「喔，不！」

「怎麼了？」

「我記得埃雅跟卡羅納說過，他本來就不該在人間行走。」我大口喘氣，雙手緊緊交握，不讓它們顫抖。「還有，她稱他爲她的戰士。」

「喔！妳是說，埃雅知道他在墮落之前是妮克絲的戰士？」

「老天啊，我不知道。」其實我知道。在我心中，我知道埃雅想藉此安慰卡羅納。他曾是戰士，自然想再次扮演這種角色。

「或許妳應該跟蕾諾比亞談談——」史蒂薇．蕾說。

「不！史蒂薇．蕾，答應我，妳絕不會告訴任何人。他們已經知道我擁有埃雅跟卡羅納在一起的記憶，再加上愛芙羅黛蒂的靈視，大家已經夠緊張了。他們如果得知這個夢，一定會以爲我瘋了，想回到他身邊——雖然這種事是絕對不會發生的。」我很認眞地說。我是不能跟卡羅納在一起。就像我告訴他的，這絕對不可能。

我知道我不必擔心史蒂薇．蕾會出賣我，因爲她嚴肅地點點頭，凝視我的眼神充滿諒解。「妳想先自己弄清楚，對吧？」

「對。聽起來很蠢，是不是？」

「不會。」她語氣堅定地說：「有時候確實不關別人的事。有些事情原本看似不可能，最後卻有出乎意料的結果。」

「妳眞的這麼認爲?」

「我是這麼希望。」她認眞地說。史蒂薇・蕾看起來似乎想再說些什麼，但被敲門聲和愛芙羅黛蒂的聲音打斷。「妳們可不可以快一點?大家都在吃飯了，還要趕飛機呢。」

「好了。」史蒂薇・蕾朝門外大喊，然後將書包丟給我。「我想，妳應該聽從妳的直覺，就像妮克絲一再告訴我們的。當然，妳之前搞砸過，我也是。但我們兩個都選擇堅定地站在女神這一邊。說到底，這才是最重要的。」我點點頭，忽然覺得很難開口說話。史蒂薇・蕾突然擁抱我。「妳會做出正確抉擇的，我知道。」她說。

我笑得像在哭，說：「對，但要搞砸多少次啊?」

她對我微笑。「人生本來就老是會搞砸。我開始覺得，如果我們很完美，人生就不會那麼好玩了。」

「我現在倒希望人生乏味一點。」我說。

我們邊笑邊步出走廊，只見愛芙羅黛蒂一臉不悅地站在那裡。我注意到她的「書包」竟是名設計師Betsey Johnson的登機箱，裝得鼓鼓地，整個線條都變形了。

「這是作弊。」我說，指著她的登機箱。

「不是作弊，是靈機一動。」

「這箱子眞可愛。」史蒂薇・蕾說：「我說不定也會買一些Betsey Johnson的東西。」

「妳太土了，不適合。」愛芙羅黛蒂說。

「我哪有土？」史蒂薇・蕾說。

「就是很土。」愛芙羅黛蒂開始反駁她。「土包子的鐵證之一——這件嚇人的牛仔褲。Ropers吧？還眞的咧？我奉送妳幾個字：趕上・流行。」

「喔，不會吧，妳竟然取笑我的Ropers……」

前往餐廳途中，她們一路鬥嘴，但我只是靜靜地跟在她們後面——事實上我幾乎沒在聽，因爲我的心已遠遠飛向夢裡的城堡屋頂。

餐廳裡擠滿了人，但靜得很詭異。當我們三人加入孿生的、傑克和戴米恩，他們已經在大啖培根和蛋。如我所料，我引來一堆**瞪死妳**的目光，尤其是那些女孩。就坐後，我們仍忍不住一直朝四周瞄。

「別管他們。他們不過是一群心中充滿怨恨的混蛋。」愛芙羅黛蒂說。

「眞怪，沒想到卡羅納仍能操控他們的腦袋。」史蒂薇・蕾說。

「這也是他們的選擇。」我來不及阻止自己，就脫口而出。

「什麼意思？」史蒂薇・蕾問。

我吞下嚼爛的蛋，說：「我是說，那些學生——」我用叉子指著屋裡其他人——「那些對我們擺臭臉的人，是自己選擇變成這個樣子。對，卡羅納是始作俑者，但他們選擇了自己的路。」

史蒂薇・蕾語氣輕柔、體貼，卻也很堅定地說：「柔，妳說的或許是事實，但妳必須記住，會這樣全是因爲卡羅納——嗯，因爲他和奈菲瑞特。」

「總之，卡羅納無疑是個渾帳，柔依必須徹底解決他。」愛芙羅黛蒂說。

盤子裡的蛋頓時看起來沒那麼美味了。

史塔克走過來時，看起來一臉疲憊。當他和我四目相接，我看到他眼裡的哀傷，就像夢中卡羅納說到妮克絲時的眼神。**史塔克也認為他辜負了我，沒盡到戰士的職責**。

我對他微笑，想抹去他臉上的憂慮。「嗨。」我輕聲說。

「嗨。」他說。

這時，我發覺我的朋友及整個餐廳的人都在注意我們倆。史塔克清清喉嚨，拉過一把椅子，壓低聲音說：「達瑞司和蕾諾比亞已經在機場。我會開悍馬車載你們過去。」他左右張望，我看見他緊繃的神情鬆弛了一些。「我猜，妳叫西斯回家去了？」

「他回去拿護照。」史蒂薇·蕾說。

果不其然，這話立刻引發一陣小騷動。我嘆一口氣，等著風暴平息。大家都閉嘴後，我說：「對，西斯跟我們一起去。就這樣。」

愛芙羅黛蒂揚起一道眉毛。「帶活動血庫同行，應該還是比較保險。這一點，我想，連擺著一張臭臉的射箭男孩也得同意吧。」

「我說『就這樣』，代表我不想再談這件事。還有，不准說西斯是『活動血庫』。」

「這樣眞的很不禮貌。」史蒂薇·蕾說。

「咬我啊。」愛芙羅黛蒂不經大腦的話，又惹得孿生的咯咯笑。

「史蒂薇·蕾不跟我們去。」我打斷她們的笑聲。「這表示，我們需要設立守護圈時，愛芙羅黛蒂將代表靈。」

孿生的旋即閉上嘴巴。所有人都盯著史蒂薇·蕾看。

「他們說不定沒得救了。」戴米恩神情凝重地說。

「我知道，但我總得再試一次。」史蒂薇·蕾說。

「嘿，幫個忙好嗎？」愛芙羅黛蒂說：「拜託妳千萬**不能**死。不能再死一次。因爲我確定這會讓我很不舒服。」

「我不會死的。」史蒂薇．蕾說。

「答應我，妳不會自己一個人回去那裡。」傑克說。

「對，妳得答應我們。」史塔克附和。

我半句話不吭。我已不確定該怎麼做才對。幸好，沒人注意到我的沉默，因爲這時紅雛鬼走了進來，整個餐廳的人將注意力從我們身上轉向他們，還竊竊私語起來。

「我最好確定他們沒事。」史蒂薇．蕾說著站起來，對我們微笑。「你們大家動作快一點，把事情解決了，早點回來。」她擁抱我，附在我耳邊說：「妳會做出正確抉擇的。」

「妳也會。」我悄聲回答她。然後，她便轉身走開。

我看著她招呼紅雛鬼，而紅雛鬼隨即開始排隊，並紛紛跟我們揮手。史蒂薇．蕾的舉止顯得好正常，彷彿這不是他們死後第一次踏入餐廳。她這種自若的態度，讓紅雛鬼立刻放鬆心情，不管旁人的眼光和耳語。「她是個好領袖。」我不小心又說出心裡的想法。

「希望她不會因此惹上麻煩。」愛芙羅黛蒂說。我轉頭看她，她聳聳肩，說：「有些人，尤其是邪惡的活死人，是領導不來的。」

「她會做出正確抉擇的。」我重複史蒂薇．蕾的話。

「對，可是他們會嗎？」愛芙羅黛蒂說。我不知該如何回答，只好又咬了一口蛋。

「大家可以走了嗎？」史塔克終於開口。

「我可以了。」我說。

其他人跟著點頭。然後，大家各自拿起袋子，走向門口。史塔克和我殿後。

「嘿，柔依。」艾瑞克的聲音叫住我。史塔克跟著我停下腳步，銳利的目光注視著我的前男友。

「嗨，艾瑞克。」我小心地回答。

「祝妳好運。」他說。

「謝謝。」我有些驚喜，因為他的表情沒有惡意，而且維納斯也沒黏在他身邊。「你會留在學校，繼續教戲劇課嗎？」

「對，但只待到他們找到新老師。所以，如果妳回來後，我不在這裡，我希望妳知道，呃——」他看看史塔克，再看看我——「總之，祝妳好運。」

「喔，好，那，謝謝你。」

他點點頭，迅速步出餐廳。我想，他應該是要去樓上教師用膳的地方。

「有點怪，但很高興他這麼友善。」我說。

「他太會演戲了。」史塔克說，替我拉開門。

「我知道你的意思。不過，我仍然很高興我們離開前他說了些好話。我眞討厭跟前男友關係尷尬。」

「我又多了一個理由，可以慶幸自己嚴格說來不算是妳的男友。」史塔克說。

我們落後其他人幾公尺，所以多了一點獨處的時間。我心裡想著，不知道他這句「不算是妳的男友」是否帶有忿懣的意思。他忽然問道：「昨晚都還好嗎？妳吵醒我一次。」

「都很好。」

他遲疑了一下，然後說：「妳沒再喝西斯的血。」

這不是問句，但我還是回答，聲調不小心高亢了點。「沒有。我很好，所以沒必要。」

「就算妳再喝他的血，我也能理解。」他說。

「我們現在可以別談這個問題嗎？」

「好。」我們又走了幾步路後，就在快抵達停車場時，他放慢腳步，多爭取一點獨處的時間。「妳在氣我嗎？」他問。

「我爲什麼要氣你？」

他聳聳肩。「嗯，愛芙羅黛蒂預見妳遭遇危險，但在她的靈視裡，我要不是沒幫上忙，就是根本沒和妳在一起。而現在，西斯要跟我們去義大利……」他頓住，看起來很沮喪。

「史塔克，愛芙羅黛蒂的靈視可以改變，我們之前就曾讓它改變過幾次，其中一次還涉及我個人。所以，我們也可以改變預見我溺水的這個靈視。事實上，你一定可以改變它。我知道，你一定不會讓任何災厄發生在我身上。」

「即使我無法走在陽光下？」

頓時，我明白爲何這個靈視會如此困擾他——他怕我需要他時，他無法到我身邊。「即使你人無法跟我在一起，你一定也會想辦法確保我平安的。」

「妳眞的這麼相信？」

「打從心底相信。」我眞誠地說：「在所有吸血鬼當中，我只想要你當我的戰士。我信任你，永遠。」

史塔克彷彿肩背上卸下了幾百萬斤的壓力。「能聽到妳這麼說，眞是太棒了。」

我停步，面向他。「我之前早該告訴你的，但我以爲你已經知道。」

「我想，我是知道。這裡知道。」史塔克摸著自己的胸口。「但我的耳朵需要聽到妳親口說。」

我走入他的懷裡，臉頰依偎在他的頸窩。「我信任你，永遠。」我又重複一次。

「謝謝妳，我尊貴的小姐。」他低聲說，強壯的雙手摟緊我。

我退開，對他微笑。突然間，卡羅納似乎變得很遙遠，史塔克填滿了我的當下。「我們會搞清楚所有事情的。在這過程中，我們會守在一起——戰士和他的這位小姐。」我說。

「這就是我所希望的。」他語氣堅定地說：「其他的事，去他的。」

「對，其他的人和其他的事，全都去他的。」我拒絕再想起卡羅納。他是個龐大、駭人、令人迷惑的**可能**，但史塔克是**確定**。我拉起他的手，拉著他跟我一起走向悍馬車……永遠跟我一起。「來，戰士，我們去義大利吧。」

# 32

## 柔依

「威尼斯比我們這裡早七個小時。」蕾諾比亞解釋道。她跟我們是在海關的貴賓檢查閘口外碰頭。「所以，你們降落時，那邊已經是傍晚。大家在飛機上盡量睡，因爲日落後最高委員會就會立刻召開會議，你們必須出席，得保持清醒。」

「史塔克要怎麼應付陽光？」我問。

「我已經跟最高委員會提過史塔克的需求。她們跟我保證，不會讓史塔克曬到太陽。你們應該知道，她們急於見到他，也非常好奇這種新形態的吸血鬼。」

「好奇？妳是說，她們會把我當成實驗室的老鼠那樣研究嗎？」史塔克問。

「我們不會讓這種事發生的。」達瑞司說。

「我想，你們應該牢記，最高委員會是由七名當今最睿智、最古老的女祭司長所組成，不會做出非人性的舉動，也不會魯莽行事。」蕾諾比亞說。

「所以，他們都像雪姬娜那樣？」傑克問。

「雪姬娜是所有吸血鬼的女祭司長，所以她是獨一無二的。不過，委員會裡的成員個個都以智慧著稱。要知道，她們來自世界各地，都是選舉產生的。每一位的任期是五十年，不得連任。有人卸任時才會選舉新成員。」

「這代表她們應該都很聰明，不會被卡羅納和奈菲瑞特矇騙？」我問。

「我們該擔心的不是她們聰不聰明，」愛芙羅黛蒂說：「而是她們怎麼選擇。我們夜之屋裡有很多成鬼也很**聰明**，但他們袖手旁觀，任由卡羅納和奈菲瑞特宰制。」

「愛芙羅黛蒂說得很有道理。」戴米恩說。

「所以，我們必須準備好應付任何可能性。」達瑞司說。

「我也這麼認爲。」史塔克附和。

蕾諾比亞嚴肅地點點頭。「記住，這趟旅程的結果很可能改變世界。」

「媽呀，任務還眞輕鬆呢。」愛芙羅黛蒂說。

蕾諾比亞瞪她一眼，但沒說什麼。接著，出乎我的意料，她看著傑克，說：「我想，你應該留在這裡。」

「喔，不要！戴米恩去哪裡，我就要去哪裡。」傑克說。

「戴米恩要去的地方很危險。」蕾諾比亞說。

「那我更要和他在一起！」

「我想，應該讓他去。」我說：「他跟我們是一起的。況且——」我聽從直覺，內心篤定的感覺隨即告訴我，我說的話正是妮克絲希望大家知道的——「傑克有感應力。」

「什麼？我有？」

我對他微笑。「我想，是的。你對現代世界的魔法具有感應力，這種魔法就是科技。」

戴米恩綻開笑容。「的確！任何影音器材或電腦方面的東西，傑克都懂。我本來以爲他是個科技天才，後來發現他其實是科技天才中的天才。」

「喔我的天哪！這太酷了吧？」傑克驚呼。

「那麼，柔依，妳說得對，傑克應該跟你們一起去。妮克絲給他這種恩賜，一定有她的目的，而這個目的很可能就是爲了讓妳好好利用。」

「對，還有——」我正想告訴她，還有另一個人要同行，只見西斯朝我們跑過來，肩膀背著書包。

「妳的伴侶也要去？」蕾諾比亞替我把話說完，對著西斯揚起一道眉毛。

「答對了！」西斯說，一手摟著我。「妳永遠不知道柔依何時會需要我的血。」

「夠了，西斯。這點大家都知道，用不著你說。」我感覺到臉頰開始發燙，並刻意躲開史塔克的目光。

「身爲女祭司長的伴侶，你可以進入會議廳，」蕾諾比亞告訴西斯：「但不能發言。」

「會議廳裡規矩很多，是嗎？」戴米恩問。

我的胃愈來愈不舒服了。「規矩？」

「的確是。」蕾諾比亞說：「這是古代的制度，設計上會避免場面混亂，但也會讓每個人都有公平的發言機會。你們必須遵守規則，否則就會被請出會議廳。」

「可是，我不懂那些規則呀！」

「我的朋友，聖克利門蒂島的馬術權威厄絲，會到機場接你們，帶你們到島上，安排你們休息的房間，並跟你們說明委員會的規矩。」

「我什麼話都不能說喔？」西斯問。

「你是智障啊？」愛芙羅黛蒂對西斯說：「蕾諾比亞剛剛已經告訴過你了。」

「至於妳，我不確定他們會不會讓妳進會議廳。」蕾諾比亞對愛芙羅黛蒂說。

「什麼？可是我……」愛芙羅黛蒂氣急敗壞，結結巴巴起來。嚴格說來，愛芙羅黛蒂確實是人類。一個不尋常的人類，但還是人類。

「厄絲會要求委員會讓妳出席，」蕾諾比亞繼續說：「就看她們是否同意了。」

「大家都先登機吧。我還有話要跟蕾諾比亞談一下。」我說。

「登機門在第二十六號。」蕾諾比亞說：「祝福滿滿，願妮克絲與各位同在。」

「祝福滿滿！」大家齊聲回應，然後走向蜿蜒的通關隊伍。

「那些受傷的雛鬼還好嗎？」我問。

「好多了。謝謝妳幫他們。」她說。

我搖搖頭。「很高興聽到他們好多了。那龍老師呢？」

「仍哀慟不已。」

「我好難過。」我說。

「打敗卡羅納，阻止奈菲瑞特，就是在幫龍老師的忙。」

我不理會掠上心頭的恐慌，馬上改變話題。「妳會怎麼處置那些紅雛鬼？」

「這點我想過了。我認為，我們應該尊重他們的女祭司長的想法。待會兒回學校後，我會跟史蒂薇·蕾談談。我們會做出她認為對紅雛鬼最好的決定。」

聽到蕾諾比亞稱呼史蒂薇·蕾為女祭司長，感覺很有趣，也很高興。「妳應該要知道，除了現在跟史蒂薇·蕾在一起的那些紅雛鬼，還有別的紅雛鬼。」

蕾諾比亞點點頭。「達瑞司告訴過我了。」

「妳打算怎麼處置他們？」

「跟對待其他紅雛鬼一樣，任何決定都得跟史蒂薇・蕾討論。這個狀況有點棘手，因爲我們根本不知道他們已經變成什麼樣子，或還沒變成什麼樣子。」蕾諾比亞伸出一隻手搭在我肩上。「柔依，妳絕不能因爲這裡發生的事而分心。妳必須專心面對卡羅納和奈菲瑞特，以及最高委員會。相信我，我可以照顧好我們夜之屋的。」

我嘆一口氣。「好，我會的。至少我會努力。」

她露出笑容。「我已經告訴最高委員會，我們認爲妳是我們的女祭司長。」

我有點震驚。「眞的嗎？」

「眞的。柔依，妳的確是我們的女祭司長，而且妳配得上。從來沒有哪個雛鬼或成鬼能有妳跟妮克絲的那種關係。妳只需繼續遵循女神的道路，讓我們以妳爲傲。」她說。

「我會盡我最大的努力。」

「這就是我們對妳的唯一要求呀。祝福滿滿。柔依・紅鳥。」

「祝福滿滿。」我說，然後走向第二十六號登機門。我努力不去想，身爲妮克絲的女祭司長，我實在不該老是想到女神的前戰士。

* * *

「阿嬷！妳好嗎？」

「喔，柔依鳥兒！我今天好多了。我想，冰風暴一結束，我的體力就恢復不少。冰雪很美，但千萬不能太多。」阿嬷說。

「嘿，別以爲這樣妳就得趕回薰衣草田唷。答應我，妳會讓安潔拉修女照顧一陣子。」

「喔，別擔心，**嗚威記阿給亞**，我發現自己很喜歡有這位好姊妹作伴。妳今晚會來看我嗎？學校都還好嗎？」

「阿嬷，我就是爲了這個打這通電話的。我正準備搭學校的噴射機去威尼斯。卡羅納和奈菲瑞特都在那裡，他們好像會在最高委員會上興風作浪。」

「那很糟糕。**嗚威記阿給亞**，妳不會自己一個人去跟他們對抗吧？」

「當然不會，阿嬷。我的這群朋友會跟我在一起，還有西斯。」

「太好了。別羞於利用他跟妳的關係，這是萬物的自然定律。」

淚水在我的喉頭燒灼。不管我的生活變得多古怪，多像吸血鬼，阿嬷永恆不變的愛是我整個世界的基石。「我愛妳，阿嬷。」我哽咽地說。

「我也愛妳，**嗚威記阿給亞**。別擔心我這個老太婆，專注在妳眼前的任務上。我會在這裡等妳打贏這場仗。」

「妳說得好像我一定會打贏。」

「我確定妳會打贏，**嗚威記阿給亞**。我也確信妳的女神會幫助妳。」

「阿嬤，我又做了一個跟卡羅納有關的怪夢。我看見卡羅納曾經是妮克絲的戰士，並非自始就這麼邪惡。」朋友們都在登機門等著上飛機，而我離開隊伍好一段距離，但仍不自覺地壓低聲音。

阿嬤沉默了好長一段時間，最後終於說：「這聽起來比較像靈視，而非夢。」

我隨即感覺到她說對了。「是像靈視！所以，這代表我所看到的是眞實的？」

「不一定。不過，妳在靈視中看見的，遠比單純的夢重要。妳在夢中覺得很眞實嗎？」

我咬著下唇想了一下，然後承認：「對，感覺起來我看到的是眞相。」

「記住，要以常識節制妳的感覺。傾聽妳的心靈、理智**和**靈魂。」

「我會盡力的。」

「用邏輯和理性來衡量妳的感覺。妳不是埃雅，妳是柔依·紅鳥，妳有自由意志。如果感覺太過強烈，讓妳無法承受，記得要倚賴妳的朋友，尤其是西斯和史塔克。跟他們有連結的人是妳，是柔依，不是古代切羅基族少女的鬼魂。」

「妳說得對，阿嬤。我會記住的。我是我，這點絕不會改變。」

「小柔！要登機了！」西斯喊道。

「我得走了，阿嬤。我愛妳。」

「我的愛永遠跟妳在一起，**嗚威記阿給亞**。」

登上飛機時，我覺得阿嬤的愛已讓我煥然一新。她說得對，我必須區別我實際上對卡羅納的認知和**我自以為可能對他具有的了解**，並取得平衡。

看到機內的設施很酷，我更是精神煥發。一整個機艙就像頭等艙，大張皮革座椅能往後整個躺平，還有超級厚的窗簾。我一進機艙，就立刻從頭到尾走一回，將所有的窗簾拉上。

「呆瓜，現在又沒有陽光。」愛芙羅黛蒂說。

「我寧可現在就動手拉上，免得你們待會兒**忘記**。」

「我不會害妳的戰士著火的。」愛芙羅黛蒂說：「免得**我的**戰士到時候忙不過來。」

「只要是妳的事，我永遠不嫌忙。」達瑞司說著，在她旁邊的位置坐下，還將兩人中間的扶手拉起來，以便依偎在一起。

「噁。」依琳說。

「我們到後面坐吧，免得我們害愛芙羅黛蒂也吐出來。」籲妮說。

「機上會有飲料供應嗎？」戴米恩問。

「希望有。我想來點可樂。」我說，真高興所有人聽起來很正常，正如我此刻的感覺。

「蕾諾比亞說，在機上我們什麼都得自己來。不過，我很肯定，等飛機升空後，我們四處找找，一定可以找到東西喝。」達瑞司說。

「我知道他們把可樂放在哪裡。」史塔克說：「我就是搭這架飛機從芝加哥到這裡的。起飛後我就幫妳拿可樂。」然後，他指著身旁的空位。「要跟我一起坐嗎？」

「嗨，小柔！」西斯從飛機後端叫我。「我在這裡替妳留了位子。」

我嘆一口氣。「你們知道嗎，我想要自己一個人坐，設法睡個覺。時差會要了我的命。」我說，挑了一個介於西斯和史塔克之間的座位。

「我等一下就吃一顆安眠藥。我搭飛機很有經驗了。」愛芙羅黛蒂說：「然後，在威尼斯一降落，我就逛商店去。」

「逛商店？孿生的，或許我們該跟愛芙羅黛蒂一起去勘查。」簫妮說。

「好主意，孿生的。」依琳贊同。

我臉上忍不住浮起微笑，看著孿生的往前移動，坐到隔著走廊和愛芙羅黛蒂相望的座位。她不屑地瞥了她們一眼，但旋即興致高昂地談起她打算在威尼斯血拼的清單。

「拿著。」史塔克遞給我毯子和枕頭。「有時在飛機上會冷，尤其是妳想睡的時候。」

「謝謝。」我說。我想告訴他，我很想蜷縮在他身邊，但我實在不喜歡此舉會帶給西斯的感覺。（此刻，他正在跟傑克激辯麥金塔比較好，還是一般的個人電腦比較優。）

「嘿，沒關係，我懂。」史塔克壓低聲音說。

「你眞是全世界最棒的戰士。」

他臉上微微露出我好喜歡的冷傲笑容，然後親了一下我的頭頂。「睡吧，我會豎起心電感應的耳朵，留意妳的感覺。如果事情不對勁，我會叫醒妳。」

「就靠你了。」我說。

我抱著戰士給我的毯子和枕頭蜷縮起來，幾乎在飛機起飛前就睡著了。

就算有做夢，我也不記得。

# 33 史蒂薇・蕾

「我依然不同意妳這麼做。」蕾諾比亞說。

「但這事由我決定，對吧？」史蒂薇・蕾說。

「對，我只是希望妳重新考慮，讓我跟妳一起去。或者找龍老師，他可以陪妳去。」

「龍老師仍太悲痛，而學校基本上是妳在負責。依照目前的狀況，我不認為妳現在走開是明智的。」史蒂薇・蕾說：「聽著，我不會有事的。我了解他們，他們不會傷害我的。就算他們真的連最後一點理智都喪失了，想對我怎樣，他們也辦不到。我會召喚土元素來痛扁他們。別擔心，我之前跟他們相處過。這次，我希望能說服他們跟我回來這裡。我想，回到學校對他們是有幫助的。」

蕾諾比亞點點頭。「有道理。回到他們先前自覺正常的地方，或許他們就能找回那種感覺。」

「我就是這麼想。」史蒂薇・蕾停頓一下，以輕柔、傷感的語氣說：「有時我仍會跟自己交戰。有時我覺得黑暗離我好近，近到我幾乎碰觸得到。同樣地，我在找回人性的紅雛鬼身上也見到這種掙扎。對他們來說，這也很辛苦。」

「或許你們一直必須做選擇。對你們來說，或許善惡之間的界限沒那麼明顯。」

「我們會因爲這樣就成爲壞蛋，或沒有價値的人嗎？」

「不會，當然不會。」

「那妳應該知道爲什麼我必須回火車站，再次跟那些孩子談一談。我不能背棄他們。當初，儘管史塔克射箭傷我，柔依也沒有背棄他，最後證明結局是好的。」

「妳會是個好女祭司長，史蒂薇．蕾。」

史蒂薇．蕾覺得臉頰發燙。「我不算是女祭司長啦，我只是他們唯一能依靠的人。」

「不，妳是女祭司長。相信我，相信妳自己。」她對史蒂薇．蕾微笑。「那麼，妳什麼時候回火車站？」

「我想，我得先確定這裡的紅雛鬼都安頓好了。妳知道的，就是幫他們安排好房間，打理好衣物之類的。還有，他們也應該回到各自的班級了。這點挺麻煩的，因爲班級每學期都會變。不過，我還是希望今晚就能過去。」

「今晚？不等明天再去嗎？妳自己不也應該先安頓好嗎？」

「嗯，其實，我也不知道我們能否眞的在這裡安頓下來。」

「當然可以。夜之屋是你們的家。」

「這裡**曾是**我們的家。現在，我們覺得白天待在地底下會比較舒服。」史蒂薇・蕾露出忐忑不安的笑容。「我這話聽起來很像血腥恐怖片的台詞，對吧？」

「不，事實上我覺得這很合理。你們死過。任何人死了，身體本來就會回歸土。雖然你們復活了，仍跟土有聯繫。這種聯繫是我們其他人所沒有的。」蕾諾比亞猶豫了一下，繼續說：「夜之屋主校舍有地下室。它是當儲藏室用的，不太能住人。但只要稍做整理……」

「或許吧。」史蒂薇・蕾說：「不過，我還是想先回去看看，被那些孩子占用後，火車站底下現在怎樣了。我們眞的很喜歡那裡，也把那裡布置得很棒。」

「我想，我們沒有理由不能用車子載送你們上下學。人類的小孩不都每天通學？」

史蒂薇・蕾笑著說：「黃色大校車！」

蕾諾比亞大笑。「無論通學或住校，一定可以解決的。你們是我們的一分子，這裡是你們的家。」

「家……聽起來好溫暖啊。」史蒂薇・蕾說：「嗯，我最好趕緊準備，免得太靠近日出的時間才回火車站。」

「務必給自己充裕的時間，我可不希望妳困在那裡。氣象報告說，奧克拉荷馬州多數地區會是晴天。崔維斯．梅爾思的預報甚至說，氣溫回升到冰點以上的時間，可能長到足以融化一些冰。」

「崔維斯是我最喜歡的氣象播報員欸。別擔心，我會在天亮前回來。」

「好，這樣妳就有時間跟我說說那裡的情況。」

「我會直接回來這裡。」史蒂薇．蕾準備起身，但旋即改變心意。她有個問題不能不問，而蕾諾比亞應該不會覺得這個問題很奇怪吧。「呃，仿人鴉眞的很壞，是吧？」

蕾諾比亞的表情立刻從安詳轉變成嫌惡。「他們的父親被逐出陶沙市了，我祈求妮克絲也把他們趕出這個世界。」

「妳以前聽過他們嗎？我的意思是，在他們從地底竄出之前，妳知道他們的事嗎？」

蕾諾比亞搖搖頭。「我以前對他們一無所知，也沒聽過切羅基族的傳說。不過，我倒是很容易就看清楚一點。」

「喔，哪一點？」

「邪惡。我跟邪惡對抗過，而他們就是邪惡的一種黑暗面貌。」

「妳認爲他們全然邪惡嗎？我的意思是，他們有一部分是人類。」

「不對，應該說他們有一部分是不死生物。」

「對，我就是這個意思。」

「而不死生物這一面就是徹底邪惡的。」

「可是，如果卡羅納不是一直都這麼壞呢？他畢竟來自某處，或許他曾是好人。如果眞是這樣，或許仿人鴉身上也有好的一面。」

蕾諾比亞靜靜地端詳史蒂薇．蕾，半晌之後才以平靜但堅定的語氣說：「女祭司，別讓妳對紅雛鬼的同情扭曲了妳對邪惡的看法。邪惡存在於我們的世界，也存在於另一個世界。而一如在這個世界，在另一個世界裡，邪惡也是實在的。受到凌虐、扭曲的孩子，跟邪惡所生，因強暴而孕育的生物，兩者全然不同。」

「安潔拉修女基本上也是這麼說。」

「那位修女很有智慧。」蕾諾比亞頓一下，然後繼續說：「史蒂薇．蕾，妳是否察覺一些我該知道的事情？」

「噢，沒有！」她趕緊否認。「我只是隨便想想。妳知道的，就是想一些良善、邪惡、選擇之類的事情。我在想，或許有些仿人鴉也有能力選擇。」

「就算他們有能力選擇，老早之前他們已選擇了邪惡。」蕾諾比亞說。

「對，我想妳說得對。好，我得走了。我會在天亮之前回來。」

「我等妳回來。願妮克絲與妳同在，女祭司。祝福滿滿。」

「祝福滿滿。」史蒂薇．蕾匆忙離開馬廄，彷彿只要遠離她剛剛說的話，就能遠離罪惡感。她在想什麼啊，竟跟蕾諾比亞說起涉及利乏音的事情？她應該閉上嘴巴，忘了他。

但她怎麼可能忘了他呢？畢竟待會兒回到火車站，她就有機會見到他。

她不該叫他去那裡的。她應該想出別的法子的。或者，她早該把他交出來！

不，不，現在想這些都太遲了。現在史蒂薇．蕾唯一能做的，就是把傷害降到最低。首先，她得去找那幾個紅雛鬼；然後，再來處理利乏音的問題。

當然，他很可能已經不構成問題。那些紅雛鬼可能還沒發現他，他的氣味不像食物，而且他根本沒有能耐攻擊他們。他或許正躲在坑道裡最陰暗的小房間，舔舐著傷口。但是，也或許他已經死了。誰知道萬一傷口感染，仿人鴉會有什麼下場？

史蒂薇．蕾嘆口氣，從附有兜帽的運動衫的口袋裡掏出手機，一邊祈禱坑道裡已恢復收訊，一邊發簡訊給妮可——

我今晚得見你們。

沒等太久，她就收到回覆：很忙，得到天亮才回去。

她對著手機皺起眉頭，回傳：天亮前一定要回去。

她等了一會兒，不安地開始踱步時，才收到妮可的回覆：六點到。

史蒂薇・蕾差點兒咬牙切齒。六點，離天亮只剩一個半小時。該死！妮可要把她氣瘋了。這女孩是最大的問題。其他孩子壞是壞，起碼不像她，都只是附從的人。史蒂薇・蕾在妮可死掉之前就知道她很壞，死而復活以後還是沒變——事實上是變得更糟。所以，史蒂薇・蕾必須搞定的人是妮可。如果她能唾棄黑暗，其他孩子可能也會跟著改邪歸正。

好。史蒂薇・蕾鍵入這個字後，補上一句：有什麼不尋常的事情發生嗎？

她屏住呼吸，等著手機簡訊聲響起。如果他們發現了仿人鴉，妮可會告訴她的。搞不好她覺得利乏音很酷，也或許她已經不假思索地當場擊殺他。不管怎樣，她應該都會向史蒂薇・蕾吹噓一番的——因爲這會讓她覺得自己很厲害，權柄在握。

只是在找食物，活的食物。想加入我們嗎？

史蒂薇・蕾知道，不管怎麼提醒妮可不該吃人都沒有用。於是，她只回覆說：

不用。六點見。哈哈哈哈哈。

史蒂薇・蕾收起手機。這個夜晚將非常漫長，尤其是從六點到天亮的那一個半小時。

# 利乏音

「所以，計畫就是這樣。鳥小子，你幹是不幹？」妮可不請自來，闖入史蒂薇．蕾的房間，踢床吵醒他，開始談論把史蒂薇．蕾困在屋頂上的計畫。

「就算接近日出時妳能將血紅者騙上屋頂，妳要怎麼把她留在那裡？」

「這棟建築上面有兩個圓塔，塔頂是露天的，因為那裡就是**屋頂**。我們找到一面巨大的金屬格柵，可以鏈在其中一個塔頂。一旦爬上塔頂，被格柵罩住，她絕對逃不出去。她是很厲害，但不可能弄斷金屬。還有，她在上面碰不到土。所以，她會被困在那裡，太陽一升起就會像漢堡一樣被烤焦。」

「她為什麼會去屋頂？」

「這更簡單了。她會去，因為你會讓她上去。」

利乏音萬分震驚，半晌說不出話。等情緒平復，他說話時謹慎地遣詞用字。「妳認為我可以讓血紅者在快天亮的時候上去屋頂？我怎麼有辦法呢？我沒有足夠的力氣制服她，把她扛上去。」他說，語氣裝得彷彿他覺得這個點子很無趣。

「你不用這麼做。她救了你，而她必須瞞著其他人才救得了你。在我看來，這代表你對她具有某種意義，甚至是重大意義。」妮可譏諷地說：「史蒂薇．蕾很可悲，總以為她可以拯救世界似地。所以，她才會蠢到願意快天亮時來這裡。她以為她可以拯救我們。呸，我們才不要她拯救哩！」妮可開始大笑。就在她笑到無法抑遏時，利乏音看到她眼裡閃過奈菲瑞特的魆黑影子，表情顯得更加歇斯底里。

「她為什麼想拯救你們？」利乏音的問題像一巴掌打在她臉上，止住她的狂笑。

「什麼？難道你認為我們不值得拯救？」念頭一轉，她迅疾移動，來到床邊，抓住他沒受傷的那隻手腕。「我來看看你在想些什麼。」

當她直視著他，侵入他的心思，他的手臂散發出熱氣。隨著熱氣遍布他的身體和靈魂，利乏音努力專注在一件事情上：他的憤怒。

妮可放下他的手腕，後退一步。「哇，」她不自在地咯咯笑，說：「你真的氣壞了。氣什麼呢？」

「我氣～～我受傷，被丟在這裡跟幾個小鬼周旋，玩他們無聊的整人遊戲～～！」

妮可再度趨前逼近他的私人空間，咆哮著說：「誰說這無聊？我們要除掉史蒂薇．蕾，然後才能為所欲為，一如我們之前承諾奈菲瑞特的。所以，你要不要幫忙，替我們誘捕她？

或者，我們這就放過你，直接採用B計畫？」

利乏音不敢稍有遲疑，問道：「妳要我怎麼做？」

妮可的笑容讓他想起蜥蜴。「我們會帶你去爬樓梯，上到圓塔。我指的是旁邊沒有樹的那個圓塔。我可不想冒險，讓她有機會把樹拉過去，幫她遮住陽光。總之，你到我說的那個塔頂等她。但你得癱在那裡，彷彿你被我們痛打一頓，血幾乎被吸乾，拖到那裡。其實，我正是要讓史蒂薇．蕾以爲是那樣，你奄奄一息地待在塔頂。」

「然後，她會上塔頂救我。」利乏音說，語氣極其冷淡。

「沒錯，我們賭她會去救你。當她爬進圓塔，你最好趴著。我們會覆上格柵，用鏈子固定住。等太陽升起，史蒂薇．蕾就會起火燃燒。然後我們會放你出來。瞧，很簡單吧。」

「這招管用。」利乏音說。

「對。聽好了，如果你在最後一分鐘決定不配合我們，柯帝斯和絲塔兒就會開槍射殺你，然後照樣把你扔到塔頂。這就是B計畫，我們一樣可以接受。瞧，你既是我們的A計畫，也是B計畫，只不過其中一個計畫比較慘。」

「如我之前說的，我父親命令我將血紅者帶去給他。」

「對，不過你老爸不在這裡。」

「我不知道妳爲什麼要跟我玩這種把戲。妳已經承認，妳知道我父親絕不會拋棄我，遲早會回來找他的愛子。到時候，我必須將血紅者交給他。」

「你可以接受炭烤紅鬼嗎？」

「只要能擁有她，我不在乎她的軀體是什麼狀態。」

「好，你當然可以擁有她，反正我不想吃她，沒必要留著她的軀體。」她側著頭，打量他。「我看得見你腦袋裡在想什麼，知道你很生氣，但我也看到你覺得愧疚。爲什麼？」

「我應該待在我父親身旁，其他狀況都不容許。」

她大笑。「你眞是你老爸的乖兒子，對吧？」說完，她撥開門口的掛毯，臨走前回頭說：「睡個覺吧，她抵達之前還有幾個小時。如果需要什麼，柯帝斯持槍在外面守著，他會替你張羅。你儘管待在裡面，直到我找你，懂嗎？」

「是～～」

妮可離去後，利乏音繼續蜷縮在史蒂薇·蕾的床上。當他再次入睡，讓身體在睡眠中療癒，他腦中只想著，但願血紅者當初讓他死在修道院旁的樹下。

# 34

## 柔依

我們降落在威尼斯機場的那一剎那，我才醒來。我發誓，我一路睡到底，睡得像個放暑假的學生。

我醒來時，發現我那夥朋友幾乎每個都在擦淚擤鼻涕。「大家怎麼了？」飛機滑向閘口時，我問史塔克。他不知何時已改坐到跟我隔著走道的那個座位。

他轉頭往後瞥一眼，意指我們背後的每個人，包括西斯——他看起來竟有點淚眼朦朧。「他們剛剛看了描述男同志議員從政生涯的影片《自由大道》，個個哭得像小嬰孩。」

「嘿，這是一部好片子，而且超級悲傷。」我說。

「對，一開始我也跟著看，但我想保持沉著冷靜的男性本色，所以決定坐過來這裡看書。」他說著拿起大腿上的書。我看見書名是《失落的季節》，作者名叫派特．康洛伊。

「你還眞的喜歡看書呢。失落的季節？他要表達什麼？」

「他想指出，受苦可以帶來力量。他是我最喜歡的作家。」史塔克有點害羞地說。

「喔。我得找機會看看他的書。」我只能傻傻地這麼回應。

「他不寫都會愛情小說。」史塔克說。

「這種刻板印象眞糟糕！」我說，準備發表長篇大論，抨擊他歧視女性的觀點。這時，飛機突然劇烈晃動一下，戛然停止。大夥兒面面相覷，不確定要做什麼。接著，通往駕駛艙的門打開，吸血鬼副駕駛滿面笑容地走出來。

「歡迎來到威尼斯。」她說：「我知道你們當中至少有個人有特別需求，所以我們直接將飛機開進我們的私有停機棚。厄絲馬上會跟大家碰頭，陪各位到聖克利門蒂島。請記得把隨身行李帶下飛機。祝福滿滿。」接著，她走到前門，扳開幾根控制桿，打開機艙門。「各位可以下機了。」

「我走前面。」我告訴史塔克。他已經站起來，把書放進背包，將背包甩上肩頭。「我先確定外頭眞的沒有陽光。」

史塔克正打算跟我爭論時，達瑞司已迅速從我們兩人身邊擦過，說：「在這裡待著，我會讓你們知道外頭安不安全。」

「他眞是個英勇的戰士啊。」愛芙羅黛蒂說，拉著她的名牌登機箱走過來，逼得其他人只好待在她後頭。「我眞愛他雄赳赳、氣昂昂的模樣。不過，希望他記得幫我拿行李。」

「他的兩隻手必須空著，才能在需要時保護妳。」史塔克告訴她。話尾顯然帶著「妳這個白癡」的譏諷意味，只差沒說出口。

她瞇起眼睛怒視他，所幸這時達瑞司已折回機艙內。「外頭很安全。」於是，我們像羊群一般，一個接一個地沿著走道走向機艙門。

梯子底部站著一位吸血鬼，身材高眺，儀態莊嚴，膚色恰與蕾諾比亞成對比。蕾諾比亞白皙，她卻黝黑。不過，她從容冷靜一如我們的馬術老師。我想，這一定跟她們對馬的感應力有關。除了貓咪以外，馬是世界上最酷的動物，也同樣擅長挑主人。

「我是厄絲。歡喜相聚，柔依。」即使我跟在史塔克和達瑞司後面步下梯子，她的深色眼眸立刻看到我。

「歡喜相聚。」我說。

她的視線隨即轉向史塔克。我發現她看到他額頭兩支箭拱著一彎弦月的紅色刺青時，眼睛立刻睜大。「這位是史塔克。」我說，試圖化解尷尬的沉默氣氛。

「歡喜相聚，史塔克。」她說。

「歡喜相聚。」他不假思索地回答，但聲音緊繃。我明白他的感受，但我已習慣別人盯著我的怪異刺青看。

「史塔克，我已經交代好，小艇的簾子都會拉上，窗玻璃也會遮住。不過，一個小時內天就會黑，加上整天斷斷續續下雪，所以就算有太陽，光線也很微弱。」

她的聲音非常悅耳，我聽得如癡如醉，半晌才明白她在說什麼。

「小艇？」我說：「那他要怎麼走到小艇？」

「小柔，船就在那裡。」西斯說，下巴朝停機棚側邊揚了揚。停機棚地板在那裡裁出一個寬敞的長方形船塢，船塢一端停著一艘木造的黑色船隻。船上層前方是一個玻璃圍住的空間，我看見兩名高大的成鬼站在裡面的儀表板旁邊。他們身後有一道油亮油亮的樓梯往下延伸。我猜，它通往客艙。我只能猜，因爲那裡的窗子全都遮蓋起來了。

「只要太陽躲在雲層後方，我就可以忍受。」史塔克說。

「所以，陽光不止會讓你不舒服，還眞的會燒傷你？」厄絲說。我聽得出她很好奇，但語氣裡一點也沒有侮辱人的意思，反而流露出眞誠的關懷。

「陽光直射會要我的命。」史塔克以單純陳述事實的語氣說：「夕陽或間接照射會造成程度不等的不適或傷害。」

「有意思。」她若有所思地說。

「我想，妳是可以覺得有意思。但對我來說，這相當惱人和不便。」史塔克說。

「在最高委員會會議開始之前，有時間讓我們去逛街購物嗎？」愛芙羅黛蒂問。

「啊，妳一定就是愛芙羅黛蒂。」

「對，歡喜相聚。所以，我們可以去逛街購物嗎？」

「恐怕沒時間。到聖克利門蒂島要半小時，抵達之後我得幫你們安頓下來。最重要的，我必須跟大家說明委員會的規矩。事實上，我們現在就得動身了。」她開始將我們趕上船。

「他們會讓我在委員會面前說話嗎？或者，因爲現在我**只是**人類，所以不夠格發表意見？」愛芙羅黛蒂說。

「與人類有關的規矩，重點不在這裡。」厄絲邊說，我們大家邊登船，走進幽暗、豪華的船艙。「長久以來，吸血鬼的人類伴侶就可以進入會議廳，因爲對他們的吸血鬼來說，他們很重要。」她頓住，對一看就知道是人類的西斯微笑。「但他們不能在最高委員會面前發言，因爲吸血鬼的政策和議題，人類本來就沒有發言權。」

西斯誇張地嘆一口氣，擠到我身邊坐下，伸手環住我的肩膀，對坐在我另一邊的史塔克完全視而不見。「你再不把手放下，行爲檢點一點，我就用手肘撞死你。」我低聲說。他尷尬地笑笑，移開手，但仍緊挨著我。

「這表示我可以出席會議，但必須跟那個捐血人一樣閉上嘴巴？」愛芙羅黛蒂問。

「他們特別爲妳開例。妳可以出席，也可以發言，但必須遵守委員會的所有規矩。」

「這些規矩包括現在不能去逛街購物？」愛芙羅黛蒂鍥而不舍地問。

「沒錯。」厄絲說。

她的耐心令我驚訝。要是蕾諾比亞，搞不好老早狠狠地教訓愛芙羅黛蒂一頓。

「我們其他人也可以參加會議嗎？喔，歡喜相聚，我是傑克。」傑克突然插嘴。

「你們全體都已受邀出席會議。」

「奈菲瑞特和卡羅納呢？他們也會出席嗎？」我問。

「對。不過，現在奈菲瑞特自稱妮克絲的化身，而卡羅納說他的本名是俄瑞波斯。」

「謊話連篇。」我說。

厄絲苦笑。「我年輕、獨特的雛鬼啊，這正是妳來這裡的原因。」

接下來的航程，我們幾乎沒說話。在幽暗的船艙內，引擎聲顯得更大聲，吵得人七葷八素。船隻顛簸得很厲害，我忙著集中精神，不讓自己把五臟六腑吐出來。

船速減慢，從海水波動起伏的節奏看，我們應該已抵達聖克利門蒂島。這時，達瑞司大吼一聲，壓過引擎聲：「柔依！」

他和愛芙羅黛蒂坐在我後面兩排的椅子上，我得轉身才看得見他。史塔克跟著我一起轉身，所以我們兩人幾乎同時站起來。

「愛芙羅黛蒂！怎麼了？」我衝到她身邊。她雙手抱頭，彷彿怕它會爆炸。達瑞司一臉無助，不停地撫摸她的肩膀，喃喃對她說著我聽不清楚的話，並一直試著要她看著他。

「喔，天啊！我的頭快痛死了。搞什麼鬼？」

「她出現靈視了嗎？」厄絲說，趕到我身後。

「不知道。可能吧。」我說，跪在愛芙羅黛蒂面前，試圖要她看我的眼睛。「愛芙羅黛蒂，是我柔依。告訴我妳看見了什麼。」

「我好熱，快熱死了！」愛芙羅黛蒂說。儘管船艙裡明明很涼爽，她的臉漲紅，滿頭大汗。她睜大眼睛，驚恐地四處張望，但我猜她不是在看豪華船艙的內部。

「愛芙羅黛蒂，跟我說話！妳的靈視顯示什麼？」

她終於看著我。我發現她眼睛清澈，**沒有**出現伴隨著靈視而來的充血現象。

「我不是看見什麼。」她邊大口吸氣，邊給汗涔涔的臉搧風。「這不是靈視。是史蒂薇·蕾和我們該死的烙印。她出事了，真的、**真的**很糟糕的事。」

# 35 史蒂薇・蕾

史蒂薇・蕾知道自己快死了，而且這次是眞的死去。她好怕。比上次在朋友圍繞下，在柔依懷裡吐血至死還怕。這次情況不同。這次會死是因爲遭到背叛，而非生理上的反應。

她的頭好痛。她伸出手，小心翼翼地摸後腦勺，發現手上沾滿了血。她覺得頭昏腦脹。發生了什麼事？史蒂薇・蕾試圖坐起來，但暈眩得厲害。她呻吟一聲，拼命地嘔吐，身體因搐動而痛得哀號。然後，她側身癱倒，翻滾離開嘔吐物。這時，她朦朧的淚眼瞥見上方的金屬格柵，以及格柵之外的天空──天色逐漸明亮，變得愈來愈藍。

記憶瞬間湧上心頭，她驚恐得急促喘氣。他們把她困在這裡，而太陽正要升起！就算到了此刻，頭頂上罩著格柵，他們背叛她的行徑歷歷在目，史蒂薇・蕾仍不願意相信。

又一波噁心的感覺席捲而來，她閉上眼睛，試圖找回平靜。只要眼睛閉著，她就能控制可怕的暈眩，思緒也變得清晰。

是紅雛鬼幹的。妮可沒在約定的時間出現。史蒂薇・蕾沒太訝異，但很生氣，不耐煩再等。就在她準備離開空蕩蕩的坑道，重返夜之屋時，妮可和絲塔兒終於走入地下室。她們兩人有說有笑，互相打趣，而且顯然剛吃飽——臉頰泛紅，眼睛亮著剛喝了鮮血的紅光。史蒂薇．蕾試著說服她們。事實上，她居然試著跟她們**講道理**，勸她們跟她回夜之屋。

兩個紅雛鬼一直冷言冷語，說些混帳理由搪塞她：「不要。那些成鬼不讓我們吃垃圾食物，但我們偏愛吃垃圾！」「威爾．羅傑斯中學就在第五街。眞要上學，我寧可去那裡——天黑之後——去找**午餐**。」

史蒂薇．蕾認眞地提了些回學校的理由，比方說，那裡是他們的家，吸血鬼的事情他們懂得還太少，連史蒂薇．蕾都懂得太少。總之，他們**需要**夜之屋。

她們取笑她，說她是老太婆，還說留在火車站才酷，尤其現在這裡完全屬於他們。

大塊頭的柯帝斯在那時走入地下室，氣喘吁吁，情緒亢奮。史蒂薇．蕾想起打從第一次見到他，她就覺得不舒服。總之，她從未喜歡過這傢伙。他是奧克拉荷馬州東北方養豬戶的兒子，觀念保守，認爲女性比豬還不如。「好欸，我找到他，吃了他！」他洋洋得意地說。

「那東西？你別鬧了，他聞起來很噁心。」妮可說。

「就是啊。再說，你吃他的時候，他怎麼可能安靜不動地讓你吃？」絲塔兒問。

柯帝斯用袖子擦嘴巴，衣袖上立刻染上一片紅色血跡。氣味撲鼻而來，嚇壞了史蒂薇．

蕾。**利乏音！那是利乏音的血！**

「我先把他打昏。這很容易，他的翅膀斷了，身受重傷。」

「你在說什麼？」史蒂薇．蕾厲聲問柯帝斯。

像隻笨牛，他緩緩地眨眼看著她。她又急又氣，正準備上前抓住他，搖晃他，甚或命令土裂開，將這個混帳吞沒時，他終於回答：「我說的是鳥小子。妳是怎麼稱呼他們的？仿人鴉？有一隻跑來這裡，我們在坑道追逐了半天，妮可和絲塔兒玩膩了，出去找速食店外送宵夜的人吃。但我一向喜歡吃雞，所以留在這裡繼續追他。最後，我把他困在上面一座圓塔的屋頂，妳知道的，就是離樹較遠的那座。」柯帝斯指著左上方。「總之，我抓到他了。」

「他吃起來的味道跟聞起來一樣噁嗎？」妮可一臉震驚和嫌惡，但顯然也非常好奇。

柯帝斯聳聳他寬厚的肩膀。「嘿，我不挑食，什麼都吃。」

他們哄堂大笑，除了史蒂薇．蕾。「你把仿人鴉困在屋頂？」她問。

「一定是。眞不知道他一開始怎麼會跑來這裡，尤其他還全身是傷。」妮可搶先說，對史蒂薇．蕾揚起一道眉毛。「妳剛剛說現在可以回夜之屋，因爲奈菲瑞特和卡羅納都走了。不過，看來他們留了一個廢物在這裡，對吧？所以搞不好他們還沒眞正離開。」

「他們全離開了。」史蒂薇．蕾說著朝地下室門口移動。「所以，你們沒人要跟我回學校？」

他們三個默不吭聲，只是搖頭，但猩紅的眼睛緊緊盯著她的一舉一動。

「那其他人呢？他們在哪裡？」

妮可聳聳肩。「隨便哪裡，反正他們想去哪裡就去哪裡。下次我見到他們，會告訴他們，妳叫他們回學校。」

柯帝斯大笑。「哇，太棒了，我們都回學校去吧！妳還眞以爲我們會喜歡啊？」

「聽著，我得走了，天快亮了。不過，這件事還沒結束。你們應該要知道，即使我們是夜之屋的一分子，我仍有可能帶其他紅雛鬼回來這裡住。如果我們眞的回來，你們可以留下來跟我們一起住，但你們的行爲都得改正；否則，你們就得離開這裡。」

「這樣吧：妳把妳那群娘娘腔的雛鬼留在學校，讓我們住在這裡，因爲現在**這裡**是我們在住。」柯帝斯說。

史蒂薇．蕾停下腳步，不由自主地想像自己是一棵樹，樹根往下延伸，不停延伸，延伸到不可思議的地底深處。**土，請降臨我**。在這個圍繞著土元素的地下室，她輕易就讓元素的力量充滿全身。她一開口，地面隨著她的怒氣一起震動、搖晃。「我只再說一次。如果我帶其他紅雛鬼回來，這裡就是我們的家。你們如果肯改正，就可以留下來；如果不肯，就得離開。」她跺一下腳，整個火車站搖晃，地下室天花板的灰泥紛紛落下。接著，史蒂薇．蕾深吸一口氣，冷靜下來，想像她剛召喚的所有能量退出身體，回到土裡。她再次開口時，聲音已恢復正常，大地不再震動。「所以，你們自己決定。我明晚會再回來。」

史蒂薇．蕾頭也不回地匆忙離開地下室，穿越火車站周遭瓦礫堆積，鐵柵橫陳的迷宮，走向石造階梯。沿著階梯，她從位於鐵軌樓層的停車場，爬到街道樓層，來到曾經繁榮一時的火車站。她疾步爬梯時，必須非常小心。天空不再下凍雨，事實上太陽昨天已經露臉，但黑夜降臨，氣溫驟降，原本已解凍的東西幾乎全都再次凍結。

她走到環形車道及有屋頂遮蓋的車站入口走道，抬頭往上看，再往上看……

這整棟建築，看起來眞是詭異。柔喜歡說，它像《蝙蝠俠》裡的高譚市。史蒂薇．蕾則覺得，它更像科幻片《銀翼殺手》和恐怖電影《陰宅》混合的場景。並非她不喜歡建築物底下的坑道，但它的石砌外牆和裝飾藝術及機械設計混搭的外觀讓她毛骨悚然。

當然，她心裡發毛，部分是因爲天空即將破曉，已開始由黑轉灰。事後回想起來，她這時就應該停下腳步，果決地轉身，走下樓梯，坐上她向學校借來的車子，駛回夜之屋。

但她沒有這麼做，反而徑直走入自己的命運。接著，噩夢揭曉。

她知道火車站主建築裡有螺旋梯通往塔樓的每個房間。畢竟她在這裡住過幾個禮拜，曾到處勘查。但她打死都不可能踏進火車站，以免哪個紅雛鬼居然還沒上床睡覺，撞見她，質問她，然後發現眞相。

她決定採取另一個方案，走向那棵老樹。這棵樹當年種在這裡，顯然是爲了美化環境，但多年來已過度生長，超出水泥圍繞的圓形空地，樹根穿透停車場的地底，枝幹遠高於原先預計的高度，枝椏觸及火車站屋頂，靠近車站正面兩座圓塔中的一座。從光禿禿的枝椏，史蒂薇．蕾辨認不出這是什麼樹，但她知道，樹的高度夠她利用了。

史蒂薇．蕾快速移動，走到樹下，一躍抓住離頭頂最近的樹枝。她翻上滑溜、光禿的樹枝，一路爬行到樹幹。接著，她一邊繼續往上爬，一邊在心中默默地感謝妮克絲賜給她紅吸血鬼的驚人力量。她如果是普通雛鬼或一般成鬼，肯定做不來這麼危險的攀爬動作。

盡可能爬到最高點後，史蒂薇．蕾鎭定下來，縱身一躍，跳到火車站屋頂。柯帝斯已經說了，利乏音是在離樹較遠的那座圓塔的頂部。所以，她絲毫不浪費時間駐足查看第一座圓塔，而是橫越屋頂，跑到另一端，然後爬一小段樓梯，以便俯瞰另一座圓塔的頂部。

利乏音果然在那裡，蜷縮在塔頂一角，動也不動，淌著血。

史蒂薇．蕾毫不猶豫地翻過石牆，跳入塔頂，四肢著地。

他整個人縮成一團，骯髒的三角巾依然懸吊著受傷的手臂，但還必須用另一隻手捧著。

她看見他的傷臂下方有道劃開的傷口，顯然就是柯帝斯吸血的地方。赤裸裸的傷口流出他非人的血液，古怪、難聞的氣味瀰漫在這個小空間。原本固定住斷翅的繃帶已經鬆脫，變成一團沾滿血污的破爛毛巾鬆垮垮地裹住他的身軀。他的眼睛緊緊閉著。

「利乏音，你聽得見我嗎？」

一聽到她的聲音，他立刻睜眼。「不！」他說，掙扎著想坐起來。「快離開，他們要困住——」

就在這時，她的後腦勺一陣劇痛。她只記得自己墜入黑暗中。

「史蒂薇．蕾，妳必須醒來，妳必須離開。」

她終於感覺到那隻搖晃她肩膀的手，也認出利乏音的聲音。她小心翼翼地睜開眼睛，發現世界不再顛簸旋轉，但腦袋裡仍感覺得到心跳的搏動。

「利乏音，」她說，聲音沙啞，「發生什麼事？」

「他們利用我來誘捕妳。」他說。

「你也想誘捕我嗎？」史蒂薇．蕾不再覺得那麼噁心，但心智似乎變得很遲緩。

「不，我只想一個人靜靜養傷，然後去找我父親。但他們逼我來這裡。」他站起來，僵硬地移動，彎著腰，因爲上方的格柵太低。「快走，妳的時間不多了，太陽正在升起。」

史蒂薇．蕾仰看天空，看見破曉前淡淡的粉色。以前她覺得這樣的天空很美，但現在逐漸明亮的天色讓她萬分驚恐。「喔，天哪！扶我起來。」

利乏音抓住她的手，拉她起身。她搖搖晃晃地站在他身邊，跟他一樣彎著腰。她深吸一口氣，舉起雙手，抓住冰冷的格柵，使勁推。格柵稍微發出喀答聲響，但絲毫沒有移動。

「這東西是怎麼固定在這裡的？」她問。

「用鏈子綁住。他們用鏈子穿過格柵的邊緣，然後把鏈子拴在屋頂上任何固定的東西上。」

史蒂薇．蕾再次用力推，格柵又稍微晃動一下，發出喀答聲響，但依舊固定不動。她被困在塔頂，而太陽正在升起！她使盡全身力氣，又推又拉，也試著將它移往旁邊，看能否移出縫隙讓她鑽出去。但格柵動也不動。隨著天空一分一秒逐漸明亮，史蒂薇．蕾的肌膚開始顫抖，彷彿馬兒搐動肌肉，試圖趕走蒼蠅。

「打破格柵。」利乏音焦急地說：「妳的力氣夠大，一定辦得到。」

「如果我在地底，或站在泥土地上，或許辦得到。」她邊喘著氣說話，邊繼續虛弱地與格柵搏鬥。「可是，在上面這裡，與我的元素隔著一整棟巨大的建築，我沒那麼強壯。」她的視線從天空移向他的猩紅眼睛。「你最好離我遠一點，我快燒起來了。我不知道火焰會有多大，但肯定很熱。」

她看著利乏音走開，心裡愈來愈絕望，回頭繼續拉扯文風不動的格柵。史蒂薇·蕾的手指開始滋滋作響。她咬著嘴唇，不讓自己尖叫、哀號、哭喊……

「過來這裡。這邊的鐵生銹了，比較細，比較脆弱。」

史蒂薇·蕾放下雙手，本能地夾在胳肢窩裡，彎腰趕到他身邊。她看見那截生銹的格柵，伸手抓住，使盡全力拉。它稍微彎折了一點，但她的手掌已開始冒煙，手腕也是。

「喔，天哪！」她喘著氣說：「我辦不到。快退開，利乏音，我已經開始——」

但他沒有退開，反而盡可能地貼近她，張開完好的那隻翅膀，拼命要遮住她。接著，他舉起沒有受傷的那隻手，抓住生銹的那截格柵。「想著土，集中念力。別管太陽和天空，和我一起拉。動手！」

在他翅膀的遮蔭下，史蒂薇·蕾抓住他那隻手兩側的格柵，閉上眼睛，不理會灼熱的手指及內心的恐慌，只專心想著土，想著土有多涼爽和陰暗，像個慈母在地下等候她。她使勁一拉，啪答一聲，格柵斷裂，留下一個僅容一人鑽出的缺口。

利乏音往後退。「走！」他說：「快！」

史蒂薇．蕾一脫離翅膀的遮蔭，全身立刻泛紅，開始冒煙。她本能地倒在地上，蜷縮成一團，雙手遮臉。「我辦不到！」她大喊，因疼痛和驚恐而動彈不得。「我要燒起來了。」

「如果妳留在這裡，就眞的會燒起來。」他說。

接著，他拉住格柵，掙扎著鑽出那個缺口。就這樣，他走了，他拋下她了。史蒂薇．蕾知道他說得對，她必須離開這裡，但恐懼癱瘓了她，她克服不了。太痛了，她的血彷彿在體內沸騰。就在她覺得自己再也承受不住時，有一小塊涼爽的陰影籠罩著她。

「抓住我的手！」

史蒂薇．蕾忍著殘酷的陽光，瞇著眼睛往上看。利乏音在那兒，蹲伏在格柵上，完好的那隻翅膀在她頭上張開，盡可能地替她遮住太陽，沒有受傷的那隻手伸向她。

「現在，史蒂薇．蕾，快！」

她憑藉著他的聲音和他黝黑翅膀帶來的一點涼意，抓住他的手。他無法靠自己的力量將她拉上來，畢竟她太重，而他只有一隻手。所以，她伸出另一隻手，抓住格柵，像吊單槓那樣將自己往上提。

「靠過來，我會遮住妳。」利乏音張開翅膀。

史蒂薇．蕾毫不猶豫地投入他懷裡，將頭埋入他胸膛的羽毛中，雙手環抱住他。他以翅膀裹住她，將她抱起來。

「送我到那棵樹！」

他拔腿奔跑，踉踉蹌蹌，一瘸一拐，但仍勉力奔向屋頂另一端。史蒂薇．蕾的手臂、肩膀和頸項都有一些地方暴露在外，已在陽光照射下燃燒起來。她有一種魂不附體的感覺，不知道耳裡聽到的可怕聲音來自哪裡。然後，她發現那是她自己的聲音。她在尖叫，吶喊出她的痛楚、恐懼和憤怒。

跑到屋頂邊緣時，他大喊：「抱緊，我要跳到那棵樹上。」仿人鴉縱身一躍，因重心不穩而翻滾，跌進枝椏間。

在腎上腺素幫助下，史蒂薇．蕾緊緊地抱著他。此時，她慶幸他是這樣輕。於是，她拉他站起來。她背靠著樹幹，告訴他：「我們滑下去時，你要抱緊樹幹。」

他們往下滑落，粗糙的樹皮一路劃破史蒂薇．蕾已經起水泡、流血的背。她閉上眼睛，感覺土的存在，感受到它正安詳地在下方等她。

「土，降臨我！裂開，遮住我！」

樹根旁邊的地面發出巨響，裂開，及時讓史蒂薇．蕾和利乏音滑入大地底下陰涼黝黑的囊袋中。

# 36

## 柔依

當愛芙羅黛蒂開始尖叫，我只能做一件事。「靈，降臨我！」安詳的靈立刻充盈我。「請幫助愛芙羅黛蒂冷靜下來。」我感覺到元素離開，而愛芙羅黛蒂的尖叫頓時平息，轉變成喘息和啜泣。

「達瑞司，我需要蕾諾比亞的手機號碼。現在！」

達瑞司一手抱著愛芙羅黛蒂，一手從牛仔褲口袋掏出手機，扔給我。「在通訊錄裡。」

我努力讓手不顫抖，拉開通訊錄後按下蕾諾比亞的名字。響第一聲她就接起電話。

「達瑞司？」

「是我，柔依。我們有緊急狀況，史蒂薇．蕾人呢？」

「她去火車站說服其他紅雛鬼回學校。不過，我想她應該快回來了，天就要亮了。」

「她出事了。」

「燒起來了！」愛芙羅黛蒂啜泣著說：「她在燃燒！」

「她在室外，愛芙羅黛蒂說她在燃燒。」

「喔，天哪！她還知道些什麼別的嗎？」

從蕾諾比亞聲音的變化，我知道她已開始走動。「愛芙羅黛蒂，妳知道史蒂薇・蕾人在哪裡嗎？」

「不──不知道。只知道她人在戶外。」

「她不知道史蒂薇・蕾在哪裡，只知道她在戶外。」

「我會找到她的。」蕾諾比亞說：「如果愛芙羅黛蒂還知道什麼，立刻打電話給我。」

「一發現史蒂薇・蕾平安無事，妳也立刻打給我。」我說，不敢想像任何別種後果。蕾諾比亞掛上電話。

「我們帶愛芙羅黛蒂進屋裡。在裡面比較好處理。」厄絲說。她領著大家走出船艙，進入一棟封閉的建築物。這裡和停機棚截然不同，是石頭打造的，看起來很古老。達瑞司抱愛芙羅黛蒂下船，大夥兒跟著厄絲沿著一條拱廊疾步前進。

我們跑步跟上厄絲，史塔克一直守在我身邊。「史蒂薇・蕾是另一個紅成鬼，愛芙羅黛蒂跟她烙印了。」我跟厄絲解釋。

厄絲點點頭，推開一扇大木門，要達瑞司抱愛芙羅黛蒂進去。「蕾諾比亞跟我提過她們烙印的事。」

「妳能怎麼幫她？」

我們走入寬敞的門廳。我的第一印象就是富麗堂皇。天花板很高，到處都是水晶吊燈。

厄絲催促我們穿越大廳，進入旁邊的一間會客室。「讓她躺在那張躺椅上。」

達瑞司抱著她坐下。我們圍著躺椅，沉默地看著愛芙羅黛蒂。厄絲低聲告訴我：「吸血鬼受苦時，與她烙印的人類也會跟著受苦，我們無計可施。所以，她會感受到史蒂薇·蕾的痛苦，直到危機解除，或直到她死。」

「她？」我嚇得尖聲說：「妳是指史蒂薇·蕾，還是指愛芙羅黛蒂？」

「其中一個。也可能兩個都會死。不過，若是人類伴侶受苦，吸血鬼倒可以存活。」

「要命。」西斯咕噥一聲。

「我的手！」愛芙羅黛蒂哭著說：「它們燒起來了！」

我受不了了，走到她身邊。她仍躺在達瑞司懷裡。戰士緊緊抱著她，溫柔地跟她說話。

他臉色蒼白、憂傷，以眼神懇求我幫助她。我握住愛芙羅黛蒂的一隻手，覺得它異常溫熱。

「妳沒著火。看著我，愛芙羅黛蒂。這不是發生在妳身上，是發生在史蒂薇·蕾身上。」

「我知道妳的感受。」西斯在我身旁蹲下，握住愛芙羅黛蒂的另一隻手。「被烙印的感覺很差。如果妳的吸血鬼發生不好的事，感覺更差。不過，發生事情的人**不是**妳。感覺很像，但絕對不是。」

「我的狀況並不是史蒂薇．蕾跟別人亂搞。」愛芙羅黛蒂說，聲音虛弱，抖個不停。

西斯不爲所動。「重點不在於發生什麼事情，而在於這種感覺很痛苦。妳必須記住，妳不是她，即使妳覺得跟她關係緊密到好像是她的一部分。」

愛芙羅黛蒂似乎聽進去了，直盯著他。「可是，這不是我想要的呀。」她抽抽噎噎地說：「我不想跟史蒂薇．蕾有這種連結，不像你跟柔依那樣啊。」

西斯握緊她的手，我看見她死命地抓住他。大家都在看他們兩個。我想，在場大概只有我覺得自己像個局外人。

「不管妳想不想要，有時就是難以承受。妳必須學著在內心替自己保留一些東西。妳必須知道，不管烙印給妳怎樣的感覺，妳跟她並沒有共同擁有一個靈魂。」

「對，就是那樣！」愛芙羅黛蒂抽出被我握住的手，覆蓋住西斯的手。「那種感覺就像我的靈魂和她共有。這一點我受不了。」

「不，妳受得了的。妳只需記住，這是一種感覺，不是眞實的。」

我往後退開幾步。

「愛芙羅黛蒂，妳很安全，我們全都在這裡陪妳。」戴米恩摸摸她的肩膀。

「對，沒事的。而且妳的頭髮依舊很美。」傑克說。

我聽見愛芙羅黛蒂大笑——在這個難以置信的混亂場面中，這是偷偷逸出的一點正常的感覺。接著，她說：「等等，我忽然覺得好多了。」

「太好了，妳可不能丟下我們去死。」簫妮說。

「就是說嘛，我們很需要妳逛街血拼的專長。」依琳說。孿生的努力表現得像是滿不在乎，但她們顯然很擔心她。

「愛芙羅黛蒂不會有事的。她會撐過去的。」史塔克說。他一如往常，早已移動到我身邊。他站在那裡，堅定沉著，像是暴風雨中的一股寧靜力量。

「可是，史蒂薇．蕾會怎樣呢？」我壓低聲音問他。

他伸手摟著我，捏捏我的肩膀。

這時，有位留著一頭豔紅頭髮的吸血鬼走進來，手裡端著托盤，上面放有一壺冰水、一只玻璃杯，和幾條摺疊放好的溼毛巾。她直接走向站在躺椅旁的厄絲。厄絲示意她將托盤放在旁邊一張茶几上。我留意到這位吸血鬼將手伸入口袋，掏出一瓶藥丸，遞給厄絲，然後才靜靜地走出房間，跟進來時一樣無聲無息。

厄絲搖動瓶子，倒出一粒藥丸，靠近愛芙羅黛蒂。我立刻本能反應似地趨前，一把抓住她的手腕。「妳要給她吃什麼?」

厄絲凝視我的眼睛。「這東西可以讓她平靜下來，減輕她的焦慮。」

「可是，萬一她因此失去跟史蒂薇·蕾的聯繫呢?」

「妳想要一個朋友死去，還是兩個?妳決定，女祭司長。」

我差點憤怒地吶喊，但硬生生吞了下去。她們哪個我都不想失去!但我的理智明白，我最要好的朋友遠在一個海洋又半個大陸之外，而愛芙羅黛蒂絲毫沒必要跟她一起死。於是，我放開厄絲的手。

「拿著，孩子，吃下去。」厄絲將藥丸遞給愛芙羅黛蒂，並幫達瑞司將一杯冰水湊到她嘴邊。愛芙羅黛蒂吞下藥丸，咕嚕咕嚕大口灌水，彷彿剛剛跑完馬拉松。

「天哪，眞希望這是安眠藥。」她的聲音在顫抖。

我以爲情況好多了，因爲愛芙羅黛蒂不再哭泣，夥伴們也已散開，各自找了張鋪著高級坐墊的椅子坐下。只有西斯和史塔克例外。史塔克仍站在我身邊，而西斯繼續握著愛芙羅黛蒂的手，和達瑞司一起悄聲跟她說話。忽然，愛芙羅黛蒂大叫一聲，甩開西斯的手，掙脫達瑞司的懷抱，整個人縮成胎兒的姿勢。「我著火了!」

西斯轉頭看我，問：「妳幫不了她嗎？」

「我只能引導靈。而史蒂薇．蕾遠在奧克拉荷馬州，我一點都幫不了她！」我幾乎是在對西斯吶喊，心中的沮喪已氾濫成憤怒。

史塔克摟著我，說：「沒事的，不會有事的。」

「我不知道該怎麼辦。」我說：「她們兩個怎樣才能渡過這個難關呢？」

「壞蛋怎樣才能變成女祭司長的戰士呢？」他提醒我，微笑地看著我。「信靠妮克絲——她會看顧她們兩個的。妳要信任女神。」

於是，我站在那裡，引導靈的力量，看著愛芙羅黛蒂受苦，把一切交給女神。

忽然間，愛芙羅黛蒂放聲尖叫，伸手抓自己的背，喊道：「裂開，遮住我！」然後，她整個人癱倒，如釋重負似地躺在達瑞司懷裡啜泣。

我忐忑不安地走向她，俯身看著她的臉。「嗨，妳還好嗎？史蒂薇．蕾活著嗎？」

她抬起淚痕斑斑的臉，看著我的眼睛。「結束了。她再度接觸到土。她活著。」

「啊，感謝女神！」我說，輕輕地摸她的肩膀。「那妳呢，也沒事吧？」

「我想，應該沒事。不，等等，我不確定。我覺得好怪，好像皮膚不對勁。」

「她的吸血鬼一定受傷了。」厄絲的聲音低到幾乎聽不見。「史蒂薇．蕾可能暫時平安了，但她的狀況一定相當嚴重。」

「喝下這個，親愛的。」達瑞司說，從厄絲手裡接過另一杯冰水，湊到愛芙羅黛蒂的嘴邊。「喝了會舒服一點的。」

愛芙羅黛蒂再度大口喝水，手顫抖得好厲害。要不是達瑞司幫她拿住杯子，水一定會灑出來。然後，她往後靠，躺在他懷裡休息，小口喘氣，彷彿深呼吸會讓她很痛苦。

「我全身好痛。」我聽見她對達瑞司悄聲說。

我走向厄絲，抓住她的手腕，將她拉到愛芙羅黛蒂聽不見的地方。「這裡有沒有療癒師可以幫她？」

「她不是吸血鬼，女祭司。」厄絲輕聲回答：「我們的療癒師幫不了她。」

「可是，她是因爲吸血鬼才這樣啊。」

「吸血鬼的伴侶都必須承擔這樣的風險。他們的命運跟他們的吸血鬼綁在一起。人類伴侶大都比吸血鬼早很多年死去，那已經夠難受了。目前這種狀況很罕見。」

「史蒂薇・蕾不會死。」我語氣嚴厲地低聲說。

「她是還沒死。不過，從她伴侶的狀況看，我想，她處境非常危險。」

「愛芙羅黛蒂是在陰錯陽差的狀況下成爲史蒂薇・蕾的伴侶。」我喃喃地說：「她根本不想要這樣，史蒂薇．蕾也不想。」

「無論想不想要，她們已經綁在一起了。」厄絲說。

「喔，我的天哪！」愛芙羅黛蒂整個人掙脫達瑞司的懷抱，坐直起來。她的表情由驚嚇慢慢地變成痛苦，然後轉成抗拒。接著，她劇烈顫抖，我甚至可以聽見她牙齒打顫的聲音。然後，她雙手掩面，不自禁地哭泣，哭得讓人揪心。

達瑞司以哀求的眼神看著我。我強自鎮定，硬下心，等著聽她告訴我，史蒂薇．蕾死了。於是，我走向她，挨著她坐在躺椅上。

「愛芙羅黛蒂？」我努力克制，但聲音仍帶著啜泣。**史蒂薇．蕾怎麼可能真的死了？我現在該怎麼辦？她離我這麼遠，我完全無能為力！**「是不是史蒂薇．蕾死了？」

我聽見孿生的在哭，看見戴米恩將傑克攬進懷裡。愛芙羅黛蒂抬起頭，我驚訝地發現她雖然淚流滿面，卻咧著嘴，露出她慣有的訕笑表情。

「死？還早咧。她才沒死哪。只不過，她剛剛跟別人烙印了！」

# 37 史蒂薇・蕾

泥土吞沒她。她的元素剛張開囊袋似的小洞穴，便隨即封起來，隔開外面的光線。有那麼一會兒，似乎一切都沒事了。沁涼的黑暗舒緩了肌膚燒灼的痛苦，她輕聲呻吟。

「血紅者？史蒂薇・蕾？」直到他開口，她才察覺自己仍緊緊依偎在利乏音懷裡。她放開他，往後退，背部碰到地穴的土壁，痛得哀叫一聲。「妳還好嗎？我—我看不見妳。」利乏音說。

「我想，我應該沒事了。」然而，她的聲音嚇到自己。那聲音太虛弱，太不正常。她馬上想到，她雖然躲開了太陽，卻仍可能逃不過陽光灼身的後果。

「我什麼都看不見。」他說。

「那是因爲我們頭頂上的泥土封起來了，好幫我擋住陽光。」

「所以，我們被困在這裡了？」他的語氣並不驚慌，但也說不上是鎮定。

「不是，我隨時可以把我們弄出去。」她想了一下，繼續說：「我們上方的泥土不厚。

就算我突然死了，你自己也很容易挖出去。你還好嗎？那隻翅膀一定很痛。」

「妳覺得妳可能會死？」他問，完全不理會她剛剛問到他的翅膀。

「應該不會吧。好吧，其實我不知道。我現在感覺很怪。」

「很怪？什麼意思？」

「彷彿我跟我的身體分開了。」

「妳的身體會痛嗎？」

史蒂薇・蕾想了想，驚訝地發現──「不痛，一點都不痛。」然而，奇怪的是她的聲音愈來愈虛弱。

忽然間，他伸手摸她的臉，慢慢往下滑到她的脖子、手臂和──

「好痛！你弄痛我了。」

「妳受到嚴重燒傷，我感覺得到。妳需要幫忙。」

「我不能離開這裡，否則會被燒死。」她不明白腳下的泥土怎麼好像在旋轉。

「我怎樣才能幫妳？」

「嗯，你可以找一大塊油布之類的東西來蓋住我，帶我去市區的血庫。」史蒂薇・蕾躺下來，心想這輩子從沒這麼口渴過。彷彿事不關己，她好奇地思忖著，她是否真的即將死去。利乏音花了這麼多力氣救她，萬一她眞的死了，未免遺憾。

「妳需要的是血？」

「我只需要血。我就是這種人。沒錯，聽起來很噁，但事實就是如此。我發誓，否則不得好死。」她有點歇斯底里地咯咯笑，但隨即一本正經地說：「等等，這一點都不好笑。」

「妳如果沒吸血，就會死？」

「大概吧。」她說，發現自己實在沒力氣在乎。

「如果血可以醫治妳，那就吸我的血吧。我這條命是妳救的。剛才在屋頂，我救妳便是因爲我欠妳。如果妳現在死了，我的債還是沒還。所以，如果妳需要血，就取我的血吧。」

「可是，你的氣味聞起來不對。」她衝口而出。

在黑暗中，他的聲音聽起來有點惱怒。「那些紅雛鬼也這麼說。妳覺得我的血聞起來不對，是因爲我本來就不是妳的獵物。我是不死生物之子，不是供血的牲畜。」

「喂，我不需要獵物，再也不需要了。」她虛弱地抗議。

「但我說的話依然是事實。妳覺得我的氣味不一樣，那是因爲我**本來**就不一樣。我生來就不是要給誰吃的。」

「我從沒說你是呀。」她原本是想說得氣憤塡膺，鏗鏘有力，不料卻說得有氣無力。同時，她覺得自己的頭變得好大，似乎隨時都會從脖子上斷開，像一只巨大的生日氣球那樣，往上飄升，穿出地面，飛上雲霄。

「不管氣味對不對，血就是血。我欠妳一條命。所以，妳喝吧，喝了就能活命。」

利乏音的手再次摸到史蒂薇．蕾，一把將她攬入懷中。她痛得哀號一聲，覺得自己手臂和肩膀上灼傷的肌膚被撕下，跟泥土黏在一起。接著，她發現自己依偎在他柔軟的羽毛裡。她深深地嘆口氣。若能死在土裡，死在羽毛鋪就的巢穴裡，好像也不賴。這會兒，她只要不動，其實沒那麼痛。

不過，她覺得利乏音在動。然後，她發覺，他用鳥喙在自己手臂上劃開一道口子，恰好與柯帝斯留下的傷口交叉。舊的傷口原已止血，新的傷口開始淌血，小小地穴裡頓時瀰漫著他不死之血的濃濃血腥味。接著，他再次移動，流血的手臂貼住史蒂薇．蕾的唇。

「喝，」他粗聲粗氣地說：「解除我的債。」

起初，她本能反應地喝。他的血畢竟有異味，聞起來非常、非常不對勁。

然後，血觸及她的舌頭，她發覺那味道是她不曾想像的，不像他散發出來的氣味，一點兒都不像。它令她驚喜莫名，充盈了她的嘴和靈魂，是那麼豐富複雜，絕對不同於她體驗過的任何滋味。她聽見他發出嘶嘶的聲音，攬住她頸背的手收得更緊。史蒂薇．蕾情不自禁地呻吟。吸吮仿人鴉的血不可能是性經驗，但也不完全不是。史蒂薇・蕾腦海裡閃過一個念頭，但願自己除了跟達拉斯搞曖昧，還有一些比較像樣的跟男孩子在一起的經驗。由於缺乏經驗，她實在不知道該如何理解當下心裡洶湧、體內澎湃的感覺。那感覺真好，火熱、酥麻、強烈，截然不同於達拉斯帶給她的感受。她喜歡。

在那一瞬間，史蒂薇・蕾忘了利乏音是不死生物與禽獸的混合體，暴力與情欲的產物。她只知道他的觸撫是多麼愉悅，他的血是多麼有力。

就在這個時候，她和愛芙羅黛蒂的烙印解除了。妮克絲的第一位紅吸血鬼女祭司長史蒂薇・蕾，跟墮落不死生物的愛子利乏音烙印了。

也就在這個時候，她掙脫他的手，脫離他的懷抱。兩人沉默不語。狹小、闃寂的土穴裡，只聽得到兩人喘息的聲音。

「土，我再次需要你。」史蒂薇・蕾對著一片漆黑說。她的聲音已恢復正常，身體再度有疼痛的感覺。她感覺得到身上的燒傷和肌膚的刺痛，但利乏音的血已讓她開始復原。她心裡明白，自己剛才差一點死掉。

土降臨她，春天草原的氣息充盈在侷促的空間裡。史蒂薇・蕾舉起手，盡可能指向洞頂最遠的角落，說：「請打開一條小裂縫，讓光線進來，但不至於燒傷我。」

他們上方的地面開始震動，泥土灑落，裂開一條小細縫，一線陽光射入。

史蒂薇．蕾的眼睛立刻調適過來，看見利乏音正驚訝地眨眼，努力適應突然射入的光線。他坐在她身旁，看起來很狼狽，渾身是血跡和瘀青，斷翅已完全脫出毛巾繃帶，無力地垂落在背後。接著，她知道他的視線已恢復清晰。那雙泛紅的人類眼睛終於看著她的雙眼。

「你的翅膀又掉下來了。」她說。

他咕噥一聲。她猜，這應該是男孩子表示附和的方式。

「我最好再把它固定好。」她準備起身，但他舉手阻止她。

「別動。妳應該靠著妳的泥土休息，恢復力氣。」

「不用，沒事的。我還沒百分之百康復，但已經好多了。」她遲疑了一下才接著說：「你沒有察覺嗎？」

「我怎麼會——」仿人鴉的話語戛然而止。史蒂薇．蕾看到他驚訝地睜大眼睛。「這怎麼可能？」他說。

「我不知道。」她說，起身開始將他身上散亂的布條解開。「我也以為不可能。可是，我們人在這裡，它的確發生了。」

「烙印。」他說。

「我們之間的烙印。」她說。

接下來，兩人又陷入沉默。

她把散亂糾結的繃帶解開後，說：「好，現在我要把你的翅膀重新綁好，就像之前那樣。對不起，一定會很痛，當然，這次我也會感覺到痛。」

「眞的？」他問。

「對，我曾跟一個人類烙印，多少知道那是怎麼回事。她知道我的各種事情。現在我跟你烙印了，所以我應該會知道你的事情，包括你痛得要命的感覺。」

「妳仍跟她有烙印嗎？」

史蒂薇．蕾搖搖頭。「沒有了，解除了。我相信這一定讓她樂不可支。」

「樂不可支？」

「我媽常這麼說。我的意思是，她會很高興我們不再有烙印。」

「那妳呢？妳怎麼樣？」

史蒂薇．蕾凝視著他的眼睛，誠實回答：「我們之間的事我還很困惑，但不再跟愛芙羅黛蒂有烙印，我一點都不覺得難過。現在，別動，讓我把斷翅綁好。」利乏音一動也不動，讓她重新固定他的翅膀。結果，痛得直喘息，大呼小叫的人是史蒂薇．蕾。斷翅綁好後，臉色發白，渾身顫抖的人也是她。「該死，翅膀好痛，痛死了。」

利乏音盯著她，不敢置信地搖搖頭。「妳眞的感覺得到，對不對？」

「眞慘，沒錯。比死還痛苦。」她看著他的眼睛。「你的翅膀會好嗎？」

「會痊癒的。」

「不過？」她感覺得到他話尾還有個但書懸在半空中。

「不過，我想，我再也不能飛了。」

史蒂薇．蕾的目光仍直直盯著他。「這樣很不好玩，是不是？」

「是。」

「或許，它會痊癒得比你預期的好。如果你跟我回夜之屋，我可以——」

「我不能去那裡。」他沒提高音量，但語氣果決。

史蒂薇．蕾仍試圖說服他。「我以前也這麼想。但我回去後，發現他們都能接納我。嗯，有部分人接納我啦。」

「我的處境不一樣，妳知道的。」

史蒂薇．蕾低下頭，肩膀垮下。「你殺了安娜塔西亞。她人眞的很好。沒有了她，她的配偶龍老師整個人失魂落魄的。」

「為了我父親，我不得不這麼做。」

「結果他遺棄你。」她說。

「我讓他失望。」

「你差點死掉欸！」

「不管怎樣，他仍是我父親。」他靜靜地說。

「利乏音，這個烙印讓你有什麼感覺？還是，發生改變的人只有我？」

「改變？」

「對。以前我感受不到你的痛，但現在我能。我無法知道你在想什麼，但可以感受到你的狀況。比方說，就算你離我很遠，我想，我也知道你在哪裡，發生什麼事。這種感覺很怪，不同於我跟愛芙羅黛蒂的烙印，但它清清楚楚存在。你有任何不同的感覺嗎？」

他躊躇大半晌，好不容易開口時，聽起來很迷惘。「我感覺到我必須保護妳。」

「嗯，」史蒂薇・蕾露出笑容，「你在上面的確保護了我，我才沒死。」

「那是為了還債。現在的感覺不止是這樣。」

「怎麼說？」

「比方說，想到妳差點死去，我就不舒服。」他的語氣顯得有些惱怒。

「就這樣？」

「不是。是。我不知道！我不習慣。」他掄拳搥自己的胸口。

「不習慣什麼？」

「我對妳的**感覺**。我不知道該怎麼稱呼它。」

「可以稱它爲友誼嗎？」

「不可能。」

史蒂薇．蕾咧嘴笑著說：「我才告訴過柔依，我們以爲不可能的事情或許不像非黑即白那樣絕對。」

「不是非黑即白，而是非善即惡。妳和我分別站在善惡對立的兩端。」

「我不認爲那是無法改變的。」她說。

「不管怎樣，我終究是我父親的兒子。」他說。

「嗯，那樣一來，我們這是什麼處境呢？」

他還沒來得及回答，地面上的小裂縫傳來著急的喊叫聲。「史蒂薇．蕾！妳在哪裡？」

「那是蕾諾比亞。」史蒂薇．蕾說。

「史蒂薇．蕾！」另一個聲音跟著馬術老師呼叫。

「喔，糟糕！是艾瑞克。他知道怎麼進坑道。如果他們下去那裡，就大事不妙了。」

「他們會幫妳擋住陽光嗎？」

「嗯，會吧。他們可不希望我燒死。」

「那麼，叫他們過來吧。妳應該跟他們一起走。」他說。

史蒂薇．蕾集中念力，手一揮，洞頂角落的小裂縫立刻震動，擴大了些。史蒂薇．蕾後退緊靠著泥土，避開陽光，然後雙手攏在嘴上，大聲喊道：「蕾諾比亞！艾瑞克！我在下面這裡！」

接著，她迅速轉身，兩手朝利乏音兩側伸出，平貼在他背後的土壁上。「土，替我藏匿他，別讓他被發現。」她用力一推，他背後的泥土立刻像水打著漩渦流入排水孔那樣，泛起漣漪似地波動著，並凹陷下去，形成仿人鴉大小的壁窟。他不情願地爬了進去。

「史蒂薇．蕾？」蕾諾比亞的聲音從上方傳來，離裂縫已經很近。

「我在這裡。但我不能出去，除非你們先用帳篷或什麼遮住這周遭的陽光。」

「好，我們會處理。妳先待在下面。」

「妳還好嗎？需要我們拿點什麼東西給妳嗎？」艾瑞克問道。

史蒂薇．蕾猜想，艾瑞克所說的「東西」是指坑道冰箱裡的血袋。她當然不希望他去那裡。「不用！我很好。只要找東西替我遮住陽光就行了。」

「沒問題，我們一會兒就回來。」艾瑞克說。

「我哪兒都不會去。」她大聲回應他們，然後轉身問利乇音：「那你呢？」

「我留在這裡，躲在這個角落。如果妳不告訴他們我在這裡，他們不會知道。」

她搖搖頭。「我不是說現在。我當然不會告訴他們。我問的是，接下來你要去哪裡？」

「反正不回坑道。」他說。

「當然。好，讓我想一想。等蕾諾比亞和艾瑞克離開這裡，你輕易就可以脫身。紅雛鬼不會在白天出來追你，而現在天色還早，多數人仍在睡覺。」她盤算著各種方案。她不希望他走遠。她猜想，她得幫他弄食物，而那些繃帶已經太髒了，他的傷口肯定需要照料。此外，她知道自己必須留意著他。他會復原，強壯起來，然後他會做什麼呢？況且，她跟他烙印了，而這意味著，如果他與她相隔太遠，她會難受。奇怪，她對愛芙羅黛蒂並沒有這種感覺……

「史蒂薇·蕾，我聽見他們回來了。」利乇音說：「我接下來該去哪裡？」

「啊，糟糕……這……嗯，你需要一個離這裡近，又可以躲藏的地方。如果有個地方以陰森可怕著稱，人們不敢接近，倒是很不錯。起碼，在這種地方假如你半夜發出嚇人的怪聲，人們也不會覺得奇怪。」她睜大眼睛，對他笑著說：「有了！上次萬聖節過後，我、柔和那夥朋友在陶沙市循一條老式電車的路線，玩了一趟尋鬼之旅。」

「史蒂薇．蕾！妳在下面還好嗎？」上面傳來艾瑞克的聲音。

「我很好。」她大聲回答。

「我們打算在裂縫上方和樹四周撐起類似帳篷的東西。這樣，妳可以安全出來嗎？」

「你們只管遮好一個空間，我自己會出去。」

「好，我們弄好之後就告訴妳。」他說。

史蒂薇．蕾回頭繼續跟利乏音說話。「我的重點是，那條電車路線的最後一站是吉爾克瑞思博物館。它位於陶沙市北方，專門收藏美國西部及中南部工藝品。博物館園區的正中央有一棟老房子，沒人住。人們老說要翻修，但一直湊不齊錢。你可以躲在那棟屋子裡。」

「不會被人看見嗎？」

「不會，只要你白天都待在屋裡。那裡亂七八糟的，門窗全用木板封住或鎖上，不會有遊客闖入。最棒的是，那裡嚴重鬧鬼！所以被列為尋鬼之旅的一站。據說博物館創辦人吉爾克瑞思先生和他的第二任妻子，甚至小孩，經常在那裡出沒。所以，如果有人看見或聽見什麼奇怪的動靜——我是說你——他們固然會嚇到，卻只會以為那不過是傳說中的鬼魂。」

「死者的靈魂。」

史蒂薇．蕾揚起眉毛。「你不怕鬼魂吧？」

「不怕，我太了解他們了。我以靈魂的形態存在了好幾世紀。」

「該死，不好意思啊，我都忘了——」

「史蒂薇．蕾！我們準備好了，妳可以上來了。」蕾諾比亞大喊。

「我這就上去。你們往後站，免得我把裂縫弄大時害你們掉下來。」她站起來，走近裂縫，發現光線已被遮住。「我會立刻帶他們離開這裡。你出去後，跨過火車鐵軌，就會看見東二四四號高速公路。你沿著它走，在第五十一號州公路北轉。最後，你會看見吉爾克瑞思博物館的出口路標，就在右手邊。這時，最難的部分已經結束，因爲接下來道路兩旁會有茂密的樹木供你躲藏。你比較可能遇到麻煩的地方在高速公路上。反正，你就盡可能走快些，靠路邊或走在壕溝裡。如果你蹲低一點，萬一有人瞥見，也只會以爲你是一隻大鳥。」

利乏音發出不悅的聲音，史蒂薇．蕾不予理會。「那棟房子就在博物館園區中央。你躲在那裡，明晚我會帶食物去給你。」

他遲疑了一下，然後說：「妳再來跟我見面是很不智的。」

「眞要說的話，這整件事都很不智。」她說。

「看來我們兩個碰到彼此都很不智。那麼，也許我明天可以再見到妳。」

「好，明天見。」

「注意安全。」他說：「萬一妳出事，我—我相信我會，大概會，感覺到吧。」他說得有些躊躇，彷彿不知道該怎麼說。

「對，我也會感覺到你是否平安。」她說：「謝謝你救我的命，你的債還清了。」

「古怪的是，我一點也沒有無債一身輕的感覺。」他輕聲說。

「是啊，」史蒂薇．蕾說：「我懂你的意思。」

接著，利乏音蜷縮在壁龕裡，史蒂薇．蕾舉起雙手，召喚元素，打開洞頂，讓蕾諾比亞和艾瑞克把她拉出去。

沒人想到要留意史蒂薇．蕾的背後，沒人起疑，也沒人看見有個生物，半人半鴉，一瘸一拐地走向吉爾克瑞思博物館，躲藏在昔日的鬼魂當中。

# 38

## 柔依

「史蒂薇·蕾！妳真的沒事吧？」我抓緊手機，巴不得可以乘著光束飛回陶沙市，親眼見到我的好友安然無恙。

「柔！妳聽起來好緊張喔。別擔心！我沒事，真的。我只是發生了一件很蠢的意外。天哪，我真是白癡。」

「到底怎麼了？」

「我離開夜之屋時已經太晚了。我真蠢。我應該留在學校，第二天再回坑道的。可是，我還是去了。到了那裡，我聽見屋頂上好像有人，便衝上去。當時快天亮了，我怕是哪個紅雛鬼困在上面。天哪，我得好好檢查一下耳朵。結果，是一隻**貓**。一隻很大很肥的三花貓在屋頂上喵喵叫。我準備離開時，手腳不協調，跌了一跤，撞到頭，昏了過去。妳知道的，我不是當啦啦隊員的料，常常笨手笨腳的。妳一定**不**相信，我流了好多血，嚇死人了。」

「妳把自己撞昏在屋頂上？快天亮的時候？」我真想透過電話勒死這個大笨蛋。

「對，我知道。這是我做過最蠢的事，尤其醒來時陽光照在我身上。」

「妳燒起來了嗎？」我的胃好難受。「我是說，妳受傷了，現在狀況如何？」

「嗯，那時我已開始燃燒。可能是這樣，我才醒來。而且，對，我現在仍然全身滾燙。不過，我有可能更淒慘。幸好我還有一點時間跑向靠近屋頂的那棵樹。記得那棵樹嗎？」

我當然記得。那個差點殺死我的東西就躲在那棵樹上。「對，我記得。」

「於是，我跳到樹上，抱著樹幹往下滑，同時命令地面裂開一個小洞讓我躲藏。」

「蕾諾比亞就是在那裡找到妳？」

「對，蕾諾比亞和艾瑞克。對了，他人眞的很好。我不是說妳應該跟他復合啦，不過，我想妳可能會想知道。」

「好，嗯，很好。很高興妳平安了。」我頓住，不確定該如何說接下來的話。「呃，史蒂薇．蕾，愛芙羅黛蒂很慘。妳知道，妳們兩個之間的烙印解除了。」

「如果這傷害到她，我很抱歉。」

「傷害她！妳在開玩笑嗎？我們以爲她會死掉欸。她跟著妳一起燃燒，史蒂薇．蕾。」

「喔，天哪！我不知道。」

「史蒂薇．蕾，等等。」我轉身背對一票豎著耳朵聽我講電話的朋友，走出房間，跨入美麗的門廳。白色玻璃纖維製成的水晶吊燈裡燃著一盞盞道地的蠟燭，搖曳的光照亮奶油色和金色的桌椅襯墊，讓我覺得自己彷彿夢遊仙境的愛麗絲，正對著兔子洞跟另一個世界講話。「好，這裡好多了，沒那麼多伸長的耳朵。」我繼續說：「愛芙羅黛蒂說妳被困住了，她很確定。」

「柔，我跌跤，撞到頭。我相信愛芙羅黛蒂是感受到我的驚慌。我是說，我醒來時發現自己在燃燒欸。而且，我是絆到一堆金屬垃圾，整個人被纏住了。我跟妳說，我快嚇死了。我想，她一定是感受到這個。」

「所以，妳沒有被什麼人抓住？沒有被關在什麼籠子裡？」

「當然沒有，柔。」她大笑。「這太扯了。不過，這個版本比我自己絆倒要好多了。」

我搖搖頭，一時仍無法承受。「太可怕了，史蒂薇．蕾。有那麼一會兒，我以為會失去妳們兩個。」

「一切都沒事了。妳不會失去我，也不會失去那個討厭鬼。不過，我可以告訴妳，我和她的烙印解除了，我一點都不覺得遺憾。」

「好，這就是另一個奇怪的地方。怎麼會這樣？就連達瑞司吸她的血，也沒能解除妳和她的烙印啊。何況，妳知道，他們倆之間有**那個**。」

「我猜，可能是因為我不曾這麼接近死亡過。我們的烙印一定是這樣被打破的。何況，我們本來就**不想**在一起。或許她和達瑞司的關係早已削弱了我們的烙印。」

「我很確定妳們之間的烙印並不弱。」我說。

「不過，它畢竟解除了呀。所以，說到底，我們的烙印應該算是很容易打破。」

「就我所看到的情況來說，那一點也不容易。」我堅持。

「如果得付出在陽光下起火燃燒的代價，我確實也覺得很不容易。」她說。

聽她這麼一說，我頓時覺得自己真糟糕，這種時候竟然還連番質問她。她差點死掉（真的死掉），而我卻在這裡追問她各種細節。「嘿，對不起，我只是太擔心了，而且看著愛芙羅黛蒂經歷妳的痛苦，真的很嚇人。」

「要我跟她談一談嗎？」史蒂薇·蕾問。

「喔，不用。至少不用現在談。上次我見到她時，達瑞司正抱著她爬上寬敞的階梯，要去一間豪華套房休息。這裡的成鬼給她服了藥，讓她好好睡個覺。」

「喔，太好了，他們給她服藥。愛芙羅黛蒂一定很愛。」

我們哈哈大笑，我感覺我們之間的互動又恢復正常了。

「柔依？最高委員會要召開會議了，妳得走了。」厄絲的聲音從門廳另一頭傳來。

「我得去忙了。」我說。

「是啊，我聽見了。嘿，我現在想跟妳說的話，妳務必記住。柔，要聽從妳的心，即使所有人都反對妳，即使妳似乎很可能徹底把事情搞砸。聽從妳內心的聲音，因此而發生的事情說不定會讓妳驚喜。」史蒂薇．蕾說。

我猶豫了一下，然後說出心裡最迫切的問題：「說不定能救自己一命？」

「對，」她回答：「說不定能。」

「我回去後，我們得好好談一下。」

「我會在這裡等妳。」她說：「柔，好好扁那兩個壞蛋。」

「我會努力的。」我說：「掰，史蒂薇．蕾。眞高興妳沒有又死一遍。」

「我也很高興。」

掛上電話後，我深吸一口氣，挺起肩膀，準備面對最高委員會。

最高委員會開會的地點位於一座非常古老的大教堂，旁邊就是美侖美奐的聖克利門蒂宮殿。它以前當然是天主教教堂。安潔拉修女如果看到吸血鬼把它改成現在的模樣，不知道會怎麼想。教堂裡原來的裝潢已全部拆掉，只剩巨大燈具以粗壯的青銅鏈條吊在天花板上，看起來活像《哈利波特》裡霍格華茲魔法學校餐桌上方懸吊的東西。他們在裡面打造了一圈圈階梯式座椅，讓我想起古希臘悲劇裡的場景。在最下方的花崗岩地面上，並排著七張以大理石鑿成的椅子。這些石椅很美，不過，我覺得，坐在上面，屁股恐怕會發麻或凍僵。

窗上彩繪玻璃的圖，原本應該是釘死在十字架上的耶穌和一群天主教聖徒，現在已改爲妮克絲的畫像。她高舉雙手，捧著一彎弦月，身旁是一顆明亮的五芒星。其他窗玻璃上的圖案，則是夜之屋裡雛鬼所屬四個年級的標誌。我環顧四周，心想這些窗子美極了。但，接著，我注意到妮克絲畫像正對面那面玻璃所繪的圖，我的內心霎時凍結。

是卡羅納！他翅膀全張，露出結實強壯的古銅色身軀。我感覺到自己開始顫抖。

這時，史塔克勾住我的手臂，像個紳士那樣引領女伴步下圓形露天劇場的石階，走向我們臨近地面的那一層座位。他的攙扶有力而沉穩，說話的聲音很低，只有我聽得見。「那不是他。那是冥神俄瑞波斯的古代形象，就像對面的妮克絲畫像。」

「可是，看起來是那麼相像，他們一定會以爲卡羅納眞的就是俄瑞波斯。」我驚慌地悄聲告訴他。

「或許吧。所以妳才需要來這裡。」他低聲說。

「柔依和史塔克，你們兩人的座位在那裡。」厄絲指著最底下一階七張大理石椅側面的座位。「其他人坐在後面那一排。」她引導戴米恩、傑克和孿生的到我們身後數排的座位上，並說：「記住，只有在被委員會點到時，你們才准說話。」達瑞司沒到，因爲在我的堅持下，他留在房間裡陪愛芙羅黛蒂。

「好，好，我記住了。」我說。厄絲有一點讓我覺得很煩。沒錯，她是蕾諾比亞的朋友，我也希望能喜歡她。但愛芙羅黛蒂出狀況後，她便強力介入，動不動就對我們發號施令。所以，當她喋喋不休地說明最高委員會的種種規矩，雖然戴米恩他們不時天眞而緊張地乖乖應諾，我基本上都不吭聲，只在一旁看著。

現在，墮落的不死生物和變成惡徒的前女祭司長正打算操控吸血鬼最高委員會。提醒大家注意這個事實，難道不比什麼禮儀來得重要嗎？

「我會坐到你們後面，就在戴米恩和傑克旁邊。我覺得這個地方對人類沒什麼好感，所以我會盡量保持低調。」西斯說。

我看見史塔克和他慢慢地交換一個眼色。「你留意她的背後。」史塔克說。

西斯點點頭。「我會一直守在她背後。」

「好。我會注意其他地方。」史塔克說。

「知道了。」西斯說。

他們兩個不是在開玩笑，也不是在互相譏諷或較勁。他們是眞的很擔心。爲了保護我，他們決定攜手合作。見他們這樣，我眞的、**眞的**緊張起來了。

我知道這很荒謬，很不成熟，但此刻我好想阿嬤。我好希望能窩在奧克拉荷馬州她那片薰衣草田上的小屋裡，吃奶油味濃郁的爆米花，一部接一部地觀賞羅傑斯和漢瑪斯坦的音樂劇影片，人生最大的煩憂是我怎麼都搞不懂幾何學。

「吸血鬼最高委員會！」

「記得起立！」厄絲轉頭低聲告訴我。

我忍著沒翻白眼。會議廳裡鴉雀無聲，我跟著眾人起立，瞠目結舌地望著七個絕美的生物瀟灑地走進來。

最高委員會的所有成員都是女性，這點我早已知道。我們吸血鬼是母系社會，最高治理機構自然是由女性組成。我知道，即使以吸血鬼的標準來看，她們都算很老了。當然，你無法光從外貌就看出她們的歲數。你只能看到她們有多美麗，多威嚴。一方面，這讓我不禁竊喜，因爲她們證明了吸血鬼雖然會老，乃至於會老死，卻不會滿臉皺紋，像沙皮狗那樣。另一方面，她們散發出的威嚴眞的很嚇人。光想到要在她們面前說話，我就緊張得直反胃，更遑論會議廳裡還有一堆神情肅穆的其他成鬼。

史塔克握住我的手，捏了捏。我緊緊抓住他，巴不得自己年長一些，聰明一些——坦白說，也巴不得自己更擅長當眾講話一些。

我聽見還有人進來，回頭一瞥，看到奈菲瑞特和卡羅納從容地步下階梯，來到我這一排的兩個空位上。只不過他們的座位在最高委員會正前方，我們則在側邊。彷彿是在等他們到來，委員會成員這時才坐下來，並示意眾人就坐。

要想不盯著奈菲瑞特和卡羅納看，實在很難。她原本就很美，但距離上次見到她才不過幾天，她又變了，她四周的空氣彷彿有能量在振動。她身上那件衣裳，飄逸如同古羅馬人的寬袍，使得她儼然像個女王。她身邊的卡羅納更是耀眼。他照常半裸著身子，只穿著一件寬鬆的黑色長褲。換成別人，這模樣八成很可笑。但他看起來一點都不可笑，反而像個決定到人間行走的神祇，翅膀猶如斗篷一樣地翻飛著。我知道每個人都在看他，但他看到我，我們四目相接時，整個世界褪去，只剩他和我。

上次的夢歷歷分明地在我們之間浮現。在他身上，我看見妮克絲的戰士，是她身邊令人讚嘆的生物，因爲太過愛她而墮落。在他眼中，我看見脆弱和一個清晰的疑問。他想知道我能否相信他。我在心裡聽見他說的話：**如果我是因為跟奈菲瑞特在一起才變得邪惡呢？如果跟妳在一起，我就能選擇良善呢？**

我的理智聽見他的話，再次予以否決。但我的心不這麼想。他觸動了我的心。即使我等一下必須否定他——假裝他沒影響到我——但在這一刻，我想讓他看見我眼裡的眞話。所以，我讓他看見我的心，讓我的眼睛告訴他我知道我永遠辦不到的事。

卡羅納以微笑回應我。那笑容是如此溫柔，我必須迅速別開臉。

「柔依？」史塔克低聲喚我。

「我沒事。」我本能地低聲回應。

「要挺住，別讓他迷惑妳。」

我點點頭。我可以感覺到人們盯著我看，好奇的不止是我不尋常的刺青。我轉頭看見戴米恩、傑克和孿生的正呆呆望著卡羅納。然後，我捕捉到西斯的目光。他沒在看卡羅納，而是凝視著我，一臉憂心。我對他擠出笑容，但我覺得那表情一定更像愧疚的鬼臉。

這時，有位委員會的成員開口說話。我鬆了一口氣，將注意力轉向她。

「最高委員會在此召開特別會議。本人杜安夏宣布會議正式開始。願妮克絲賜予智慧，帶領我們。」

「願妮克絲賜予智慧，帶領我們。」眾人齊聲複誦。

厄絲先前爲我們做簡介時，曾逐一介紹過委員會成員。我知道杜安夏是資深成員，宣布會議開始和決定何時散會是她的職責。我盯著她瞧，眞不敢相信她已經好幾百歲。除了自然流露的自信和威嚴外，唯一透露她年紀的跡象是一頭濃密棕色頭髮上的幾綹銀絲。

「對於奈菲瑞特和這位自稱俄瑞波斯的生物，我們還有一些疑問。」

我看見奈菲瑞特的綠色眼眸只稍微瞇一下，便優雅地對杜安夏點點頭。

卡羅納起身，對委員會鞠躬。「歡喜再聚。」他向杜安夏問候，並逐一對其他六位成員頷首致意。其中幾位對他點頭回禮。

「對於你的出身，我們有一些疑問。」杜安夏說。

「諸位有疑問，實屬自然。」卡羅納說。

他的聲音低沉渾厚，聽起來謙恭明理，而且非常、非常坦誠。我想，我和在場的每個人都想聽他說話，不管我們相不相信他說的話。

這時，我決定做一件愚蠢、幼稚的事。我像個小女孩，閉上眼睛，以不曾有過的虔敬，用力向妮克絲祈禱：**求妳讓他只說實話。他如果說真話，或許就還有希望**。

「你說，你是來到人間的俄瑞波斯。」杜安夏說。

我睜開眼睛，看見卡羅納面露微笑，說：「我的確是不死生物。」

「你是妮克絲的伴侶俄瑞波斯？」

**說真話**！我在心裡吶喊，**說真話**！

「我曾經守在妮克絲身邊，後來落入人間，現在我在這裡——」

「守在女神化身的身邊。」奈菲瑞特插嘴，站立在卡羅納身邊。

「奈菲瑞特，我們已經知道妳對這位不死生物的看法。」杜安夏說。她沒有提高音量，但言辭犀利，警告意味明顯。「我們想多聽聽這位不死生物自己的說法。」

「如同任何伴侶，我服從我的吸血鬼夫人。」卡羅納說，對奈菲瑞特微微鞠躬。她對他露出一抹得意的笑容，看得我咬牙切齒。

「你期望我們相信，俄瑞波斯在人間的化身沒有自己的意志？」

「不論在人間，或在女神的國度守在妮克絲身邊，俄瑞波斯永遠忠於他的夫人，他的想望反映她的心願。我可以告訴諸位，我基於親身經驗，知道這些話語眞確無疑。」

他說的是眞話。當初身爲妮克絲的戰士，他確曾目睹俄瑞波斯對女神的忠誠。當然，他措詞的方式使他得以不用說半句假話，卻讓人以爲他以俄瑞波斯自居。

**然而，我剛才祈求的不正是如此嗎？我不是祈求他只說真話嗎？**

「你爲什麼離開妮克絲的國度？」一位先前沒有點頭歡迎他的委員會成員問道。

「我墮落了。」卡羅納的目光從那位成員移到我身上。接下來，他說話的神情彷彿屋裡只有我們倆。「我選擇離開，因爲我不再相信我能服侍好我的女神。起初我覺得自己犯了可怕的錯誤，但後來我從土裡出來，找到一個新的國度和一個新的夫人。最近我開始相信，我可以再次服侍我的女神，只不過這次是透過她在人間的化身來服侍她。」

杜安夏揚起美麗的蛾眉，目光循著他的視線，往我的方向移過來。當她發覺卡羅納是盯著我看，她的眼睛微微睜大，對我說：「柔依．紅鳥，委員會請妳發言。」

# 39 柔依

我渾身又熱又冷，費力地將視線從卡羅納身上移開，起身面向委員會。「謝謝，歡喜相聚。」我說。

「歡喜相聚。」杜安夏從容地說：「我們的姊妹蕾諾比亞告知，在奈菲瑞特離開你們那所夜之屋的這段期間，妳已被任命為女祭司長，因此，妳可以代表他們的意思。」

「任命雛鬼為女祭司長非常不恰當。」奈菲瑞特出言抗議。我知道她一定很火大，但她沒表現出來，反而對我裝出溺愛的微笑，彷彿我是個小娃娃，被逮到穿媽媽的衣服在玩。

「我仍是陶沙市夜之屋的女祭司長。」

「貴校的委員會已經罷免妳。」杜安夏說。

「俄瑞波斯出現和雪姬娜驟然去世，對陶沙市夜之屋造成莫大的震撼，尤其前不久才有兩名教師慘遭當地人類殺害。我很哀傷，但敝校委員會成員的思慮不夠周密。」

「陶沙市夜之屋確實陷入混亂。但是，我們承認他們有權任命新的女祭司長，即便由雛鬼來擔任這個職位很不尋常。」杜安夏說。

「她是很不尋常的雛鬼。」卡羅納說。

我聽出他話中帶著笑意，但我無法注視他。

「眞有趣啊，俄瑞波斯，你竟會發言支持她。據蕾諾比亞說，柔依可不相信你的眞正身分是你所宣稱的。」委員會的另一位成員說道。她的黑色眼眸流露嚴厲的目光，語氣尖銳，近乎譏刺。我想，她一定是桑納托絲，那位以死神的希臘名稱給自己命名的吸血鬼。

「我說她很不尋常，沒說她不會犯錯。」卡羅納說。其他幾位委員會成員輕聲發笑，會眾中許多成鬼亦然，但桑納托絲顯然不覺得好笑。我感覺到坐在我身邊的史塔克全身繃緊。

「那麼，年輕而不尋常的柔依．紅鳥，妳就告訴我們吧，妳認爲這位長翅膀的不死生物究竟是何方神聖？」

我嘴巴好乾，得嚥兩次口水才有辦法開口。但是，等我終於說出話來，我說的話嚇了自己一跳，彷彿我的心沒經過理智允許就逕自發言。「我相信他具有多種面貌。我想，他曾經跟妮克絲很親近，但他不是俄瑞波斯。」

「如果他不是俄瑞波斯，他是誰？」杜安夏問。

我專注看著杜安夏的眼睛，倚賴她眼中流露的智慧，努力將其他事物屛除在外，只說眞話。「我外婆的族人是切羅基族，他們有個關於他的古老傳說，稱他爲卡羅納。他從妮克絲的國度墮落之後，便和切羅基族人生活在一起。我認爲，那時他迷失了自己。他對族裡的婦女犯下可怕的惡行，孕育了怪物。外婆跟我說過，他是怎麼被囚禁起來的。族人甚至曾經流傳一首歌，描述他如何可以獲得釋放。奈菲瑞特就是依循這首歌的指示去做，他今天才會出現在這裡。我認爲，他跟奈菲瑞特在一起，是因爲他想成爲女神的伴侶。我想，他挑錯對象了。奈菲瑞特不是什麼女神，她甚至已不再是女神的女祭司長。」

我這番陳述引發不少成鬼憤怒和質疑的反應，驚呼聲此起彼落。其中最響亮的聲音來自奈菲瑞特本人。「妳好大的膽子！難不成妳這個**小鬼**會知道我是妮克絲的什麼人？」

「不，奈菲瑞特，」我面向會議廳另一側的她，「我再也不知道妳是妮克絲的什麼人，我也還不了解妳到底變成了什麼。但我知道妳**不是**什麼人。妳不是妮克絲的女祭司長。」

「因爲妳認爲妳取代了我。」

「不，是因爲妳背棄了女神。而這與我無關。」我說。

奈菲瑞特不理會我，轉而訴諸委員會。「她爲俄瑞波斯癡迷。這個小鬼因妒生恨，我爲什麼得承受她的中傷呢？」

「奈菲瑞特，妳已表明，妳希望成爲所有吸血鬼的女祭司長。妳如果要擁有這個頭銜，就必須有足夠的智慧來處理各種爭議，包括牽涉到妳自己的爭議。」杜安夏的目光從奈菲瑞特移到卡羅納。「你對柔依這番話有何看法？」

我感覺到他在看我，但我繼續注視著杜安夏。

「我認爲，她相信她說的是眞話。我承認我過去曾經很凶殘，但我從未宣稱自己不會犯錯。不過，最近我找到了我該走的路，而在這條路上有妮克絲。」

他話中彷彿坦誠的一面，我不可能沒有聽到。我克制不住自己，目光終於移向他。

「由於我自己的經驗，我深深覺得，我們必須找回古老之道，吸血鬼和戰士重新昂首闊步地行走於這個世界，而非躲在學校裡，雛鬼一出校門就得遮蓋記印，彷彿女神的弦月是羞恥的東西。吸血鬼是妮克絲的孩子，女神絕不希望你們畏縮在黑暗裡。讓我們所有人走進光亮的地方吧！」

他是如此耀眼，邊說話邊展開翅膀，聲音慷慨激昂。所有的人全盯著他看，著迷於他的美和熱情，亟欲相信他描述的世界。

「只要你們接受妮克絲的化身和她的伴侶俄瑞波斯領導，我們就能復興古老之道，抬頭挺胸地站起來，不再屈服於人類的束縛和偏見。」奈菲瑞特說，神采飛揚地站在卡羅納旁邊，並挽住他的手臂，一副**他是我的**的模樣。「在那天來臨之前，我和俄瑞波斯從長期侵占我們古老家園的人類手中奪回了卡布里島，而你們就只能聽著孩子們哀泣。」

「奈菲瑞特，委員會絕不會同意對人類發動戰爭。妳不能強迫人類離開他們在島上的家。」杜安夏說。

「戰爭？」奈菲瑞特大笑，彷彿她覺得既驚訝又好笑。「杜安夏，那個人類老人任由妮克絲的城堡荒廢頹敗，我是從他手中**買回**我們的故園。過去二十年間，如果這個委員會有人肯去了解，我們早就取回我們的古老家園。」奈菲瑞特的綠色眼眸橫掃整個會議廳，再次開口時，她激越的熱情和感染力擄獲諸多會眾的心。「早年，吸血鬼就是在那裡創建美麗的龐貝，也在那裡統治阿瑪爾菲海岸，以智慧和仁慈帶來幾世紀的繁榮。在那裡，你們可以找到妮克絲的心和靈魂，以及女神期望她的子民享有的豐饒生活。在那裡，你們也可以找到俄瑞波斯和我。如果你們有勇氣重新生活，就加入我們吧！」

她轉身，絲質袍服飛旋，昂首闊步地走出會議廳。卡羅納跟著離去之前，握拳在胸，對委員會恭敬鞠躬，然後看著我，說：「歡喜相聚，歡喜散場，期待歡喜再聚。」

他們離開後，會議廳裡眾聲喧譁，所有人同時說話，有人顯然想叫奈菲瑞特和卡羅納回來，有人因他們就此離開而忿忿不平。沒有人——沒有哪個成鬼——出聲反對他們。而只要提到他，他們都叫他俄瑞波斯。

「他們相信他。」史塔克說。

我點點頭。

他以銳利的眼光看著我。「那妳相信他嗎？」

我張開嘴巴，不知道該怎麼跟我的戰士解釋，重點不在於我是否相信卡羅納，而在於我開始相信他過去曾經不是這樣的人，將來也可能變回他最初的樣子。

杜安夏的聲音在會議廳裡迴盪，平息了所有人的聲音。「夠了！大家立即離開會議廳。我們不能陷入混亂，變成烏合之眾。」數名戰士從會眾當中現身，情緒依然亢奮的成鬼們開始離席。

「柔依·紅鳥，我們明天想跟妳談一談。黃昏時把妳的守護圈成員帶來這裡。我們知道那個由雛鬼變回人類的女先知今天剛經歷烙印解除的創傷，如果她復原良好，請她明天也一起來。」

「好的，夫人。」我說。

史塔克和我匆匆離開，戴米恩示意我們到主要道路旁的小花園，其他人在那裡等我們。

「剛才怎麼回事？」戴米恩立即切入重點。「聽起來妳好像相信卡羅納眞的來自妮克絲身邊，從那裡墮落。」

「我必須告訴她們實話。」我深吸一口氣，告訴朋友所有的事。「卡羅納讓我看見他過去的景象，而我看到他確實是妮克絲的戰士。」

「什麼！」史塔克勃然大怒。「女神的誓約戰士？太荒謬了！我跟這傢伙相處過，那段時間他在我面前毫無掩飾。我知道他是什麼德性，絕對不會是我們女神的戰士。」

「他現在當然不是。」我努力保持聲音平靜，但很想對史塔克吼回去。他又沒看見我看到的景象，憑什麼判斷眞假？「他選擇了離開妮克絲。而且，對，他犯了錯。對，他犯下可怕的惡行。這些我剛才都說了。」

「但妳相信他。」史塔克說，雙唇緊閉。

「不！我不相信他是俄瑞波斯。我從沒說過我相信。」

「可是，小柔，妳說的話讓人覺得，如果他甩掉奈菲瑞特，妳有可能站在他那邊。」西斯說。

我受夠了。這兩個男生又害我頭痛了。「你們兩個可不可以別再用我男友的角度來看事情？你們可不可以拋開忌妒、占有欲這些情緒，客觀持平地看待他？」

「我可沒有忌妒什麼或想占有妳，但我也認爲，如果妳開始相信卡羅納是好人，妳就犯了大錯。」戴米恩說。

「他迷惑了妳，柔。」簫妮說。

「他的魔力影響到妳了。」依琳附和。

「不，不是這樣的。我沒有跳到卡羅納的陣營！我只是想看清真相。萬一他以前真的是好人呢？或許他可以再次找到正路。」我說。

史塔克在搖頭，我憤怒地對他說：「這種事也曾發生在你身上。你怎能確定不會發生在他身上？」

「他利用妳跟埃雅的關係在迷亂妳的理智。柔依，請妳想清楚。」他以眼神祈求我聽進他的話。

「我就是努力在這樣做啊——想清楚，找出真相——不受任何其他人的態度影響，包括埃雅的態度。就像我之前對你那樣。」

「那不一樣！我沒有邪惡好幾個世紀，也沒有奴役一整個部落的人，強暴他們的婦女。」史塔克說。

「如果不是達瑞司和我及時阻止，你差點就強暴了蓓卡！」我來不及三思就衝口而出。

史塔克眞的退後一步，好似挨了我一拳。「他得逞了，他侵入妳的腦袋了。有他在那裡，妳的戰士沒有容身之處。」史塔克轉身離去，走入暗影中。

等淚水從下巴淌到衣襟，我才發現自己在哭。我用顫抖的手抹去臉上的淚，然後看著我的其他朋友。「史蒂薇．蕾剛回來時，真的很可怕，我幾乎不認得她。她猙獰、凶狠、邪惡，但我也沒背棄她，始終相信她的人性。由於我沒放棄她，她找回了人性。」

「可是，柔依，史蒂薇．蕾死而復活之前本來就很善良啊。萬一卡羅納壓根兒就沒有良善和**人性**可以喪失呢？萬一他一向選擇邪惡呢？」戴米恩輕聲問我。「雖然妳說了這麼多，雖然他給妳看的景象似乎是真實的，但妳至少得考慮一下，他給妳看的景象有可能只是幻象。或許他給妳看的是『真相』，但那可能是經過粉飾的部分真相。」

「這一點我想過。」我說。

「就像史塔克說的，妳和埃雅的關連，以及妳對她的記憶，很可能蒙蔽了妳的判斷力。這一點妳認真想過嗎？」依琳問我。

我點點頭，哭得更厲害。

西斯握住我的手。「小柔，他的愛子殺了安娜塔西亞，也差點殺了挺身對抗他的學生。」

「我知道。」我抽噎著說，心裡卻想著，**但是，如果他讓仿人鴉這麼做，是因為奈菲瑞特要這樣呢**？我沒有說出這些話，但西斯似乎看穿了我的心思。

「卡羅納試圖影響妳，因爲妳有能力結合大家，將他逐出陶沙市。」西斯說。

「愛芙羅黛蒂的靈視也顯示，妳是唯一有辦法剷除他的人。」戴米恩說。

「有一部分的妳生來就是爲了摧毀他。」蕭妮說。

「但這部分的妳也注定愛他。」依琳說。

「小柔，這一點妳一定要記住。」西斯說。

「我認爲妳必須跟愛芙羅黛蒂談一談。」戴米恩說：「我去叫醒她，同時把達瑞司找來。我們得把事情討論清楚，妳必須仔細描述卡羅納讓妳看的景象。」

我點點頭，但我知道，他們要我做的事，我辦不到。我無法跟愛芙羅黛蒂和達瑞司談。在我覺得自己皮開肉綻的時候，我做不到。「好，但我需要一點時間。」我說。

我用衣袖擦臉。傑克睜著一雙憂慮的大眼睛，一直在一旁靜靜地看，此時打開他的男用皮包，取出一小包面紙遞給我。「謝謝你。」我抽噎著說。

「留著吧，妳待會兒可能還會哭。」他說，拍拍我的肩膀。

「你們先去愛芙羅黛蒂的房間吧。我一會兒冷靜下來就去找你們。」

「別耽擱太久，好嗎？」戴米恩說。

我點點頭。於是，朋友們開始慢慢走開。我看著西斯，說：「我需要獨處一下。」

「好，我了解。但我有話想跟妳說。」他兩手搭在我的肩膀上，要我直視他的眼睛。「妳必須克服妳對卡羅納的這種感覺。我這麼說，不是因爲我忌妒或怎樣。打從小時候，我就愛妳。我不會離開妳，也不會背棄妳，不管妳說什麼或做什麼。但卡羅納跟史蒂薇・蕾和史塔克不一樣。他是不死生物，來自另一個迥然不同的世界。小柔，我感覺得到他有『我要統治全世界』的野心。妳是唯一能夠阻止他的人，所以他必須爭取妳的支持。他潛入妳的夢，侵入妳的心，有一部分的他甚至跟妳的靈魂有連結。我了解這種事，因爲我也跟妳的靈魂連結在一起。」

跟西斯獨處讓我平靜多了。他是如此熟悉，是我的人類磐石，永遠在那裡，永遠眞心爲我好。

「對不起，我說你忌妒又充滿占有欲。」我邊抽噎，邊擤鼻涕。

他咧嘴笑了。「妳說得也沒錯啦。不過，我知道妳和我的關係很特別。」他抬起下巴往史塔克離去的方向點了點。「妳的戰士男友就沒我這麼有信心。」

「嗯，他不像你有那麼多與柔依相處的經驗。」

他的笑容綻放得更燦爛。「這一點沒人比得上我啊，寶貝！」

我嘆一口氣，走入他的懷裡，緊緊抱住他。「西斯，對我來說，你就像家。」

「我永遠都會是妳的家，小柔。」他輕輕拉開我，溫柔地吻我。「好，妳還有不少鼻涕和眼淚要處理，我這就讓妳獨處一下。趁妳弄乾淨自己的時候，我去追史塔克，告訴他他是個愛吃醋的笨蛋，或許還揍他一拳。」

「揍他一拳？」

西斯聳聳肩。「好好揍一拳可以讓男生覺得好過些。」

「呃，挨揍的一方可能不好受吧。」我說。

「好吧，那我去找個人來讓他揍。」他對我揚了揚眉毛。「因為妳一定不希望我英俊的臉孔被打爛。」

「如果找到他，就帶他去愛芙羅黛蒂的房間，好嗎？」

「我就是這個打算。」他說，然後搓了搓我的頭髮。「我愛妳，小柔。」

「我也愛你。不過，我眞的討厭你弄亂我的頭髮。」我說。

他回頭對我咧嘴一笑，使了個眼色，然後朝史塔克離開的方向走去。

我居然眞的覺得好多了。坐在長椅上，我再次擤鼻涕，擦眼淚，呆望著遠方。接著，我才發現我坐在哪裡，望著什麼。

在早先卡羅納出現過的一個夢裡，我就是坐在這張長椅上。椅子安置在一座土墩上，所以我的視線能夠越過環繞島嶼的巨大石牆，看見遠方威尼斯燈火通明的聖馬可廣場，覺得那簡直是冬夜裡的魔幻仙境。聖克利門蒂宮殿在我背後，許多盞水晶吊燈閃閃發亮。宮殿旁，我的右手邊就是古老教堂改造的最高委員會會議廳。我身邊圍繞著如此美麗、莊嚴的景致，我卻耽溺於自己的情緒而視若無睹。

或許，由於我太過於自我耽溺了，所以也沒能**看見**卡羅納的眞面目。

我知道愛芙羅黛蒂會怎麼說。她會說，我會讓不好的靈視成眞。或許她說得沒錯。

我抬起頭，望著夜空，試圖穿透雲層，看見月亮。然後，我開始祈禱。

「妮克絲，我需要妳。我很迷惘，請幫助我。請向我顯示一點什麼跡象，好讓我看清楚事情。我不想搞砸……再次搞砸……」

# 40 西斯

西斯心想，不曉得小柔是否知道她傷了他的心。他並不想走開，一點都不想。事實上他渴望跟她膩在一起。問題是，他也希望她好。只要是對她好，他什麼都願意。一向如此，打從小學起。他還記得愛上她的那一天。那時，她剛升上三年級。她媽不知爲什麼很氣她，把她拖到朋友工作的美容沙龍。她們——小柔的媽媽和她朋友——認爲，小柔那一頭深色長髮剪掉後會比較可愛。隔天，她上學時頂著一頭超短的頭髮，短到像平頭，頭髮一根根豎起。

大家都竊竊私語，還取笑她。她的一雙褐色眼睛滿是驚恐的神色，睜得大大的。但西斯覺得，他從沒見過這麼美的女生。午餐時，他當著一整個餐廳的人面前告訴她，他喜歡她的頭髮。她聽了之後，一副快要哭出來的模樣。所以，儘管跟女生坐在一起很彆扭，他還是替她拿餐盤，坐在她旁邊。那天，她觸動了他的心。其實，自此以後，她擄獲了他的心。

如今，他在這裡，要去找那個擁有她一部分心的男孩，因爲這樣做對柔依最好。西斯用手梳了梳頭髮。終有一天，這一切都會結束的，小柔將會回到陶沙市。屆時，雖然夜之屋會占用她不少時間，只要有機會，她會跟他在一起的。他們會去看電影，她會到奧克拉荷馬州立大學看他踢足球。到時候，一切都會恢復正常，起碼盡可能地正常。

他只需撐到那個時候。等卡羅納的鳥事解決了——西斯相信，小柔一定可以搞定的——等這些事情都解決了，情況就會好轉，他的小柔就會回到他身邊。至少，只要她能夠給他的，她一定會給他。而對他而言，這樣就夠了。

西斯沿著小徑往前走，逐漸遠離宮殿。這應該是剛才史塔克離去的方向。他環顧四周，除了左方的巨大石牆，以及右方看起來像公園的區域，他什麼也看不到。公園裡面植滿差不多跟他頭部等高的樹籬。他邊走邊端詳公園，發現樹籬一圈圈錯綜交織，呈現某種圖案。他心想，這一定就是那種古老的所謂迷宮。

該死，直到遠離宮殿的燈火，他才發現這一帶有多暗、多靜，靜到他可以聽見石牆外面海浪拍岸的聲音。西斯心想，或許他應該大聲呼喊史塔克。但最後，他決定，不，不需要。就像小柔，他也不介意多點獨處的時間。

所有這一切吸血鬼的事情並不容易承受，他當然需要時間來消化。不，他不是不能接受史塔克和其他吸血鬼。其實，他還挺喜歡某些吸血鬼的，還有雛鬼。說真的，他覺得史塔克是個不錯的傢伙。事情會搞到如今這個地步，都要怪卡羅納。

接著，彷彿他的思緒引來了那個不死生物，西斯聽見卡羅納的聲音穿過空蕩蕩的黑夜飄來。他放慢腳步，小心不要踩得小徑上的碎石子嘎吱作響。

「一切果然如同我們所計畫的。」卡羅納說。

「我討厭你要的詭計！我實在受不了你爲了她裝出另一種樣子。」

西斯認出這是奈菲瑞特的聲音。他小心翼翼地緩緩往前走，繼續躲在最陰暗的地方，緊靠著牆，不敢發出半點聲響。他們的聲音來自公園那一邊，就在他的右前方。他又走了幾步，發現樹籬有一道缺口，顯然是迷宮的一個出口。他看見卡羅納和奈菲瑞特在迷宮裡，就站在一座噴泉旁邊。西斯如釋重負地輕輕吁一口氣。一定是噴泉流瀉的水聲掩蓋了他的腳步聲。他緊貼著冰冷的石牆，屏息觀察、聆聽。

「妳說那是裝出來的，我倒要說那不過是另一種觀點的呈現。」卡羅納說。

「所以你才能一方面對她說謊，另一方面又像是在說眞話。」奈菲瑞特忿忿地說。

卡羅納聳聳肩。「柔依要聽眞話，所以我就給她眞話。」

「選擇性的眞話。」奈菲瑞特說。

「當然。所有凡人，無論吸血鬼、人類或雛鬼，不也都會挑選自己想要的眞相嗎？」

「**所有凡人**，說得好像你跟我們截然不同。」

「我是永生的，當然不同，甚至也不同於妳——即便妳的特西思基利法力正在改變妳，讓妳愈來愈接近不死生物。」

「對，但柔依絲毫沒有不死的特質。我仍認爲我們應該除掉她。」

「妳眞是個嗜血的生物。」卡羅納哈哈大笑。「妳想怎麼做？砍掉她的腦袋，把她的頭顱插在木樁上，就像妳處置那兩個礙著妳的傢伙？」

「別傻了，我不會用同樣的方式殺她。那樣做太明顯了。我可以讓她明天或哪天去威尼斯時不幸遇到意外。」

西斯的心臟跳得好大力，他眞怕他們會聽到。奈菲瑞特殺了柔依的兩個老師！而卡羅納完全知情，**並且覺得有趣**。小柔如果聽到他們這番話，一定不會再相信他有善良的一面。

「不，」卡羅納說：「我們不必殺柔依。她很快就會心甘情願地來找我。我已經爲此埋下種籽，現在只需等著種籽開花結果。到時候，她的法力就能爲我所用。她固然是凡人，法力卻很可觀。」

「爲**我們**所用。」奈菲瑞特糾正他。

卡羅納的黑翅往前撲動，摩挲奈菲瑞特的身體，使得她依偎進他的懷抱。「當然如此，我的王后。」他喃喃地說，然後吻她。

西斯覺得自己彷彿在看色情片，但他困在那裡，動彈不得。或許得等到他們忙著眞槍實彈上演春宮秀，他才能趁機溜走，去找柔依，把他聽到的一切告訴她。

但是，出乎他意料，奈菲瑞特竟掙脫卡羅納的懷抱。「不，你不能在柔依的夢中跟她親熱，又當著眾人面前和她眉來眼去，這會兒還指望我張開身軀迎接你。今晚，我不屬於你，因爲她阻隔在你、我之間。」奈菲瑞特往後退。她的美，連西斯都看得心驚膽顫。那一頭濃密的紅棕色秀髮狂野地飄動，裹在她身上的薄紗透明得像是她的第二層肌膚。當她劇烈喘息，胸前雙峰清晰可見。「我知道我並非不死生物，柔依·紅鳥也不是。但我的法力也不容小覷。你應該記住，之前那個試圖同時占有我和她的傢伙已經被我除掉。」奈菲瑞特迅速轉身，伸手一揮，她前方的樹籬應聲分開，她穿行而過，留下卡羅納獨自站在昏暗的空地裡，看著她走遠。

西斯正準備慢慢地往後退開，卻見卡羅納忽然轉頭，他的琥珀色眼眸直直射向西斯站立的地方。「小小人類，看來你現在有個故事可以告訴我的柔依了。」他說。

西斯看著不死生物的眼睛，立刻明白兩件事。第一，這生物即將殺了他。第二，他被殺之前得設法讓柔依知悉眞相。在這生物的注視下，他毫不畏縮。在另一個戰場上——足球場——他早已學會駕馭自己的意志。於是，他驅使全部的意志力，透過他和柔依烙印的血，試著尋找柔依最能感應的元素，靈。他的心和靈魂向黑夜吶喊：**靈，降臨我！幫我帶訊息給小柔！告訴她，她必須來找我！**同時，他以冷靜的聲音告訴卡羅納：「她不是你的柔依。」

「哈，但她是。」卡羅納說。

**小柔！來找我！**西斯的靈魂吶喊著。「不，你不懂我的女孩。」

「你的女孩的靈魂屬於我，不容奈菲瑞特，或你，或**任何人**改變。」卡羅納開始向西斯走來。

**小柔，寶貝！就妳和我，我們在一起。來找我！**

「他們吸血鬼是怎麼說的？」卡羅納說：「好像是『好奇心害死貓』吧。看來，這還真適用於你現在的狀況。」

# 史塔克

「我是個白癡。」史塔克喃喃地埋怨自己，走進氣派的宮殿大門。

「先生，需要我幫你指路嗎？」站在門內的一位戰士問道。

「喔，我想知道愛芙羅黛蒂的房間在哪裡。你知道的，就是今天跟我們一起來的那個人類女先知。對了，我是史塔克，女祭司長柔依・紅鳥的戰士。」

「我們知道你是誰。」戰士說，視線飄向史塔克的紅色刺青。「好美。」

「對，呃，不過，我不會用『美』來形容。」

戰士綻開笑容。「你向她立誓沒有多久，對吧？」

「對，才幾天而已。」

「這種關係會愈來愈好的——也會愈來愈糟。」

「喔，好吧，謝謝。」史塔克吁出長長一口氣。雖然柔依讓他抓狂，他知道他絕不可能離開她。他是她的誓約戰士，不管多艱難，他必須守在她身邊。

戰士大笑。「你要找的房間在宮殿的北翼。從這裡向左走，遇到右手邊的第一道樓梯就爬上去。二樓所有的房間都已挪給你們用。你可以在那裡找到你的朋友。」

「謝謝你。」史塔克疾步朝戰士指引的方向走去，忽然覺得頸背毛毛的。他討厭這種感覺，因爲這代表有麻煩了，也代表他這會兒對柔依生氣的時機不對。

但是，這實在太難承受了。他感覺得到她被卡羅納吸引！她怎麼會看不出這傢伙是個大壞蛋呢？他根本沒有什麼值得拯救的，說不定他壓根兒就不曾有什麼值得拯救的。

史塔克必須讓她明白，他的判斷沒錯。而爲了讓她明白，他不能讓自己對她的感覺擾亂他的理智。柔依是那麼聰明，他只需冷靜地跟她談，她會聽的。打從他們初次見面，早在他們在一起之前，她就願意聽他說。史塔克知道，他一定可以讓她再次聽他說。

史塔克三階併一階地爬上樓梯，左手邊的第一道門半掩著，他從門縫看見房間似乎很豪華，裡頭擺了兩張小沙發，還有好幾張想必坐起來不怎麼舒服的椅子，全都鋪著金色和奶油色的襯墊。這樣不是很容易弄髒嗎？他聽見說話的聲音，伸手正要把門推開時，柔依的情緒如漲潮的海浪襲向他。

**恐懼！憤怒！困惑！**

她的思緒極其混亂，他無法釐清任何事情，只感受得到她這些最基本的情緒。

「史塔克？怎麼了？」達瑞司出現在他面前。

「柔依！」他費力地發出沙啞的聲音。「她有危險！」情緒的力量撞得他腳步踉蹌。若非達瑞司及時抓住他，他可能已經跌倒。

「冷靜點！她在哪裡？」達瑞司兩手抓住他的肩膀，搖晃他。

史塔克抬頭，看見柔依的朋友們個個憂心忡忡地看著他。他搖搖頭，試圖讓驚恐的心智恢復思考。「我不知道——我很——」

「你一定知道！別思考，聽從你的直覺。戰士一定找得到他尊貴的小姐。一定。」

史塔克渾身顫抖，但仍點點頭，轉身，深呼吸三次，然後呼喊：「柔依！」她的名字在他四周的空氣裡迴盪。他不理會內心紛亂的思緒，只一心想著，**柔依·紅鳥，我尊貴的小姐**。

她的名字、他對她的呼喚，突然間彷彿變成救生索，拉著他往前走。史塔克拔腿奔跑。他感覺到達瑞司和其他人緊跟在背後。他隱約看見剛才指引他方向的那位戰士臉上露出驚訝的表情。但他什麼都不管。他只想著柔依，讓誓約的力量引導他去找她。

他覺得自己像是在飛。他不記得自己是如何在迷宮裡找到路。但後來，他確實記得，當他以誓約驅使的驚人速度急奔，拉開與達瑞司的距離時，他踩得腳下的碎石子嘎吱作響。

然而，他還是太遲了。

史塔克如果再活五百年，也絕不會忘記他從小徑轉角衝出來，奔入那片小空地時，所見到的景象。那景象將永遠烙印在他的靈魂裡。

卡羅納和西斯在遠處，就站在外牆邊。這道外牆環繞整座島嶼，遮蔽了來自威尼斯的人類目光。

柔依離他較近，就在幾呎外，跟他一樣，也在奔跑。史塔克看見她舉起雙手，高聲喊道：「靈！降臨我！」在這同時，卡羅納也舉起雙手，捧住西斯的臉，彷彿要撫摸他。

然而，間不容髮地，轉瞬間，墮落的不死生物轉動西斯的頭，利落地扭斷他的脖子，當場殺了他。

柔依將一團灼灼發亮的靈元素擲向卡羅納，同時大喊：「不！」那淒厲的聲音發自靈魂，泣血椎心，史塔克幾乎認不得。

卡羅納丟下西斯，轉身面向她，表情無比震驚。元素的力量擊中他，將他摔向空中，拋過石牆，丟入大海。卡羅納發出絕望的哀號，巨翅一撲，飛離水面，飛入冰寒的黑夜。

但史塔克在乎的不是卡羅納，甚至不是西斯，他奔馳救援的對象是柔依。她癱倒在離西斯不遠的地上，臉朝下。史塔克還沒靠近，就已知道可怕的事實。但，他還是跪下雙膝，輕輕地將她翻過來。她的眼睛仍然睜著，彷彿還凝視著什麼，但裡頭是空洞的。

除了普通雛鬼額頭的深藍色弦月輪廓，她其他的刺青都已消失。

達瑞司最先趕到。他跪在柔依身邊，探她的脈搏。

「她還活著。」達瑞司說，然後才意識到眼前的景象，倒抽一口氣。「天哪！她的刺青。」他溫柔地摸柔依的臉。「我不懂。」他困惑地搖頭，視線瞥向西斯。「這男孩——」

「他死了。」史塔克說，詫異地發現自己的聲音竟如此正常，即使他的內心正在吶喊。

愛芙羅黛蒂和戴米恩跑過來。

「啊，天哪！」愛芙羅黛蒂驚呼，蹲在柔依的頭旁邊。「她的刺青！」

「柔依！」戴米恩大喊。

史塔克聽見傑克和孿生的也趕過來了。他們在哭泣。但他所能做的，只是將她抱緊。他必須保護她。他**必須**。

最後，是愛芙羅黛蒂的聲音穿透他的哀慟，喚醒他。「史塔克！我們必須帶柔依回宮殿。那裡一定有人可以救她。她還活著。」

史塔克看著愛芙羅黛蒂的眼睛。「現在，她的身體還在呼吸，如此而已。」

「你在說什麼？**她還活著呀！**」愛芙羅黛蒂固執地重複這句話。

「柔依看見卡羅納殺了西斯，她召喚靈來阻止他。但她太遲了，來不及救他。」**就像我太遲了，來不及救她**。史塔克的心哀號著。但他像個陌生人，以平靜的聲音繼續說：「柔依將靈擲向卡羅納時，知道自己太遲了，於是她的靈魂粉碎了。我知道，因爲我跟她的靈魂綁在一起，我感覺到它粉碎了。柔依不在這裡了，這只是她空洞的軀殼。」

然後，詹姆士．史塔克，柔依．紅鳥的誓約戰士，低下頭，開始哭泣。

# 尾聲　柔依

我滿足地長長吁出一口氣。祥和、寧靜……真的，我不記得有過這麼輕鬆的感覺。天哪，眞是美好的一天。陽光璀璨，在湛藍如生日蛋糕糖霜的天空，閃爍著金黃耀眼的光芒，應該會刺痛我的眼睛。但沒有。眞怪。哈。

不過，管他的。

草原美呆了，讓我想起什麼。我試著開始回想，但決定不傷這個腦筋。天氣這麼美好，不該思考。我只想深深吸入夏日甜美的空氣，吐出一直盤繞在我體內的可笑壓力。

綠草輕柔地拂掠我的腿，宛如柔細的羽毛。

羽毛。

這跟羽毛有什麼關係？

「不，不要想。」我的話語變成閃亮的紫色圖案，在空中飄浮，歷歷可見。我不禁面露微笑。

前面有一排樹，樹上白花朵朵，讓我想起片片雪花。風輕輕吹過樹梢，發出美麗樂音。我隨之起舞，在樹林間跳躍，踮起腳尖旋轉，並大口吸入繁花的芬芳氣味。有那麼一剎那，我納悶自己身在何處。但這似乎一點也不重要。至少不若寧靜祥和的氣氛，以及音樂和舞蹈來得重要。

接著，我納悶自己是怎麼來到這兒的。想到這裡，我停下腳步。好吧，沒有完全停下來，我只是放慢跳舞的速度。

就在這時，我聽見了。**咻，砰**！聽起來好像很熟悉，令人安心。於是，我循聲穿過林子。林木之間透進更多的湛藍。這次，它讓我想起黃水晶或藍寶石。水。

我開心地小聲歡呼一聲，衝出樹林，跑向湖水澄澈的湖畔。

**咻，砰**！

聲音來自湖畔一處轉彎的地方。我循著聲音走過去，邊走邊哼著歌舞片《髮膠明星夢》裡我最愛的一首歌。

碼頭突出在湖中，是絕佳的垂釣地點。果然，有個人坐在碼頭尾端，拋出釣魚線，先是**咻**！然後**砰**！魚鉤撞擊水面。

很怪。我不知道他是誰，但忽然有一種可怕的驚慌的感覺干擾這美好的一天。不！我不想看見他！我搖頭，開始往後退。當我踩到一截枯枝，發出啪的一聲，他聞聲轉頭。

他一看見我，英俊臉龐上的燦爛笑容霎時消失。

「柔依！」

西斯的聲音。記憶瞬間湧上，哀慟襲來，我雙膝發軟。他起身跑向我，在我跌倒之際扶住了我。

「你不屬於這裡呀！你死了！」我伏在他胸膛哭泣。

「小柔，寶貝，這是另一個世界。不屬於這裡的人不是我，是妳。」

記憶壓倒我，帶著絕望、黑暗和現實淹沒我，而我的世界隨之粉碎，一切沒入漆黑。

誘愛 / 菲莉絲.卡司特（P. C. Cast）, 克麗絲婷.卡司特（Kristin Cast）著 ;
郭寶蓮譯.
-- 初版. -- 臺北市 : 大塊文化, 2011.08
面； 公分. -- (R;39夜之屋 ; 6)
譯自 : Tempted : the house of night, book 6
ISBN 978-986-213-268-5(平裝)

874.57　　　　　　　　　100013424

LOCUS

LOCUS